慟哭の通州

昭和十二年夏の虐殺事件

加藤康男

飛鳥新社

慟哭《どうこく》の通州

——昭和十二年夏の虐殺事件

◉目次

ブックデザイン　小島将輝＋飛鳥新社デザイン部

カバー写真　石井亨・茂子夫妻の結婚写真（昭和12年1月8日、大連にて＝石井津留氏所蔵／靖國神社遊就館所蔵）

慟哭の通州

――昭和十二年夏の虐殺事件

【凡例】

※引用文についてはできるだけ参考文献の原文表記に従ったが、読みやすさを考慮し難解と思われる漢字には新仮名遣いによる振り仮名を付け、適宜、句読点を付した箇所がある。

※また引用史料がカタカナの場合には、読みやすさを考慮し平仮名に改めた箇所がある。

※長い引用文の場合は、紙幅を考慮し原則的に抄出とした。

※引用文中の明らかな誤字、脱字、誤用と思われる箇所、及び著しく判読不明な箇所については著者の責任において訂正した部分がある。ただし、旧仮名遣いの不統一に関しては原文のママとした。

※年齢は原則として満年齢とした。

※中国漢字で特に難解なものは、その趣旨を違えない範囲で常用漢字に改めた箇所がある。

序章　虐殺の城門へ

私は北京の天安門東駅から地下鉄に乗って通州へ向かった。平成二十八（二〇一六）年七月中旬、雨上がりの朝である。

途中二度乗り換え、通州の北運河西駅に着くまで、所要時間およそ一時間十分。王府井《ワンフーチン》駅から乗れば、一本でもう少し早く八里橋という別の通州入り口に着ける。こちらはアロー戦争（一八五六年～一八六〇年、清朝軍と英仏軍の戦い）や義和団蜂起（一九〇〇年）の地として名が残る古戦場だ。清朝末期の史跡を優先するか、運河沿いの駅を選ぶか迷ったが、通州といえば運河なので、運河脇から通州市内に入る経路を選んでみた。最近では高速道路もできていて、タクシーをチャーターすれば約二十分で着くとも聞いていた。直線距離にすれば、通州は北京の東方わずか二十キロほどである。ところが、通州の急速な発展とともに、商用車の往き来やベッドタウン化によって大渋滞が日常化しており、地下鉄のほうが利便性がよいと考えた。

この時期、通州界隈《かいわい》はなぜか雨量が多い。気温が摂氏三五℃もあるうえに、夜来の雨のせいで地下鉄を出るや蒸し暑い湿気が肌にまとわりついてくる。

七十九年前のあの日、七月二十九日も異常に気温が高かった。その頃の北京（当時は北《ペー》平《ピン》と呼ばれていたが、本書では引用文を除き北京で統一）・通州を結ぶ通州街道は雨が降れば泥濘《でいねい》が靴まで浸し、乾けば黄塵が舞い上がるという悪路だった。

その通州街道の終点は、通州城西門である。西門を入るとすぐ右奥に日本軍の警備兵舎があり、そこがまず襲撃された（図2）。昭和十二年七月二十九日払暁《ふつぎょう》である。続いて城内各域、とりわけ東門付近の邦人家屋が次々と襲われ、総数二百数十名の犠牲者を出したのだった。

襲撃したのは、本来なら邦人を保護すべき立場にあった中国兵の保安隊である。なぜ、そのような事態が招来したのか。私はその原因を突き止めるべく、虐殺の現場を目指していた。

北運河西駅の階段を上がると、眼前に堤防があり、運河は泥水が淀んだ空気をはらみ塵《じん》芥《かい》を運んでいた。思ったより辺鄙《へんぴ》な駅前ながら高級マンションの建設中で、遠方にも似たようなマンションの一群が見える。チラシを配っている男が二人、寄ってきてチラシを手渡された。「世界名宅蔵湾区」と書かれた大見出しが躍り、運河を見下ろす景観のなかに三十階建てほどの高層マンションが数棟建っているイラストが添えられている（写真③）。

まだ増築されて発展する、という意味だ。百十五平米から百四十平米の部屋が中心で、値段を聞くと一平米あたり三万六千元から六万元まであるという。仮に百三十平米で平米あたり四万元の部屋を購入すれば、日本円でざっと八千八百万円(一元=十七円で換算)を超す高値である。

中国共産党北京市委員会が、通州区の行政副都心建設計画を正式決定したと『人民日報』が報じて(二〇一五年七月十七日)以来、こうした高騰ぶりが一層煽られているようだ。

とりあえず旧通州城東門まで行きたいと思ったがタクシーがないので、電話で呼ぶシステムを利用した。買ってきた地図を広げ、新華東路と故城東路の交差点で降りた(写真①)。このあたりが往年の通州城東門附近にあたるはずだった。今は城壁も城門もなく、通州城の面影は片鱗すら見当たらない。城壁の跡が道路になっている様子なのだが、高層団地やビル群にさえぎられて分からない。試しに昔の地図をこの地図に重ねて見ると、降り立った交差点から市街地に少し入った運河沿いにある空き地が、日本人の大量虐殺が行われた場所となる見当だ(図3)。

事件が発生した昭和十二(一九三七)年当時の通州は、河北省通県の中心都市として、運河を利用した交易などで古来より栄えてきた城下町だった。煉瓦塀で四方を取り囲まれた区域に、かつての市街地が形成されていた。

現在の通州は北京市に編入され、北京市通州区となり、さらに副都心化が急がれている。北京市内が空気汚染問題と人口過密問題を抱えている以上、副都心計画には恰好の場所と選定されたのだろう。決定はそのためだけなのだろうか。もしや、思い出されたくない過去を消去するという別の目的もあるのではないかとも考えた。実際、もはやこのあたり一帯に通州虐殺事件に関連した建物は何一つ残されていない。旧城内は、九〇年代ごろから徹底的に破壊し尽されてきた。

ところが一連の都市計画で、地下に埋め隠されていた事件の痕跡の一つが、近年になって偶然発掘された。十五年ほど前になるが、『北京日報』で、「日本軍が中国を侵略した証拠、通州区で慰霊碑が見つかる」という記事が報じられている。

「昨日、通州区文物所の鑑定により、以下のことが分かった。通州区北京北方精密儀器器械廠《しょう》の古い工場を改修していたとき見つかった。字もぼやけている石碑は、一九三八年日本軍のもので、我が国の抗戦軍民が倒した日寇《にっこう》のいわゆる『慰霊碑』だった。石碑は玉（漢白玉《かんぱくぎょく》）で出来ており、長さは二・六五メートル、幅〇・九五メートル、厚さ〇・二五メートル。文字はいずれもひどくかすれているが、『大東亜共栄』など日本の侵略理論も記されている。この慰霊碑は、慰霊塔の前に建てられていたものらしいが、慰霊塔はすでにない。

通州区の文物所所長によれば、一九三五年に日本の特務機関が通州に『冀東《きとう》防共自治政府』を打ちたて、一九三七年七月二十九日早朝に通州の二万人余が蜂起、この偽政府を占領した上、日本人五百人余りを撃ち殺した。翌日、日本軍は大規模な報復を行い、偽政府に二つの慰霊塔を建てることを要求、塔の前には慰霊碑も建てたのである」（『北京日報』二〇〇一年八月二十四日付）

注・正しくは「翌日」要求したのではなく、同年十二月二十四日に冀東政府と日本側（北京駐在日本大使館森島守人《もりしまもりと》参事官）の間で弔意賠償金の支払いや慰霊塔建立で決着が図られた。

南京事件などでは荒唐無稽な三十万人などという数字を持ち出すのに、自分たち中国人が邦人を殺害した事件では約二百数十人を五百人に倍増、抗日の〝成果〟ぶりを誇ってみせる。発掘されたのは二つの慰霊塔のうちの政府機関関係者の慰霊塔のようで、もう一つ建立されていた「棉花関係殉職者慰霊碑」は通州区文化文物局所蔵となっている。

事件に直接関係がなかった歴史的建造物だったからだろうか、一つだけ破壊されずに残されている建造物があった。東門があったあたりから見ると北西の方角に、高層の灰色の仏舎利塔（燃燈仏舎利塔）が見える。この塔は十三層から成り、一千三百年の歴史を持つ遺跡で通州名物とされていた。それだけが現在目に入る当時からあった唯一の建造物だ。そのほかの日本人居留民家屋、学校、政府機関、警備隊関連施設など、形あるものはすべて破壊、遺棄、埋没されてしまった。

南京や盧溝橋はもとより、満洲各地にある旧大和ホテルに至るまでが「対日歴史戦」の遺跡として宣伝利用されていることを考えると、雲泥の差である。「通州虐殺事件」の痕跡は極めて都合が悪いので、完膚なきまでに消し去ったものとしか考えられなかった。

猥雑さを残す胡同《フートン》と、整備されたマンションが同居する旧城内に足を踏み入れると、やがて西海子公園入り口に着く。当時の地図にも同名の小さな池が近水楼の裏側にあるが、比較にならないほど大規模に拡大整備されている（写真②）。

おそらく、かつて城内にあった政府機関（冀東防共自治政府）敷地や特務機関などの跡地をすべて池にしたのではないだろうか（図2）。古来、中国では湖のことを「海子《ハイズ》」と呼んでおり、昭和十二年当時にも憩いの場として利用されていた。その後、長いこと荒れ果てたまま時間が経過していたはずだが、今では人民公園として行政副都心にふさわしい公園らしく再開発されたのだろう。

「蓮池は残っているか」と守衛に訊ねてみると、「乾いてしまってもうない。今は工事中で板で囲われている」という。

日本人多数の死体が遺棄され、腐臭を放っていたという近水楼前の蓮池である。たしかに板で囲われた埃だらけの広い空き地があり、その隙間から仏舎利塔がそびえ建って見えた（写真④⑤）。浄土に咲くという蓮の花と仏舎利塔の前で、あの日、二百五十人余の同胞が虐殺されたのだ。仏は地獄への道案内人だったのか。

近水楼跡地付近には「通州賓館」という近代的なホテルが建っており、往時をしのぶよすがの片鱗ひとつ見当たらない。

西海子公園には、市民に開放されている大きな人工池が造営されて水をたたえ、野鴨が数羽、水をかいていた。ベンチには恋人同士が肩を寄せ合っており、「模範社区」と彫られた碑の脇には「軍人とその家族を大切にしよう」というポスターが貼られている。

公園の南側出口には博物館もあったが、中身は二、三のミイラとお定まりの南京事件の宣伝材料だけ。再び西海子公園の畔に戻った私は、持参してきた西條八十の詩を内ポケットから出し、一節を黙読してみた。

七月二十九日の暁、
支那華北の通州で、二百に余るわれらの同胞が、——武器も持たぬ無辜《むこ》の同胞《はらから》が、

——支那軍隊の手で無残に虐殺された、
（下弦の月のほそい夜、祖国東京では、なんにも知らぬ人々が、秋草を描いた蘭燈の蔭、
軽い麻夜着に、静かな夏の夜の夢を微睡《まどろ》んでゐた）
（鬼畜の民族が、つひにその本性を顕《あら》はしたとは誰が知らう）
恃《たの》む我《わが》守備兵は、ただの百人、
最新の科学的武器を擁する千五百の凶賊に、
寸鉄無き邦人の群れの、なんの防御があらうぞ！
泥靴に蹂躙《ふみにじ》られた無辜二百の英霊よ、
いつの日か、安けき天に還《かえ》る？
累々の屍《しかばね》の上に、野鴉《やあ》はむらがる、傷痕の通州！
十三層の舎利仏塔も揺れよ、古き大石橋《だいしやつきよう》も泣けよ、
夜々《よなよな》の月の面《おもて》も、不吉の血飛沫《ちしぶき》に濡れて曇れよ、
あはれ、神！
今日のみは我日本国民のために、
「仇に報ゆるに愛をもつてせよ」と説く聖書のかの一頁を閉ぢよ
（『主婦之友』昭和十二年九月号、西條八十「通州の虐殺　忘るな七月二十九日！」抄出）

感傷的な歌謡詞・童謡が多く、ともすればこの時代では軟弱のそしりを免れかねなかった詩人・西條八十にして、この憤怒《ふんぬ》のたぎり方である。事件の内容はそれだけに、日本人が共通して持っていたある普遍的な価値観を根底から蹂躙するに十分だった。

昭和十二年七月二十九日、通州城内で何が起こったのか。なぜ起こったのか。こうした疑問を解くために、私は事件から七十九年も過ぎた現・北京市通州区の旧通州城内に立ってみることにした。

間もなく発生から八十年になろうという通州事件は、実はまだ何も終わっていない。日本政府は戦後一貫して事件のことを口にしていない。奇妙なことだが、日中両国政府がこの事件を「なかったこと」にしてしまっているとしか思えないのである。

無念を抱いたまま落命した二百数十人同胞の魂魄《こんぱく》に真実を報告したいという思いが、本書を書く強い動機となった。

時計の針を昭和十二年に戻さなければならない。

第一章

通州城、その前夜

不穏な空気

七月二十七日――

幾たびかに及ぶ侵略者の攻撃から町を守るために建てられた城壁に、青々とした楊柳の葉が微風に揺られまつわりついている。城壁の煉瓦は半ば崩れ落ちた箇所もあり、幾百年の風霜《ふうそう》を偲ばせていた。

東西南北にそれぞれ四つの衛門があり、たとえば南門は天津に繋がり、西門は北京に繋がるという交通要路の関所でもあった。その西門から入って間もなくの路地中に、ナツメや桃の古木と煉瓦塀に囲まれた植棉《しょくめん》指導所（正しくは「冀東《きとう》防共自治政府実業庁植棉指導所」）の官舎が建っている（図4）。優良種子の増殖を図って、この地方の綿の栽培技術を開発指導する役所である。

主任の名を取って通称「安田公館」と呼ばれる建物に住んでいるのは、この地で植綿に従事する技術者たちで、三家族が独立した家屋を持ちながら共同生活を営んでいた（図5）。

昭和十二（一九三七）年七月二十七日、黎明四時半ごろである。

南門外に駐留する第二十九軍（宋哲元《そうてつげん》軍長麾下《きか》の独立第三十九旅第七一七団）に対し、天津から進駐してきた歩兵部隊（支那駐屯歩兵第二連隊、連隊長・萱嶋高大佐《かやしまたかし》）と通州特務機関は武装解除を求めたが応ぜず、日本軍が遂に掃討作戦を開始した。その銃声や軍靴の響きが城内の眠りを覚ましたのだ。

表面で中立を装ってはいても、支那兵側がいつ寝返るかはなはだ不安だったため、日本軍が退去を求めたのが端緒である。このところ、それだけ北京界隈《かいわい》の治安には不安定な状況が続いていた。

やがて大砲の炸裂音も混じり始め、地響きが聞こえると、遂に誰もが寝床から飛び起きた。安田秀一植棉指導主任が特務機関へ電話を掛け、とりあえずの情報を摑むと、公館内の同僚・家族たちに伝えた。

「城外の二十九軍とわが萱嶋部隊との間で戦闘が始まったようだ。特務機関では『落ち着いておれ』とのことですが……」

だが、それで不安が解消されるわけではない。城外とはいえ、すぐ隣で戦闘が開始されていて落ち着けというのも無理な話だった。

七時を少し過ぎたころである。植棉指導所職員の官舎から、安田主任、浜口良二、浜口の妹・文子、そして石井亨の四人がおそるおそる起き出してきた。

四人以外の公館敷地内の住人は、臨月を迎えていた安田の妻・正子《しょうこ》、やはり妊娠七カ月の身重だった浜口の妻・茂子、そして石井亨の妻・茂子（シゲとも）で、全員身分は天津軍（支那駐屯軍）司令部軍属扱いとなっていた。

実は二十六日夜、城外にある通州棉作試験場の岩崎場長とその部下合わせて四名が、急遽安田公館に避難して来た。満鉄北寧鉄路局から棉作試験場に派遣されてきたばかりの人々である。

「どうも物騒で試験場では寝ておれないので、しばらく避難させてほしい」

と言われ、応接室棟に急ごしらえのベッドを並べ、逗留《とうりゅう》し始めた。合計十一名が公館に寝泊まりしていたことになる。

銃声はもう三時間近く続いていた。落ち着いて寝てもいられず公館を出た石井たちは、近くに住む同僚・藤原哲円の家のドアをノックした。二十七日朝、七時十五分になっていた。

「心配で飛び起きたんですが、出勤はどうしましょう」

石井が声を掛けると、ベテラン技師の藤原哲円は、

「なあに、大したことにはなりませんよ。二十九軍はじき敗走するでしょうし、それに、城内には強力な保安隊も付いているんだから安心です」

と言いながら鼻唄混じりに支度を終えると「さあ、出かけるよ」と、やって来た同僚の

背を押すようにして表通りに出た。保安隊とは冀東政府が組織した居留民を守るための軍隊で、中国人兵による部隊である。

「まあ、ほんとに呑気だわ」

と、くくっと笑ったのは二十歳になったばかりでまだあどけなさが残るタイピスト、浜口文子だった。

植棉指導所までの道筋でも、途中頭上をビュンビュンとひっきりなしに銃弾の通る音が鳴る。すると、藤原がまた怯える安田や文子を冷やかすかのように言う。

「これは跳弾の音でありまして、城外から撃っている銃弾の跳ねる音。はるか上空を通っているのだから城内は大丈夫であります」

藤原が言うように、指導所に着くころには次第に銃声は下火になった。戦闘は数時間で終わったようだ。昼前までには掃討を終え、萱嶋部隊の先頭は新たな火種となっている南苑の応援にすでに向っているのだと、特務機関の顔見知りから最新情報を仕入れた安田主任が皆に伝えた。南苑は北京の真南にあり、かつては歴代皇帝たちのお狩り場として禽《きん》獣《じゅう》が放たれた御苑である。どうやら戦場はその南苑に移ったようだった。

新情報を聞いた石井は、今晩からはようやく枕を高くして寝られるよ、と公館の電話を通じて妻を安心させている。

石井夫妻は半年ほど前の一月八日、奉天（現・瀋陽）から大連神社まで出向いて結婚式を挙げたばかりだった（写真⑰）。新婚ほやほやの生活が始まって半年も経たない六月一日付で、通州への異動となってやって来たのだ。結婚直前だろうか、奉天郊外の秋を思わせる風景の中で座っている石井亨と茂子（旧姓・下吹越シゲ）。「この人と結婚しようと思っている」と東京の両親宛に送られてきた一葉（写真⑱）である。このあと二人は挙式を済ませ、半年後には通州へ向かった。

北支のなかでも通州一帯は綿花の生産にもっとも適した気候風土だといわれ、冀東防共自治政府から棉花指導所は特段の生産向上を嘱望されていた。冀とは河北省のことで、冀東はその東部全域を指す。

中国大陸の北部は慢性的な食糧難にあえぎ、南部の穀倉地帯から運河を利用して米を買上げ、食糧をまかなっていた。帰りの船に綿花を乗せて米代を稼ぐのは、いわば通州人の常識だったが、その生育技術となると日本人の手を借りなければ立ちゆかないのが実情でもあった。

棉花協会内部におけるそのあたりの事情は、昭和四十六年に刊行（私家版）された「満洲棉花協会」監修史料『通州事件の回顧』に詳しい（抄出）。元満洲棉花協力関係者のご遺族のご厚意から、今回の取材で詳しく読むことができた資料である。

「昭和十一年の早春、満洲棉花協会は、華北通州の冀東防共自治政府の要請にこたえて、棉花開発事業の指導者として安田秀一を主任とし、これに配するに藤原哲円、李永春をもってする三名を派遣、これら三指導員は同政府実業庁所属の植棉指導所に政府嘱託として配属せられ、棉花開発に関し、全面的にその指導に当ることになった。

翌十二年には各地から採種団誘致の陳情が相次ぎ、本部より浜口文子、石井亨、浜口良二の三名を増派して指導陣を強化した」(『通州事件の回顧』無數会刊)

当時、河北一帯は数十年来という大旱魃《だいかんばつ》に見舞われ、冀東地区の綿作が著しい損害をこうむった。この折に満洲棉花協会から派遣されて来た植棉指導所の技術者が目覚しい活躍ぶりを発揮し、多大な収益を農村にもたらすこととなったのだ。その結果、安田以下の指導員は当地の政府・農民から大きな信頼を得ていた。

石井は成城学園から東京帝国大学へ進み、農学を専攻したのち幹部候補生として入営、関東軍の輜重兵《しちようへい》伍長として勤務したが昭和十年秋除隊。その後、奉天で満洲棉花協会に勤務し、植物学者としての能力を発揮していた(写真⑯)。

明治四十五(一九一二)年六月十日生まれなので、通州へ異動してきたときは二十五歳になったばかりである。新妻の茂子は大正四（一九一五）年四月一日、熊本県生まれ、三歳下である。

石井は七月二十日付で、東京に住む家族宛に書状を書き送っている（抄出）。

「通州の宿舎はとても立派で、玄関、四畳半、七畳半、それに十畳くらいの西洋間、台所、風呂、便所は水洗にしました。三人同じ所におりますが、一軒々々にしきられております。茂子も元気でやって居ります。

新聞でみると事変も仲々大変の様ですが、通州は至極のんびりとして、九日の朝迄そんな事があったとは一つも知らないで居ました。北平はしかし大分騒いで居る様ですが、当地には日本の兵営もあり（家から二丁位）心配は要りません。冀東地区には支那の軍隊は入る事もなく、又入れる事も絶対にないですから大丈夫です。

軍の嘱託となり、月俸二四二円、家賃不要、その他十円位の収入があります。今年は気候順調で棉も上出来です。勤務先は冀東政府実業庁植棉指導所と云ひ、協会と仕事は同じです。今日は之で失礼致します。心配は決して御無用の事。

家中御一同様

七月二十日　　亨」（同前掲書）

封筒の表書きは「大日本東京市世田ヶ谷区成城町××番　石井　直《なお》　様」で、「二十六年七月二十一日河北通県」の消印が捺してあり（二十六年は民国暦）、封筒の裏には「中華民国河北省通県城内小後街三号　石井亨」と記されている。亨は石井家の四男であった。

書簡には少しでも両親を安心させようとの心配りが随所に見られるが、同時に日本側の兵営もあって支那兵は入れないから絶対安心、という既成観念にとらわれていたことも事実だ。この書簡がわずか八日後に起きる禍々《まがまが》しい惨事によって、家族への最後の便りとなるとは、まだ誰も気づいていない。

とりあえず七月二十七日の騒動は夕刻までには完全に収まり、一同ようやく落ち着いて眠りに就けた。

ところが通州の治安は、実は石井たちが思っていたほど安全ではあり得なかった。

七月二十八日、出勤した石井は棉花指導所で綿花畑への薬剤散布状況の点検や、綿花種子の改良研究に忙殺される一日を送っていた。とにかく前日早朝来の騒ぎがもとで、所内の空気もいつもとは違っていた。どことなく落ち着かないのだ。

所内では誰もが自己流の戦局問答で終日もちきりだった。盧溝橋事件発生から二十日、各所で衝突が繰り返されている日支両軍の動向を分析してはこの先どうかと談じ合う。物騒な話題も多くなる。それだけでも、いつもとは何かが違ってそわそわした一日であった。

けれども、夕刻から始まる冀東政府関係者との棉花事業報告を兼ねた宴会さえ終えれば、茂子が待つ公館へ帰れる。そう思いながら石井亨は植棉指導所のある路地奥を抜け、城壁の北門方角に向かって歩き出した（図4）。石井の背に射していた夏の陽も、やがて西門の向こうに隠れようとする時刻である。

今夕の出席者は、冀東政府側から実業庁長官とその部下が二、三人来る予定だと聞かされていた。名目は「大旱魃から目覚しい復興を果たした努力への謝辞」ということになっており、したがって実業庁のご招待だった。

棉花指導所からは安田秀一主任、藤原哲円、李永春、浜口良二といったベテラン職員に混じって、着任早々の若手・石井亨が招かれていた。石井の顔合わせを兼ねてもいたのだろう。

蓮池には純白と桃色がかった蓮の花が浮き、淡い色香さえ感じられる。建物や設備だけだったら満洲なら新京や奉天、北支なら北京や天津にも一流旅館はあろうが、蓮池のなかに浮かぶように造営された近水楼の眺望にかなう旅館はないと思えた。

ウリを担いだ物売り《スイヨー》が、池に架かる細い橋の前に立って声を掛けてくる。ランプの光が揺れ、白い仏舎利塔が最後の西日を微《かす》かに受けて茜色《あかねいろ》を帯び、蓮池の水面までを染めてゆく。黄塵の匂いを含んだ生ぬるい風が渦を巻くなかで、北門の城壁はやがて暮色に包まれ、闇に溶け込むのであった。

通州城は十七世紀後半、清朝の康熙《こうき》帝年間にほぼ現在の城郭が完成したとされる。最も古い記録には、遼朝時代（十世紀・景宗帝）の築城という史料があり、いずれにせよ古城の栄枯盛衰を語れば北支にまつわる波乱万丈の物語となるに違いなかった。

昭和十二年当時の通州城は、東西が二千八百メートル、南北に一千七百メートルという変形長方形を成している。煉瓦と石と泥土を固めて造築された城壁（写真⑥）には、東西南北の隅に四つの城門があって、出入りの不審者を厳重に監視する衛兵が立っていた。十字に通った大街に沿って主要な政府機関や兵舎、師範学校などが並び、満洲の都市計画に準じた近代的な下水道などが整備された。

大まかに言えば城内北部のややひなびた一帯が市街地になっていた。一般市民向けの飲食店や旅館などがひしめく細い路地の奥に暗い蓮池があり、行商人から役人、高級軍人などがしきりに出入りする近水楼が建っている。

石井が蓮池にかかる道を抜けて、近水楼の玄関前に着くと、その横に五色旗を立てた黒いセダンが停まっていた。警備兵の姿も見える。実業庁長官にしては警備が大袈裟で、いったい誰が来ているのかと旅館の女中に尋ねると「今晩はもう一つご宴会がございまして、殷汝耕《いんじょこう》政務長官さまがすでにお入りに……はい」とのことだった（写真⑦）。見回せば、警備担当の兵が乗った自動車が一台、やはり五色旗を付けて護衛のために停まっていた。

六時半ごろ、乾杯とともに石井たちの宴会は始まった。冒頭、実業庁長官から植棉指導所に対するねぎらいの言葉が掛けられた。大旱魃から復興を果たした努力への謝辞である。次いで、秘書官や実務関係者から新たに開発された広大な綿花畑の灌漑《かんがい》・水利に関わる質問と、今年の生産目標の数値確認がなされたが、間もなく話題はこのところの目まぐるしい事変の戦局と雑談に移った。

すると、

「殷汝耕長官ご一行様は、奥の間にいるらしいよ。しかも馴染《なじ》みの芸妓《げいぎ》も呼ばれてね」と藤原が小声で石井に囁いた。情報通で鳴らす安田主任は、

「どうやら、張慶余《ちょうけいよ》保安隊第一総隊長が一緒のようだ。廊下にいる護衛の警備兵から女中が聞いたというから間違いない」

と言いながらグイと盃を空けた。

冀東政府長官と衛隊長が食事をしても、別に不思議はないが、警備兵がやたらに玄関と部屋を行き来する足音が気に障った、と藤原は記憶している。

石井たちの席は雑談も一段落し、最後に安田の挨拶が終わると九時には散会となった。奥の間の長官の会食もほぼ同時刻にお開きとなったようだ。五色旗を立てた黒いセダンに乗り込む殷汝耕を近水楼の女将以下全員が見送ったのは、九時十五分くらいであろうか。セダンの前後には、冀東保安隊警備担当の自動車がやはり五色旗を付けて護衛に当たっていた。保安隊の装備と訓練は、ほぼ日本軍並みに優れていたと信じられていた。それが城内の日本人たちに日夜の安心感を与えているはずだと、誇らしそうな笑顔を浮かべた殷汝耕は見送る日本人に手を挙げて応えた。

七月二十八日の夜は、二十七日にも増して運命的な夜となった。殷汝耕と盃を交わし会食していた張慶余保安隊第一総隊長（写真㊽）は、その数時間のちにはこの座敷を血の海と化す指揮棒を振るったのである。護衛の保安隊員たちは、玄関でいつものように女中たちと談笑していた。けれども、女中たちは自分の命があと十時間ほどしか残っていないなどとは露ほどにも知らなかった。

殷汝耕と張慶余の二人は、いったい何用あって会食したのだろう。実務的な用事なら政府公館を張慶余が訪ねれば済む。平静を装うための張慶余の演技なのか、その先は不明である。はっきりしていることは、殷汝耕、張慶余という政務と警備の最高指揮官二人が直前まで肝胆相照らしていた、という事実である。

午後九時半には、殷汝耕は政府公邸に戻っていたはずだ。近水楼から公邸までは一キロ足らずである。長官はあらかじめ呼んでおいた政府関係者を交えて麻雀卓を囲んでいる。そのあと、訪ねてきた細木特務機関長と長官室で午前二時ごろまで用談をしたのち、寝室に入った。これには異説もあり、細木は異変が起きた直後に慌てて長官を訪ね、その帰路、寝返った保安隊に遭遇したとも言われている。

石井亨たちは安田公館まで、通い慣れている薄暗い道を急いだ。帰途、特段いつもと違うことはなかったが、保安隊の夜警が立っているはずの場所に人影がなかったと、藤原は「後から思えばだが」と記憶している。

「お疲れさまでした。お休みなさい」

安田公館より少し手前にある藤原の家の前で、石井たちは普段と変わらぬ丁寧な挨拶を交わし別れた。これが安田や石井たちとの今生《こんじょう》の別れになろうとは、藤原でなくても誰も予測し得なかったであろう。通州城内の安全神話がこれほど脆《もろ》いものだったとは――。

その裏事情を知るためには、冀東防共自治政府なるものが成立する過程を、簡略ながら振り返っておく必要があるだろう。

塘沽《タンクー》協定

昭和六（一九三一）年九月十八日、いわゆる満洲事変が発生する。奉天郊外の柳条湖で満鉄（南満洲鉄道）の線路が爆破されたのをきっかけに、関東軍と国民党軍（主力は張学良軍）の争いとなった。柳条湖での事件は、東京裁判では関東軍高級参謀・板垣征四郎大佐や同作戦主任参謀・石原莞爾《かんじ》中佐らによる陰謀とされているが近年では異説もあり確定していない。いずれにせよ、これをきっかけとして関東軍は一挙に満洲を制圧し、翌昭和七年、満洲国が成立した。

問題は満洲建国から昭和十二年に発生する盧溝橋事件までの五年間である。熱河作戦、綏遠《すいえん》事件、さらに西安事件などのトラブルが発生し、事態がより複雑化する。この五年間の出来事が、のちの支那事変に繋がる発火点となったことは間違いないだろう。関東軍の武藤信義司令官は「長城を隔てる河北省は支那の領土であるから、長城越えを厳禁する」として、日中間の紛争拡大を回避していた。

しかしいくつかの小競り合いの末、昭和八（一九三三）年二月、張学良が熱河省に正規軍約二十万を集結させたため、日本側は満洲国の治安維持を目的に熱河侵攻を決意する。

関東軍は長城ラインを越え、熱河を陥落させた。これが昭和八年二月から三月にかけてのことである。

ついでながら、熱河はもともと内モンゴルの一部であり、満洲国の領域である。長い間、清王朝の夏の別荘地として利用されてきた土地だ。漢民族の領土ではないが微妙な境界区域ではあるため、関東軍もこれまではできるだけ接触を避けてきた。

関東軍が四月には遂に長城線を越え、北京・天津にも迫る勢いを見せたため、中国政府は日本との停戦を求める席に就くこととなった。

関東軍参謀副長・岡村寧次《やすじ》少将と中国国軍の代表・熊斌《ゆうひん》中将の間で停戦条約が結ばれた。これを塘沽《タンクー》協定という。

昭和八年五月三十一日午前十一時過ぎだった。天津市郊外の渤海湾に面した塘沽にある古びた煉瓦造りの陸軍施設で調印式が行われた。両代表は「これで事実上、満洲事変の停戦」との認識で一致し、「感慨深いものがある」と両人とも記者会見で語っている。

停戦によって非武装地帯が設定され、域内の治安については中国側警察が担当することとなった、と新聞各紙は報じている。

非武装地帯の範囲は、延慶、昌平、高麗、順義、通州、香河、寶坻《ほうてい》、寧河、蘆台を結んだ線の内側とされ、中国陸軍は速やかにこの域内から一律撤退し、一切の挑発攪乱《かくらん》行為を行わないこと、と約された（「東京朝日新聞」昭和八年六月一日）のである。

ただ岡村少将は、この「停戦協定」が磐石なものでは決してあり得ないと、会見談話のなかで次のように注意を喚起し、不吉な兆候をいち早く予見している。

「本協定の成立並に遵守のみをもつて満足すべきものではない。政治的、思想的に根強い排日の風潮、河北一帯に雲集せる雑多の軍隊の後始末等、幾多支那側の誠意を要望すべき点が残つてゐる」（同前掲紙）

こうした懸念を少しでも払拭《ふっしょく》する目的で、話し合いは継続されていた。日本側では一連の対国民党対策を、華北分離工作と呼んでいた。昭和十（一九三五）年六月十日には、支那駐屯軍司令官・梅津美治郎《うめづよしじろう》中将と軍事委員会北平分会長・何応欽《かおうきん》の間で「梅津・何応欽協定」が締結され、中国国民党軍の河北からの撤退が決められた。

次いで同月二十七日には、関東軍特務機関長・土肥原賢二《どいはらけんじ》少将と察哈爾《チャハル》省主席代理・秦徳純との間で「土肥原・秦徳純協定」が結ばれ、各地で抗日運動を展開していた第二十九軍長・宋哲元の軍隊が北京へ移動させられたのだった。

それでもなお中国人による排日運動は衰えるどころか収まらない。各所で一層の乱脈ぶりを発揮し、暴力事件が続発した。

昭和十一（一九三六）年八月には、「大阪毎日新聞」の記者一名が四川省成都で大群衆の襲撃にあって殺害され、他の二名も激しい暴行を受けた（成都事件）。また同十一月には、関東軍の影響下にあった内モンゴル軍と国民政府軍の間で武力衝突事件が発生（綏遠《すいえん》事件）している。ほかにも日本人襲撃事件が随所で起きるのだが、相手が正規の中国軍なのか匪《ひ》賊《ぞく》集団なのか、なかなか区別がつかないところにこの国の複雑な事情がある。

要するに中国では「兵」と「匪賊」の差がほとんどないのが実情だった。満洲まで含めれば「匪賊」に「緑林《りょくりん》」（盗賊、馬賊）が加わる。兵が脱走して匪賊・馬賊となり、匪賊・馬賊が帰順して兵となるのが日常化していると考えればよい。

そんななかで、北支那の人々は強力な指導者や自治を求めるようになり、やがて民衆運動のうねりに発展するようになった。要因の一つとして挙げられるのは、国民政府が徴発する税金が特別高かったことが挙げられよう。元来、北方系民族が多い場所柄から、広東のような南支那出身の孫文や蔣介石とは民族的にかなりの相違がある。南方人の南京政府に多額の税金を支払う不満が膨れ上がり、自治運動に発展したのはもっともなことと思われた。

不平不満の声に連動するかのように、昭和十年十一月、河北省で自治独立政府を立ち上げたのが殷汝耕だった。

冀東《きとう》防共自治政府と殷汝耕

明治四（一八七二）年、台湾に漂着した琉球島民五十四名が殺戮《さつりく》されるという事件が起こった。清国政府が責任回避したため、明治七年、わが国は維新後初めての海外出兵を台湾に対し行い、これを制圧した。事件処理のため清国に赴き折衝を重ねた大久保利通は、和議整って紫禁城を後にした帰途、通州に立ち寄っている。

明代以降、通州は北京に次いで繁栄した大都市だった。運河による交易で行き交う人と銀が、通州城内を活気づかせていたのだ。この地で体を休めた大久保は、一詩詠んでいる。

和成り忽《たちま》ち下る通州の水
閑に篷窓《ほうそう》（よしずの下がった窓）に臥して　夢自ら平かなり（抄出）

当時の通州が穏やかで、夢さえ平穏なものだと大久保は詠《うた》う。だが、それから六十余年後の通州にはもはやその面影はない。

乱世に登場して、自ら自治政府・冀東防共自治政府の長官に就いた殷汝耕はなかなかの日本通だった。日本へ留学し、第一高等学校予科から鹿児島第七高等学校造士館へ転入する。辛亥《しんがい》革命が起こるや、いったん帰国し運動に参加。その後、再度日本へ渡り、早稲田大学政治学科を卒業、日本人女性（民《たみ》慧《え》夫人）と結婚している。

いわば、当時の日支間にあっては特段の親日派と目されていた人物である。当初は上海市政府参事などに就いていたが、昭和十年には北京や河北省で頭角を現すようになった。土肥原賢二奉天特務機関長の支援もあって殷汝耕は同年十一月、通州に親日的な冀東防共自治委員会の設立に成功する。

「冀東防共自治政府組織大綱」第一条によれば、その管轄区域は次の各地点「通県、臨楡《りんゆ》、豊潤、昌黎《しょうれい》、撫寧《ふねい》、遷安《せんあん》、密雲、薊県《けいけん》、玉田《ぎょくでん》、楽亭、寧河《ねいか》、昌平、香河、三河、順義、懐柔、平谷《へいこく》、興隆を結ぶ域内」とされ、第二条で「政府は通県に設置す」と定められた（『冀東政権の正体』高木翔之助）。

蔣介石の国民政府（南京政府）が徴収してきた高額納税からの分離独立を目指す自治行政区の独立は、日本にとっても好都合だった。自治委員会はさらに改組されて正式に冀東防共自治政府として成立し、殷汝耕が政務長官に、池《ち》宗墨《そうぼく》（写真⑧）がナンバーツーの秘書長にそれぞれ就任した。自治の統轄《とうかつ》範囲は冀東すなわち河北省東部（およそ九州くらいの面積)、塘沽《タンクー》協定で中国側の軍事行動が禁止されていた範囲に限定されていたが、それでも数百万人の人民が含まれていた。

同地区の税収や交通機関の収益は河北省の歳入の二五パーセントを占めていたが、殷汝耕は部下を使ってこれも押さえさせた。

殷汝耕が創設した冀東保安隊は、域内の日本人保護を裏づけるべく強力な近代兵器を装備し、日本の士官学校並みの訓練指導が行われた。これを蔣介石が殷汝耕の裏切り行為とみたのはある意味で当然だった。

そこで国民政府も直ちに対抗策を講じた。日本軍との緩衝地帯を設ける意味合いから、南京政府の手によって冀察《きさつ》政務委員会という組織を設立させ、第二十九軍長宋哲元を委員長兼務で据えた。冀東防共自治政府設立に遅れることわずか一カ月、一九三五年十二月のことである。

察とは察哈爾《チヤハル》省のことである。河北省(冀東を除く)・察哈爾省を統治する宋哲元は表向きは反共・自治政府を標榜していた。殷汝耕ほど親日ではないものの、反日でもなく日本との提携も巧みに演出してみせる技はもっていた。張学良の軍門に降《くだ》りながら、チャハルの山奥から京津のヒノキ舞台に躍り出た宋哲元の身上は保身術だった。蔣介石はそこを利用したのである。

宋は昭和十二年二月、土肥原を最高顧問に招聘《しようへい》すると表明し、日本側も土肥原を中将に昇進させてこれに応じる。つまり、親日を装う冀東、冀察二つの自治政権が同時に成立したことになった。これを日本側の華北分離政策の成果とみるか、蔣介石の巧妙な深謀遠慮とみるかは難しい判断となってゆく。しばしば親日政府のことを「日本の傀儡《かいらい》」と呼ぶ場合がある。けれども、当時の支那や満洲の各軍閥勢力は、いずれにせよどこか外国との提携をもってようやく成立していたのだ。米・英・ソ、そして日本のいずれかの「傀儡」として生きなければ道はなかったのが実情だった。

冀東防共自治政府と冀察政務委員会が樹立されてちょうど一年経ったときだ。

昭和十一年十二月十二日——西安で張学良によって蔣介石が逮捕監禁されるという事件が発生した。いわゆる西安事件である。

共産党の掃討作戦を抗日戦より優先させていた蔣介石を、張学良が周恩来の意を汲んで実力行使に踏み切った事件だった。張学良は考え抜いた末、周恩来との直接接触を求め、両者は延安で落ち合って極秘会談した。主たる条件は「〝共同抗日〟実現のために、共産党の武装部隊を国民政府軍に編成、抗日のための訓練をする。その代わりに蔣介石を釈放する」ことであった。

張学良は父・張作霖《ちようさくりん》の爆殺事件（昭和三年六月）以降、急速に国民党への接近・合流を図っており、同年十二月には易幟《えきし》といって青天白日旗を掲げ国民政府への帰属を鮮明にしていた。その一方で共産党との接触も裏面では同時に進行していたとされる。共産党のスローガンに心を揺さぶられてきた張学良が動いた西安事件の全体像は、今日でもまだ多くの謎に包まれている。

長征以降、壊滅状態にまで陥っていた中国共産党が息を吹き返したのはこの事件が契機となっている。貧弱だった中国共産党の比重が、張学良によって窮地から脱出する弾みがついたことは事実だ。そのため、現在でも張学良は「民族の英雄」「偉大な愛国者」として、中国政府から特別に高い評価を受けている。

西安事件の約十カ月前、昭和十一（一九三六）年二月、東京で皇道派青年将校が率いる一千四百の将兵らが叛乱を起こした。いわゆる二・二六事件である。首相官邸、内大臣私邸、蔵相私邸、侍従長官邸等が襲撃され、斎藤実《まこと》内大臣、高橋是清蔵相、渡辺錠太郎教育総監らが射殺され、鈴木貫太郎侍従長が重傷を負った。叛乱の背景には、東北地方などの貧困問題に加え、南下するソ連にどう対処するか、という共産主義の脅威に対する認識の相違による軍部内統制派との亀裂があった。加えて、人事問題への不満、天皇親政体制志向なども蹶起《けっき》の一因と考えられた。

二・二六事件が、華北一帯に起きた一連の独立自治政府、あるいはそれに続く西安事件、さらに盧溝橋事件、通州事件等を挟んだなかで起きたことは、果たして偶然であろうか。昭和史の流れを追うとき、見逃せない一つの重要ポイントというべき事件だった。

ところで、北京付近や天津には日本軍が駐留していた。北支情勢悪化までは歩兵十個中隊規模（約二千五百名程度）だった。これをもって、しばしば「日本軍の侵略が先にあった」と解される場合があるので、念のためなぜ日本軍が駐留していたのか、ひと言添えておきたい。

明治三十三（一九〇〇）年に起こった義和団事件の事後処理を諮《はか》る会議が北京で開かれた。一九〇一年九月、清国と出兵した八カ国（ドイツ、オーストリア＝ハンガリー帝国、アメリカ、フランス、イギリス、日本、ロシア、イタリア）の間で調印された外交文書を「北京議定書」と呼ぶ。

同議定書から治安・警察権・駐兵権に関する箇所のみ引いておこう。

▽各国公使館の区域は、各国公使館の警察権下に属する。また、この区域内における清人の居住を認めず、公使館を防御できる状況におく。

▽清国は各国の海岸から北京までの自由交通を阻害しないために、各国が同間の各地

点を占領する権利を認める。その地点は、郎坊《ろうぼう》、楊村、黄村、天津、蘆台、軍糧城、塘沽、唐山、昌黎、灤州、秦皇島、山海関とする。

この議定書は第二次世界大戦終了まで、事実上継続維持され、清国が支払った賠償金と利子も莫大な金額に上った。義和団事件の結果、清国とそれを引き継いだ中華民国が負った犠牲は決して小さいものではない。そのために中央政権は常に軟弱で、各国金融市場の利権争いに巻き込まれ、結果として中国共産党と背後にいたソ連に立ち入る口実を与えることとなった点は否めない。

だが「盧溝橋事件や通州事件で、現地に日本兵がいたのは侵略ではなかったのか」との疑問はこれでお分かりいただけよう。八カ国の軍隊が、それぞれの居留民保護を目的として駐留していたのだ。

ところが、昭和十二年七月の北京郊外は、いっときの「冀東」「冀察」による親日気分を根底から破壊するような事件が頻発した。

盧溝橋事件勃発と東京

昭和十二年七月七日夜、北京郊外で中国国民党軍（宋哲元軍長麾下《きか》の第二十九軍）による日本軍への銃撃に端を発して、盧溝橋事件が勃発した。

北京在住の邦人は、身辺の危険を感じて次々と脱出を開始する。帰国の準備をする者、天津の租界に逃げ込む者、満洲行きの列車を手配する者とさまざまだった。だが、一番手っ取り早くて安全とされたのが、通州城内へ逃げ込む案だった。紫禁城・南陽門前から通州街道を、馬車《マーチョ》を駆って逃げ出す邦人の数は日増しに増えていた。

通州はたしかに逃げ込むだけの価値があった。この国にあっては、北京が危険だったら、あとは天津か通州しか安全地帯は見当たらない。天津租界には日本軍が駐留しており、支那兵が出入りすることは法的に許されない。すでに首都ではなくなっていた北京の治安は南京政府も責任をとらないし、各国各軍が自衛する以外に生き延びられそうにない。それだけ蔣介石の支配基盤は脆弱《ぜいじゃく》だった。加えて正規軍以外の脱走兵や匪賊、便衣兵（平服を着て後方攪乱をなすグループ）の類いにも気が許せないのが実情だった。

中国共産党の北方局書記だった劉少奇《りゅうしょうき》（のちに第二代国家主席）の指導の下に、秘密党員らが陰謀工作を仕掛けた可能性が高いという研究が、今日では進んでいる。国民党軍と日本軍を戦わせて中共軍、背後にいるコミンテルンが漁夫の利を得ようという工作である。

盧溝橋事件はいったん停戦協定が結ばれるのだが、実は中国側からの攻撃は一向に収まらない。十日には斥候《せっこう》の日本軍将校への銃撃があり、十三日には日本軍トラックが爆破され四名が死亡（大紅門事件）、さらに十八日から二十日まで連続して日本軍への攻撃が発生するなど、極めて不安定な状況が続いていた。

そのころ、東京は何をしていたのか。

二・二六事件は前年二月二十九日、叛乱部隊の帰順をみて一応解決していた。岡田啓介首相は辛くも難を逃れたが憔悴《しょうすい》激しく、内閣は総辞職。後継首班には元老・西園寺公望《きんもち》が公爵・近衛文麿を強く推し、大命が降下したものの近衛が健康問題を理由に辞退。難航の末、重臣たちが選んだのは廣田弘毅《こうき》だった。その廣田も閣内不統一が原因となって翌十二年二月二日には退陣。さらに後継首班に就いた林銑十郎も短命で、四カ月後の六月四日には総辞職となった。

二・二六事件以降、休まることのない不安定な政局を打開すべく、期待されて総理の座に就いたのは近衛文麿だった。近衛も今度は断れない。再度大命が降下し、組閣を開始したのが六月四日、盧溝橋事件発生はその約一カ月後のことである。

組閣がようやく終わったばかりの政府と軍部も一応事件の不拡大を確認、閣議でも事件二日後に不拡大を決定している。

参謀本部作戦部長（第一部長）の席にあった石原莞爾が「支那に兵を増やすのは反対、対ソ線を見据えて満洲を強化すべし」との持論の持ち主だったことはよく知られている。一方、支那派兵に積極的なのは杉山元《はじめ》陸相という構図があったが、それでも近衛は自分が現地へ乗り出す案を含め、事態の早期解決に期待を寄せていた。だが軍部は杉山陸相、梅津美治郎同次官、田中新一軍事課長ら強硬派が大勢を占めていた。石原の「全面戦争を避けるため、ここは派兵なし、不拡大でいきたい」という説は理想ではあったが、もはや現実味を欠いていた。結局、派兵案が閣議に提出される模様となった。現地居留民の生命安全、権益・財産保護というのが名目である。

七月十一日、日曜日の朝にもかかわらず荻窪の近衛別邸・荻外荘《てきがい》（本邸は目白）の門前には、軍服姿の石原莞爾が立っていた。

単身、応接間に通された石原は「本日の緊急閣議で陸軍の動員案を否決してはいただけまいか」と近衛に頼んだ（石射猪太郎『外交官の一生』、広田弘毅伝記刊行会『廣田弘毅』）。だが、動員案は杉山元陸相の強い希望どおり閣議決定された。

その後も近衛は自らが上海か南京へ出向いて蔣介石と会い、解決の糸口を摑もうと試みる（矢部貞治編『近衛文麿』上巻）が、上海で海軍陸戦隊の大山勇夫中尉（没後、大尉）ら二名が虐殺される事件が発生し、外交交渉（「船津和平工作」）が挫折する。

船津辰一郎《ふなつたついちろう》という元外交官・実業家は、人格高潔とされ中国側からも信頼されていた人物だった。彼を通して蔣介石にかなりの譲歩案を提示し、和平を働きかけようとしていた矢先、この事件で頓挫。そこで今度は頭山満《とうやまみつる》を使者に送って蔣介石と会談させ、和平の糸口を摑もうと近衛は動いた。

八月三日、近衛は西園寺公望と会ってこの件を相談する。西園寺の秘書・原田熊雄は元老の言葉を次のように記している。

「（近衛総理が言うには）『自分はやつぱり頭山でもやらうかと思ふ。頭山と蔣介石といふものは昔から非常によい。どうせ蔣介石と自分が手を握るといふことになると、北支に政権を樹てようと思つてゐるやうな右傾の連中が騒ぎ出す。その時にやつぱり毒を以《もつ》て毒を制するのに、頭山を使つたらいゝぢやないか』といふことであつた」（『西園寺公と政局』第六巻）

さて、ここまで日本軍は先に攻撃を仕掛けられるばかりで、日本軍から攻撃を仕掛けたことはない。隠忍自重《いんにんじちょう》、和平の姿勢を貫いてきた。しかし、七月二十五日に起きた事件を契機に、支那駐屯軍に対し遂に武力行使容認の指令が下される。

郎坊（廊坊とも）という小さな駅が北京郊外にある。

この付近では盧溝橋事件以来、天津と北京間の軍用電線が中国側によって切断されるという妨害事件が度々起こっていた。

七月二十五日、この日も電線が切られたので、補修隊が修理に出動することとなった。郎坊駅付近には、国民軍の兵営がある。ここの第三十八師長・張自忠《ちょうじちゅう》は冀察政務委員会委員長代理で察哈爾《チャハル》省政府主席を兼務する男だったが、宋哲元の腹心であり、親日家とみられていたため、危険は少ないものと予測されていた。だが、その予測は甘かったことが間もなく分かる。

補修隊の出動は、盧溝橋事件発生直後、七月十一日付で着任したばかりの支那駐屯軍司令官・香月清司《かつききよし》中将の下命だった（写真53）。香月中将は前もって中国側に通報したうえで、通信部隊とその護衛に第二十師団麾下《きか》の歩兵七十七連隊第十一中隊（五ノ井淀之助《ごのいよどのすけ》中尉）を天津から現場に派遣した。

その修理が深夜に及んだころ、支那側の国民革命軍第二十九軍に属する第三十八師所属部隊によって、日本側が銃撃を受ける事件が発生したのである。

第三十八師の師長・張自忠が親日を装う宋哲元の腹心だったことで、日本側にやはり油断があったのだ。小銃、機銃の乱射に加え迫撃砲による砲撃まで始まった。日本側はたちまち重傷者二名、軽傷四名の損害を受け、五ノ井中尉も直ちに反撃を指令した。現場から第一報を受けた香月中将は、東京に兵力使用の許可を要請する緊急電を打った。

東京で緊急電を受信した陸軍省軍事課長・田中新一大佐は、石原少将からも「もはや事態は内地師団の派遣以外にはない。至急手を打ってくれ」という電話を受けている。

ここにきて石原の「不拡大希望」は無力化し、日本人居留民保護のため相当量の兵力をもって「一撃」する必要あり、との結論で一致をみた。

どうやら日本人はいい人過ぎるのだろうか。親日派と聞けば、相手が中国人でも心底から心を許し、生命の危険など忘れてしまう癖が往々にしてあった。宋哲元の腹心部隊だったらまさか裏切りはしまい、と通信隊と第十一中隊は安心して電線の復旧工事にかかっていた。

五ノ井部隊から援軍要請を受けた天津の駐屯軍本部は、歩兵第七十七連隊を増派し応戦に加え、二十八日の反撃によりようやく中国兵は敗走した。

二十五日深夜から二日間にわたるこの武力衝突を郎坊事件という。ところが続く二十六日にも、北京の広安門で日本軍が突如として襲撃される事件が起きて（広安門事件）、通訳を含む戦死者三名、負傷者多数を出す事件に発展する。支那派遣軍司令官・香月中将は、東京に緊急電を打った。

「郎坊事件は尚隠忍の限度内と為し得可《う べ》きも、新に許す可《べ》からざる広安門事件の暴挙をみるに至り、今や断ず可き時なり。宜しく明二十七日行動を起し、平津一帯の支那軍を断乎膺懲《ようちょう》す可きなり」

近衛内閣は七月十一日に派兵を閣議決定したものの、実施は延期していた。香月の緊急電は派兵決定の実行を催促する電報だった。

今回ばかりは東京の反応も早い。この二度の攻撃を看過するわけにはいかず、三個師団の派兵を決定、参謀本部にも連絡が入った。

直ちに参謀総長・閑院宮載仁《かんいんのみやことひと》親王名による「臨命第四一八号」が天津に返電されてきた。

載仁親王は、昭和六（一九三一）年十二月から昭和十五（一九四〇）年十月、杉山元に譲るまで長きにわたって皇族ながら参謀総長を務めていた。だが皇族身分ゆえ、実際の実務にはあまり関わらない「お飾り」的な役割に終始したとされる。

「指示　刻下の情勢に鑑《かんが》み、支那駐屯軍司令官は臨令四百号（引用者注・兵力行使を禁じた訓令）を廃し、所要に応じ武力行使を為すことを得　昭和十二年七月二十六日

参謀総長　載仁《ことひと》親王

支那駐屯軍司令官　香月清司殿　」（『現代史資料』9、日中戦争㈡）

以上が盧溝橋事件以降に発生した、宋哲元率いる第二十九軍から日本軍への攻撃の実態である。

日本人はやはり人を見る目が甘かった。特に中国を相手にする場合、日本に留学経験があったり、日本人の妻がいたりするだけで親日家だと信じている場合が多い。「親日家」が命の保障になるとは限らないことを知らなければならない。

蔣介石、宋哲元、張自忠といった「親日」的な側面の皮を一枚剝げば彼らの本性がじきに現れ、陥穽《かんせい》にはまるのだという認識が薄かった。もう一人の、さらに一段「親日家」とされる殷汝耕《いんじょこう》は果たして大丈夫なのか。

通州城の守備

盧溝橋事件以降、北京近郊で次々と日本軍襲撃事件が発生していた状況のなかで、通州城内だけは極めて平穏な日常生活がまだ営まれていた。

通州城内は冀東防共自治政府保安隊（以後、保安隊）の警護によって安全だと信じられていたからだ（写真⑪）。したがって、混乱する北京から通州へ逃げのびてくる民間人（朝鮮人を含む）は日ごとに増えていた。冀東政府も憲兵分遣隊でも正確な邦人数を把握し切れていないが、三百八十名ほどはいると思われ、旅館は超満員だった。

保安隊は日本軍の支那駐屯軍から派遣された将兵の指導の下で、厳しい軍事訓練を受けていた。将校には内地の士官学校並みの教育も施された。その編成は第一総隊、第二総隊、第三、第四（この二総隊は天津に分駐）、及び教導総隊の五個総隊である。

このうち、城内には第一総隊（二千名）と教導総隊（幹部訓練所＝一千三百名）が、城外には第二総隊（二千名）と警備大隊（五百名）が配備され、総計五千八百名が駐留している。とりわけ第一総隊には重機関銃や野砲に若干の騎兵部隊も整っている精鋭部隊である。下手な宋哲元第二十九軍など相手にならないほど強力な武器貸与と実戦教育を、天津駐屯の日本軍から受けていたのだ。

城内の第一総隊長は張慶余《ちようけいいよ》、教導総隊長には殷汝耕《いんじよこう》自身が就き、張慶余が副総隊長、城外の第二総隊の総隊長には張硯田《ちようけんでん》が就いていた。もっとも教導総隊長殷汝耕というのは名目だけで、事実上の隊長は張慶余である。

一方、日本軍側にも通州警備隊（守備隊とも）が、若干ながら駐屯軍から派遣されていた。こちらは、歩兵一個小隊（小隊長・藤尾心一中尉）四十九名と通州憲兵分遣隊七名という小所帯である。

以上が通常警備態勢ということになるが、七月十五日に「支那駐屯軍ノ作戦計画策定」という指令が出たのを機に、支那駐屯歩兵第二連隊約一千二百名（連隊長・萱嶋高大佐）の主力（連隊本部と二個大隊・小山砲兵部隊を含む）が十八日夜通州城内に到着し、師範学校敷地に駐留した。時局の激変に対応するための措置だった。ちなみに支那駐屯軍とは、昭和十一年五月以降、北京駐屯の第一連隊（連隊長・牟田口廉也《むたぐちれんや》大佐）と天津駐屯の第二連隊（連隊長・萱嶋高大佐）とが混成旅団規模に強化されたものである。

七月十五日に発令された「策定」の第四項には、第一期掃蕩《そうとう》戦準備のためとして、次のような作戦が想定されていた。

◆兵站《へいたん》は差当り第一期掃蕩戦に応ずる諸準備を完了せしむるを主眼とす。之が為兵站主地を天津に設け、通州及豊台に補給基点を設け、半会戦分の軍需品及一箇月分の糧秣《りょうまつ》を集積す。

◆軍司令部は第一期、第二期作戦間、天津に位置す。会戦間は通州又は豊台に戦闘司令所を進むることあり（『現代史史料』9巻、日中戦争2）。

城外にある宝通寺には、国民革命軍第二十九軍隷下にある七一七部隊（傳鴻恩《でんこうおん》隊長）約一千名が駐屯していた。通州城内は日本人居留民を保護するための保安隊と少数ながら警備隊など数十名、そして萱嶋連隊が進駐していたが、城外は宋哲元の七一七部隊が取り囲んでいるという状況だった。

七月二十五日に起きた郎坊事件の翌日である。日中関係悪化のなか、不測の事態を避けるため特務機関と萱嶋大佐は、二十九軍七一七部隊に対し二十七日午前三時までに武装解除のうえ、北京へ退去するよう要求した。

だが聞き入れられず、逆に戦闘準備の模様さえうかがえたため、通告期限の二十七日午前四時をもって萱嶋連隊による攻撃を開始したのである。

通州植棉指導所職員たちが、安田公館で早朝から不安にかられた銃声や砲弾の炸裂音はこの戦闘騒動だった。戦闘は狭い範囲ながらかなり激しい展開となった。数時間で掃討を終えたとはいうものの、日本側も戦死者十一名、負傷者多数という損害をこうむり、連隊は兵営に戻って負傷者の手当てなどに追われていた。天津の司令部から緊急指令が届いたのは、そのさなかだった。

北京郊外の南苑で戦闘が起きているので、至急援護に向かえ、という。萱嶋連隊は急遽態勢を整え直し、南苑に急行した。それが、二十七日夕刻のことである。

その直後の城内の様子を目撃していた新聞記者の記録がある。通州城内に取材のため居合わせた、同盟通信北支特派員・安藤利男の手記だ（写真㉒）。二十七日早朝からの戦闘で出た第二連隊の戦傷者が城内兵営に収容され、警備隊がこれを看護しているという状況に彼は立ち会っている。

「私が通州に着いたのは七月二十七日の午後八時頃だつたが、こゝは硝煙なほ去らず、日本軍守備隊は戦傷者の収容のため、まるでまだ戦場のやうに混雑を極めてゐた。更に営内は、通州にある邦人の全部が負傷者の看護に総動員で、それは実に涙ぐましい光景であつた。翌二十八日は、その日の通州は、昨日の戦闘で傷ついた傷病兵を乗せたトラックが天津に向けて出発するのを、営門前で居留民、在郷軍人などが見送りして、戦雲

やうやく去って一休みといふ形であつた」(『日の出』昭和十二年十月号=「守備隊」と「警備隊」は資料により混用されている)

内容と時間の関係は、先の通州植棉指導所職員・藤原哲円や石井亨の体験にほぼ合致する。二十七日早朝、安田公館から起き出した彼らが植棉指導所へ向かう途上に、警備隊の兵営はある。昼までは掃討作戦が続いており、その後は死傷者の収容で警備隊界隈はごった返していた。城内は騒然としていたに違いない。二十八日昼過ぎになると安田主任は特務機関から情報を得て、二十九軍は敗走し一段落したと所員に伝えている。

ところがこの朝のこと、関東軍・飛行第十五戦隊の軽爆撃機が応援に飛来、誤って冀東保安隊の幹部訓練所を爆撃するという別の事案が発生した。

爆撃機は萱嶋部隊支援のため城外にある宝通寺の七一七部隊を攻撃するつもりだったが、少年航空兵が誤って隣接する保安隊幹部訓練所を爆撃してしまったのだ。このため数名の死者と負傷者が出るという不幸な事態となった。つまり、〝味方〟を空爆してしまったのだ。

保安隊員は、日の丸をつけた爆撃機が飛来し地上攻撃を開始するのを訓練所営庭で好奇心から走り回りながら見物していた。上空からは二十九軍との区別がつきにくく、誤認して爆撃したものと思われた。

誤爆に驚いた特務機関長の細木茂中佐は、直ちに殷汝耕長官を訪ね陳謝するとともに、遺族の弔問と保安隊教導総隊一同に対し釈明と慰撫《いぶ》に奔走している。誤爆騒動そのものは拡大することなく、この時点で解決済みとされた。

実はこの誤爆がこのあと発生する日本人虐殺への強い引き金となった、とする説がある。つまり「保安隊が日本軍に誤爆され、疑心暗鬼となって起こしたための反乱だ」という説明である。森島参事官などもこの説に依拠し日本側（特に陸軍）にも相応の責任があるという解釈をしている（『陰謀・暗殺・軍力』）が、後述するようにこの誤爆誘因説はまったく通用しないことが近年になって明白になっている。

もう一件、ときを同じくして面倒なことが起きた。国民党政府によるデマのラジオ放送（南京放送）が流され、事態を複雑にしたのである。蔣介石ラジオの次のようなアナウンスが、保安隊員に大きな不安を与えた。

「盧溝橋で日本軍は二十九軍に惨敗し、豊台と廊坊は完全に中国軍が奪還した。日本軍の壊滅も旬日のうちであらう。軍事会議の結果、蔣委員長は近く二十九軍を以て大挙冀東を攻撃し、偽都・通州を屠《ほふ》り、逆賊殷汝耕を血祭りにすることを決議した」（中村粲《あきら》『大東亜戦争への道』）

このデマ放送を聞いた保安隊員が、一定程度の動揺をきたしたことはうなずける。張慶余や張硯田ら上級幹部も、顔には出さずとも以前より少なからず抗日的な心理状態にあったことも想像できた。二人の出身は北京模範団歩兵科で、ともに国民革命軍に加わっていた経歴がある。デマ放送がその心理に「今こそチャンス到来」という決断に油を注いだとも考えられる。日本側に付いていては命が危ない、一刻も早く二十九軍に寝返ったほうが有利だ、と判断したとしても不思議はなかった。

だがしかし、のちに述べるようにこのデマ放送がたとえなくても、彼らは叛乱を起こす機会をもとより狙っていたのだ。通州城の守備態勢は、もはや安全神話崩壊寸前であった。

閉められた城門

昭和十二年七月二十八日の夜はいつになく寝つきにくい晩だった。昼間の温度が摂氏三十五℃以上に上がった日でも、夜になれば過ごしやすい涼風が城内を吹き抜けるものだが、この夜は蒸し暑かった。夕刻になるとザッとひと雨くるはずなのが、こなかったせいだろうか。支那駐屯軍通州兵站司令部による『戦闘詳報』には「この日、日中ハ華氏百度

（摂氏約三十七℃）を越へ」とある。

近水楼から十時過ぎに自宅へ戻った通州植棉指導所職員の藤原哲円は床《とこ》に就いたものの、十二時になってもまだ輾転反側《てんてんはんそく》、寝付けない。「今夜はどうも落ち着かないから泊めてくれ」といって夜になってやって来た棉花指導所の中国人江所長は、隣でさっさと寝息を立てていた。

そのときである。ギイーッという門が閉まるような音を藤原は耳にしている。南門の方向だったが、なぜ今夜は門を閉めるのかと一瞬首を捻ったが、そのうち寝込んでしまった。保安隊の衛兵が十二時を期して、今晩に限って東西南北の城門すべてを閉じた。そして、特別な疑念を抱く者もいないまま、城内は寝静まったのである。

この夜の警備力がどうなっていたか、もう一度確認しておこう。

邦人の安全責任を負うはずの保安隊が城内に三千三百名。城外に二千五百名いた。日本側の守備陣を知るには、支那駐屯軍兵站部通州兵站部辻村憲吉中佐作成の『戦闘詳報』（防衛研修所戦史室）が残されているので、これを参考にしたい。ちなみに「戦闘詳報」とは、各戦闘ごとに各級の指揮官によって書かれる上級指揮官への報告書のこと。気象、戦闘経過、各員の功績などとともに死傷者表や兵器弾薬損耗表などを添付する。軍功・感状などの基礎資料となる重要な報告書とされる。同文書によれば日本側の警備陣は、以下のとおりであった（括弧内はその他の用務員、小使等）。

兵站司令部　　二名（一）
通州警備隊　　四十九名（二）
山田自動車部隊　五十三名（二）
憲兵分遣隊　　七名（二）
病馬収容班　　五名（八）
野戦倉庫　　二名（四）
軍兵器部員　　二名（二）
野戦郵便職員　　（三）
計　　百二十名（二十四）

兵站司令部とは、作戦上必要な軍需の不足を補い、作戦の目的を達するために設置される施設のことを指す。七月二十七日になって冀東方面の情勢不安定との判断から急遽派遣運用されたものである。辻村中佐が天津から二十六日に着任、警備隊兵站の責任者として通州入りしていた。通州警備隊長は藤尾心一小隊長（中尉）で、辻村は事実上の最高指揮官となり、武装部隊としては藤尾小隊長以下四十九名の警備隊だけが、主兵力というのが現実だった。

山田自動車部隊五十三名というのは二十八日、天津から弾薬を運搬して到着したばかりの輜重《しちょう》兵で、隊長は山田正輜重兵大尉。本来、軍馬による輸送のための部隊だったが、次第に一部が機械化され自動車部隊となったものだ。彼らの装備といえば、歩兵より短い銃と剣だけによる軽武装で、いわゆる戦闘隊員とはみなされていない部隊だ。それでも総員決死の奮戦を試み、七名が壮絶な最期を遂げている。

このほかに、行政補助並びに諜報《ちょうほう》活動を行う通州特務機関という軍事顧問団が戦闘部隊とは別個にあった（写真⑩）。陸軍の情報機関としての立場から、細木繁中佐以下十三名（事務職を含む）が小銃六挺を保有し駐留していたが、軍人は細木、甲斐の二名だけで通常は武装していなかった。

加えて、盧溝橋事件以後、念のため領事館警察分署という組織が配備されるようになった。身分は外務省警察官であり、武器は拳銃だけ。妻子連れも含め六名の警官が狭い官舎に寝泊まりしながら居留民の治安維持、保護、犯罪取り締まりなどに任じていた。以上が守備陣の総員である。

なにしろ、主力の歩兵第二連隊（萱嶋部隊一千二百名と小山砲兵部隊）がすでに南苑に向かってしまった今、城内に残る日本人の守備陣は用務員・小使らを加えてもこの百六十三名がすべてであった。

七月二十九日、黎明に響く銃声

深夜三時過ぎ、と多くの史料が記している。城内南方方面から二、三発の銃声を聞いたのがこのおぞましい事件の発端だった。

通州警備隊の歩兵小隊隊長・藤尾中尉は、午前三時を少し過ぎたころ最初の銃声を耳にしている。間もなく兵営付近が騒然となり、藤尾は直ちに主力を兵舎外側陣地に配備、一部を屋上に配備するよう命じた。

すでに電線、電話線は切断されており、通信機器が被弾、外部との連絡は途絶していた。

警備隊では咄嗟《とっさ》のことなので発砲してくる敵が何なのか判断できず、一瞬、二十七日に敗走した二十九軍七一七部隊の敗残兵による逆襲ではないかと思ったようだ。

だが、敵はそんな生やさしい相手ではなかった。城内にいる味方であるはずの保安隊だと分かるのにそう時間はかからなかった。わずかな月明りから見える顔は、皆見覚えのある保安隊員だった。それも日本側部隊が手薄になるこの機会を狙って、叛乱の挙に出たのは明白だった。

張慶余率いる第一総隊、教導総隊等の兵は三千三百名、当方は非戦闘員に銃を持たせたところで百六十三名。警備隊側の武器は小銃、軽機関銃、手榴弾だけで重火器はなかった。あるのは山田自動車部隊が運んできた大量の弾薬だけで、員数、火力ともに比較にならない。命さえあれば、銃身を焼け尽くすまで撃てる弾丸はあったが、これぞまさしく「衆寡《しゅうか》敵《てき》せず」の見本のような状況といえた。

いったん閉められた城門は、深夜再び開けられ、城外駐屯の張硯田《ちょうけんでん》率いる第二総隊の大半約一千名がなだれ込み、一時は合わせて約四千三百名が乱入したとされる。だが、いったん城内に突入した第二総隊も、城外警護の必要性から、再び城外に戻ったと考えられており、その意味で正面の敵は三千三百名ということになる。

先の『戦闘詳報』によれば、保安隊は歩兵が装備する小銃に加えて、野砲四門と迫撃砲が火を噴き、警備隊は籠城したまま必死の防戦に努めるのが精一杯となる。午前三時半、敵は二階建ての警備隊本館と兵舎を完全に包囲し、コンクリート壁に砲弾を撃ち込んで陥落させつつあった。

ほぼ同じ時刻の記憶を、植棉指導所の藤原哲円は『通州事件の回顧』（私家版）に次のように記している。

「ぐっすり寝こんでしまったのでありますが、ぱんぱんという銃声、同時にばりばりという機銃音が聞こえましたのでぱっと目がさめました。耳をすましますと、ぴーひゃら、ぴーひゃららと、例のチャルメラ式の支那軍の進軍ラッパの音が聞こえてきました。

私はとっさに、これは保安隊が反乱したのにちがいないと思いましたので、隣りに寝ている江君をゆり起こしました。急に起こされた江君は、なまあくびをしながら、『なんだね』と不服そうな顔をしましたが、銃声を聞いてさすがにはっと気付いたようでした。すぐ電灯をひねりましたがつきませんので、マッチの光で時計を見たら三時半でした。押入れの柳行李《やなぎごうり》から支那服を出しました。ふたりは使用人に早替わりして、腕時計をはずして物陰に放りこみ、猟銃は床下に、拳銃は炊事場の冷蔵庫の陰に、現金も、少々の小銭を残してあとは古封筒に入れ、庭に積んである薪の間に投げ入れ、中国兵が来たら中国語、日本軍なら勿論日本語で応接することにし、そのあとは運を天にまかせて、どうにでもなれと覚悟を決めておりました。銃声はますます激しくなり、やがて砲声がするので、日本軍が撃っているのかと耳をすましてみましたが、どうも違っているようで、発砲音よりは爆発音のように思われ、しかもそれが近くに聞こえますので、こ

れは守備隊が攻撃を受けているのに相違ないと思いました」（抄出）

藤原はこのあと保安隊に押し入られるのだが、中国語が堪能だったため中国人と見られ命が助かっている。

保安隊主力が守備隊本館（写真⑨）を襲っている間、別部隊が午前三時ごろ冀東政府長官公署を襲ったが、ここではほぼ無抵抗の殷汝耕《いんじょこう》長官の身柄が拘束され、張慶余に引き渡された。

果たして、殷汝耕が事件直前まで何も知らされていなかったのかどうか、それは今もって謎だ。同じく、政府に雇われていた中国人は一人も殺されていない。つまり、保安隊の目的は在留邦人（朝鮮人を含む）を徹底的に殺害するという一点にあったとみるべきだろう。そのなかにあって、殷汝耕の民慧《たみえ》夫人は、事件当時は荷物をかたづけに天津に帰っており、命拾いしている。

次いで午前四時、憲兵隊、領事館警察署、特務機関も相次いでほぼ全滅した（写真㉖㉔）。その夫人や子供たちまで襲撃され、惨状目を覆うばかりである。

通州特務機関長の細木繁中佐は、日ごろとかく威張っているとの人物評があった。安田や藤原たちが相談ごとがあって特務機関の部屋へ行くと、いつも軍靴を机の上に投げ出して新聞を読んでおり、人の顔など見ないままナマ返事をするようなところのある軍人だった。だが、この夜の細木中佐の応戦ぶりは凄まじいものがあった。細木中佐は殷汝耕長官と別れて特務機関への帰路、二時半過ぎに叛乱兵に襲われたが、事務所前で孤軍奮闘、白鉢巻姿で斬り結び討ち死にしたという。

特務機関が襲撃されたのは午前三時半である（写真㉕）。これは事務所の黒板に「二十九日午前三時半襲撃さる」と書かれていたので判明した。

副官の甲斐少佐は十一人の職員（小使い等の用務員を加えると十五名という説もある）を指揮して壮絶な戦闘を展開した。戦いは長時間にわたり、敵の死傷者も多数に上ったとの証言がある。甲斐少佐は堅牢な建物を利用し、銃弾四千発を撃ち尽くすまで、群がる叛乱部隊と応戦し続けたが、保安隊は遂に窓を破って家屋内に侵入し、甲斐少佐以下、機関職員は次々射殺された。元「東京日日新聞」天津支局員橘善守が、特務機関生存者の話を聞き取って書いた内容によると、

「甲斐少佐は今はこれまでと白襷《たすき》に武装を引《ひき》しめ、右手に軍刀を振ひ、左手に拳銃を擬して敵中に踊り込み、群がる敵を片つぱしから斬り伏せ、撃ち倒し、軍刀だけでも七、

八人をなぎ倒したといふ」(『話』文藝春秋社、昭和十三年七月刊、臨時増刊号)

という。一周忌に刊行された増刊号の記事である。

午前四時過ぎには、百六十三名の奮戦も虚しく各隊ほぼ全滅の状態となった。

運よく生き残った兵站司令部の辻村憲吉中佐の報告書(『通州事件の戦闘詳報(附録)』)によれば、部隊と民間人の被害は次のように報告されている。

被害　通州守備隊(藤尾中尉以下数十名)全殲《ぜんせん》ス。通州特務機関(細木中佐以下十三名)全殲ス。居留民約三百八十名中約二百五十名以上惨殺セラル、殊ニ城内居留者ニシテ生存セルモノ僅々《きんきん》三名ノミ。

辻村報告書は七月三十日付となっている関係上、最終的な数字とは限らない。

人の運命は紙一重である。同じ警備隊、特務機関でも辻村中佐のように助かった者もいた。ある程度の警備隊員は最後まで本館内で抵抗を続け、表には出られないものの内側から応戦している間に二十九日の昼を迎えている(写真㉒)。

山田自動車部隊の死者は七名、憲兵隊は七名のうち死者は一名で、安達憲兵曹長ら数名が最後まで抗戦した。特務機関の生存者五名（「東京朝日新聞」昭和十二年八月四日）という情報は実は用務員（少年給仕）のことではないだろうか。機関員は細木中佐以下十三名だったとされるので、全滅したと解釈すれば死者十三名である。

三十名以上の犠牲者を出しつつも、日本側は堅牢な建物を盾に持ちこたえ、深夜から二十九日いっぱい戦闘を続けていたことが分かる。

三十日午後になると日本軍の航空機が飛来、低空飛行を繰り返したため保安隊は退散し始めた。警備隊や憲兵隊、警察官等で戦死した員数は将兵、非戦闘員合わせて三十二名とされ、生き残った者は非戦闘員を合わせると約九十名いた計算になる。辻村報告書は三十日の報告で、守備隊は「全滅」とされているが、一定の生存者が籠城状態のまま最後まで戦ったものと推定される。使用人などについては、当日その場に確実にいたのか否か、後になると判断が難しい点があった。

居留民の死者数については、身元不明者（残酷な殺害方法ゆえの不明者を含む）の数などには諸説あり、守備陣側、居留民合わせた死者の総数を確定するのはなかなか難しい。

居留民の死者　　二百二十五名（内地人：百十四名／朝鮮人：百十一名）

守備陣関係死者　三十二名

合計死者数　　二百五十七名

というのがほぼ間違いのないところではないかと考えられる。なお、憲兵隊による独自の調査報告書が今回の取材中に入手できたが、それについては第三章で詳しく述べたい。

航空機が飛来したのは、山田自動車部隊のトラックに積んであった弾薬が次々と被弾し、大爆発を起こしたのが幸いした。二十キロ先の北京からでも天高く上る黒煙によって異常事態発生と分かり、直ちに偵察機が天津から飛んで来たのだった。

居留民でも藤原哲円のように運よく生き延びられた者もいるが、抗《あらが》うことすらできずに惨殺された者多数である。

藤原の同僚、通州植棉指導所職員で安田公館に残った人々の安否が気遣われていた。

第二章　血染めの遺書

奇跡の妊婦二人

七月二十九日午前三時過ぎ、警備隊は張慶余《ちょうけいよ》らが指揮を執る保安隊に寝込みを襲われ、猛攻撃にさらされた（写真⑫⑩）。三千三百名の保安隊による叛乱襲撃はおよそ三時間続き、警備隊はほぼ殲滅《せんめつ》してしまう。逆に言えば、日本側は百二十数名足らずの極少守備陣でよく三時間も抗戦を続けたものだとも言える。

警備隊や特務機関、政府公館に壊滅的な打撃を与えた保安隊が次に襲ったのは民間施設だった。

植棉《しょくめん》指導所職員の官舎・安田公館はどんな状況に陥ったのか。

通州城の西門からほど近い路地中に、いわゆる支那風家屋を改造した瀟洒《しょうしゃ》な和洋折衷型の安田公館はあった（図４）。中国人の大家から借り上げていたものだ。

煉瓦塀に囲まれた敷地内には、三棟ほどの住宅と応接棟、ボーイ部屋などがしつらえられている（図５）。二十八日の夜は各々《おのおの》の棟の住人七名に加え、避難してきた通州棉作試験場の岩崎場長とその部下合わせて四名の十一名が公館に宿泊していた。

その内、浜口良二だけは銃声が起こったあとすぐに情報収集のため冀東《きとう》政府へ出掛けて留守。そのまま向こうで待機宿直するとの連絡が入ったので、安田公館に残ったのは住人六名と岩崎ら四名の計十名である。

朝方六時過ぎごろだった。

銃・砲声で全員が目を覚ました。鳩首《きゅうしゅ》寄り集まり、棉作試験場長の岩崎たち四人が泊まっている応接室に全員でまとまって対処することに決した。

責任者の安田主任が「この際、むしろ無抵抗主義でいったほうが安全ではないか」と提案し、全員が首肯《しゅこう》したようだ。何か異常な事態が発生したことは分かっているが、実際に何が起こったのかは不明だった。いずれにせよ、武器らしいものといえばわずか三丁の小型拳銃だけで、小銃や手榴弾さえもない。もし襲撃を受けても、無抵抗でいこう、という安田の意見でまとまる以外に策はなかった。

次第に外の中国語の喋り声が騒がしくなり、銃声がバリバリという音に変わったかと思うや、兵隊どもが屋根の上から各部屋を銃撃し出しているのが分かった。ここに集まっていて、まずはよかったと皆が思った矢先だ。

応接棟のドアに向けて一斉射撃が始まったため、お腹の大きい安田、浜口両夫人を奥の板仕切りがある部屋に移し、横になれるよう布団を敷いた。ところが、激しい銃撃が屋根から来たため、その一弾が安田夫人の脇腹に当たり、どっと倒れた。安田主任は駆け寄って夫人の両手を握り締め「しっかりするんだ」と叫んでいた。

その途端、ドア側から撃ち込まれた弾丸で今度は安田が頭部を撃ち抜かれ、布団の上に血飛沫《ちしぶき》を上げながら倒れた。その血の量はものすごいもので、布団に寝ていた女性たちは返り血で全身真っ赤になるほどだった。

浜口文子が悲鳴を上げるように叫んだ。

「ぎゃっ、保安隊よ。保安隊が……」

それまでは二十九軍の逆襲かとも思っていたが、薄闇のなかで文子は保安隊の軍服だと見て取った。味方だとばかり思って信じていた保安隊が、銃口を向けて叫んだ。

「シャー（殺せ）」

それが二十歳の文子が見たこの世の最後の光景だった（図6）。

叛乱兵の一団は、拳銃と小銃を部屋にいた全員に乱射。「無抵抗でいきましょう」と覚悟をした人々は、血を流しながらうめき声さえ聞こえなくなった。

そのなかにあって、浜口夫人は背中から銃撃されたものの、布団をかぶり、目をつぶって痛さをこらえながら死んだふりをしていた。臨月の安田夫人は銃撃で気を失っていたが、息はあった。

血潮が噴き上げるなか、叛乱兵らは財布や時計など金目の品をすべて奪い取ると全員死んだと思い「イー、アル、サン……」と数え始めた。十人まで数え終わると、便器や窓枠、ドアノブまで外して、ようやく立ち去った。

その後、安田、浜口両夫人は一夜を死体とともに過ごして夜の明けるのを待ったという。七月三十日、日本軍の飛行機が飛来してようやく安心したところ、裏に住む公館の中国人家主が様子を見に現れた。

「ポンユウ（朋友）、ダイジョウブアルカ」

などと、今頃になって言うので二人とも苦痛に耐えながら腹がたって仕方なかった。襲撃前に助けに来てくれればいいものを、と思ったが、とにかくお腹もペコペコである。大家宅に移ってお粥など貰って横になり、青息吐息で一日過ごしていたところ、三十一日になってようやく救援の日本軍に助け出された。二人の妊婦が、九死に一生を得た遭難のいきさつである。

生き残った藤原哲円（通州植棉指導所員）が北門に近い政府公館まで捜索に出向いたとき、応接間にうつ伏せで倒れている浜口の遺体を発見した。それが七月三十一日午前のことだ。

眉間《みけん》を撃たれており、その一発が致命傷と分かった。深夜に着替えて出て行ったときの背広姿のままである。おそらく即死だろう、と言う同行した憲兵の言葉だけがせめてもの慰めと思い、藤原はさらに行方不明の仲間を探すべく、安田公館を捜索する手はずを考えた。

警備隊へ相談に行くと、「とんでもない。まだ西門辺りには敗残兵がいるかもしれんから、ちょっと待て」と生き残りの特務曹長に制止された。警備隊の建物を見上げると、銃弾、砲弾を雨あられと受け、見る影もない。奥の壁は上半分と天上の一角が崩落し、残る壁も蜂の巣のように穴だらけだった。

警備隊本館の前には兵舎が並んでおり、そこが負傷者の収容所兼医療所になっていた。収容所とはいっても医療品が破壊されて不足しているうえに、壁も壊れ、窓ガラスもいたるところ銃弾で割れており、惨憺《さんたん》たる状態である。ふとのぞいてみると、やつれ果てた身《み》重《おも》の安田夫人と浜口夫人の二人の姿があるではないか。驚いた藤原はこう記している。

「ふたりの姿を見た時の私の驚きと嬉しさは、とうてい筆舌に尽くせるものではありませんでした。ふたりとも私の顔を見て、声もなく、じいっとみつめて目に一杯の涙をため、声を出して泣く元気もない有様でした。ふたりから安田さん、石井夫妻、浜口文子さんと、満鉄の岩崎さん外三名、合計八名の方々が殉職されたことを聞き、やはりそうであったのかと、あるいは、という期待が消えてがっかりしてしまいました」（『通州事件の回顧』）

生き延びたとはいっても、安田夫人は今日か明日かという臨月のうえに、脇腹から大腿部への貫通銃創。浜口夫人は七カ月のお腹で、背中から胸部にかけて盲貫銃創という具合で二人とも重傷を負っている。安田夫人は、紙に包んだ夫の遺髪を涙ながらに差し出し、藤原に預けた。

夜中に出たまま行方不明ということになっている浜口のことを藤原はどう夫人に伝えたものか、思案に暮れ気分も重くなった。だが、浜口夫人はすでに覚悟をしていたようだった。

政府公館の応接間の様子を藤原が伝えると、「お世話様でした。ありがとうございます」と言って頭を下げたのだった。そこで藤原は安田、浜口両人の遺髪を棚の上にあげ、線香を立て三人で合掌した。

間もなく軍医の吉田新七郎（天津軍司令部顧問）博士がやって来て、「私は外科なので傷の応急措置はしたが、お産のほうは困ったなあ。私の診たところでは奇跡的に赤ちゃんも大丈夫なようだから、何とか手を打とう」と、策を捻っていた。

回復した無線電話で各方面と連絡を取り合った結果、妊婦二人を天津まで飛行機で運ぶ手配が整った。二人は三日午後、天津のフランス租界にある東亜病院に運ばれていった。

『通州事件の回顧』には、石井亨の血染めの手帳や浜口茂子が奇跡の生還を綴った手記などが収録されている。のちほど詳しく紹介したい。

これで安田公館の生き残りは妊婦二人だけ、浜口は政府公館で死亡、残る八名がまだ安田公館で斃《たお》れたままになっていることが判明し、棉花協会関係の犠牲者は九名にのぼった。

天津から辿りついた応援の憲兵隊に相談して、藤原は安田公館までの護衛を頼んだ。そこへ、奉天の植棉指導部本部から急遽応援に駆けつけてきた古田大三郎が合流した。二人とも戦死した兵隊が着ていた軍服と鉄カブトを借りて身支度を整えた。

「拳銃はどうするか」と聞かれたが、一丁懐に入れてあるので藤原は断った。家を脱出する際、炊事場に隠してあったのを持ち出したものだ。憲兵隊員とともに、藤原たちは安田公館へ向かった。

血染めの日記帳

石井亨（二十五歳）と妻・茂子（二十二歳）の無残な最期が安田公館の応接室で発見され

たのは、昭和十二年八月一日昼ごろである（図6）。二人の遺体は他の六人と一緒に横たわっていた。それぞれが数発被弾しており、遺体を見れば指輪、時計、財布など目ぼしいものは全部奪い去られたものと思われた。彼らが持っていたはずの護身用小型拳銃の薬《やっ》莢《きょう》は一つも見つからず、あたり一面に散らばっていたのは大型拳銃の薬莢と小銃の薬莢と弾頭だけである。

この一室で、十名の仲間が無抵抗のまま襲撃を真っ向から受けたのかと思うと、藤原は体じゅうの血が煮えたぎる思いだった。だが、よくも妊婦二人が一命を取り留めたものだとも思った。この世には神も仏もないものかと恨んでもみたが、お腹の子も吉田軍医の診たてでは今のところ無事なようであり、地獄にも微かな光が届くものなのかとも思うのだった。

石井の遺体の側には、乾いた血糊がべっとりこびり付いたままの手帳が落ちていた。手帳の発見者は奉天の本部から応援に駆けつけてきた古田大三郎で、藤原哲円が石井亨の所持品と確認し、遺族に届けられた。

「六時三〇分襲撃サル。残念」

「バンザイ　アトヲ頼ム」
「パパ、ママ　二五〇円　正金ニアル」
「ニギヤカニユクヤ三途ノ河原かふ《な》」

息絶える寸前に、渾身の力を振り絞って書き残された遺書と辞世がこの手帳には書き残されていた(写真⑬〜⑮)。これは手帳の後部に付いている白紙のメモ用ページ三枚にわたり別々に書かれていたものだ。この修羅場で、いったいどういう順番に石井が書いたものかについては後述したい。

自らの血糊を指先につけて書いたものと思われるが、乱れた文字は朱色というよりすでに茶色に変色しかかっていた。

『通州事件の回顧』をめくってみよう。先に紹介した石井亨の家族宛書簡も、藤原の行動もこの報告書に掲載されていたものだ。

編者・江上利雄は「血染めの手帳」という一章を設け、石井が懐に入れていた手帳に書かれていた日記や遺書の全貌を克明に記している。編者の記述を参考にしながら、石井日記の内容と「遺書」を分析してみたい。

手帳は当時の日本政府の内閣官房で選定され、内閣印刷局から昭和十一年十一月一日に発行されたものだ。右とじのポケット日記帳形式で、黒に近い濃紺の表紙下に「昭和十二年」と金の箔押しがしてある立派な装丁である。その表紙も今は血糊がこびりつき、無残な姿に捻《ね》じ曲がっていた。

その手帳を日記の頭部分からめくってみよう。昭和十二年一月一日からごく事務的な事項だけがメモされており、日常生活のことなどはほとんど書かれていない。一月三日の予備欄にある下記の記述はおそらく除隊した際の記録を改めてメモしたのではないか。

現役　　二年
予備　　五年四ヶ月
後備　　十年

一月八日だけ、わずかに石井の生活を感じさせる一行が残されている。

一月八日（金）
於大連神社

この記述から、石井夫妻の結婚式が大連神社で行われたのだろう、と推測できる。文金高島田に角隠しの新妻・茂子とモーニング姿の石井亭が、死の八カ月前に大連神社写真館で撮った一葉の結婚写真が残されている（カバー写真、写真⑰）。

次の記帳は一月十一日に飛び、

コーヒ　52
お釜　2・70
コップ
パラソル　二本　5・40
ポマード
バタ　チーズ　3・17
角砂糖　49

などという新生活に必要な日用品の購入とその値段がシンプルに記されている。このあと日記に変化が現れるのは五月末からである。

通州異動の辞令がいつ出たのかは定かでない。ただ五月二十四日に「各機関挨拶」とあり、五月二十九日になると「引越準備」とあるが、その前にいったん北京に短日居住した模様がうかがえるので、北京経由二度目の引越のようだ。北京滞在中には天津出張もあり、政府関係機関への挨拶や軍属扱いの事務手続きなどがあったのではないだろうか。

五月三十一日

通州移転　松田氏着平 PM 11:30 安田、藤原、浜口（文）ト共ニ出迎

安田公館で一緒に暮らす仲間が出迎えてくれたのだ。（文）は浜口良二の妹・文子である。この後は植綿に影響する温度や降雨量など気象のこと、事務処理の件などが続き、几帳面ながら余計なことは一切書かない潔癖ともいえるような日々が続く。

七月四日に北京へ出張したほかは綿作の「試験場行き」と「内勤」という簡単なもの。変化があるのは七月九日で、発生二日後に石井は初めて「事変発生を知る」と盧溝橋事件発生を記している。

最後の日記も簡潔だ。

七月二十六日（日）
小街行
蒴《さく》生育標本材料採集開始

とあるだけだ。「小街」とは「小街村」のことで、通州城の東南四キロほどの所にあって綿花の採種場を設けていた。日曜なのに品種改良のための採集が気になって出かけたようだ。蒴とは綿花の素となる胞子を包んだ嚢《ふくろ》のこと。もとよりポケット手帳という性格から日常の出来事を細々と書くものではないが、それにしても石井亨という人物の簡明・明瞭な性格が浮かび上がってくるような書き付けである。

この翌二十七日早朝から、城外で戦闘が始まったことは述べたとおりである。

「バンザイ　アトヲ頼ム」

前述のように手帳の最後に白紙のページがついていて、そこに冒頭引用した「遺書」が書かれていた。白かったページは血染めで、黒褐色に変色している。

「六時三〇分襲撃サル。残念」は、安田公館で襲撃されたときに書き付けたもので、このときはまだ被弾していなかったものと思われる。走り書きながら、画数の多い襲撃という字を書いており、「残念」は襲撃を受けもはやこれまでとの覚悟がうかがえる。

次の瞬間に被弾し、流血のなかで書いたと思われるのが「バンザイ　アトヲ頼ム」だ。明らかに文字の勢いが弱まり、被弾後最初に書かれたものではないか。

三番目に書いたのが「パパ　ママ　二百五十円　正金ニアル」だと思われる。横浜正金銀行に二百五十円の貯金があることを両親に知らせたいとの心情が偲ばれる。長男は東京帝国大学を卒業して間もなく病死しており、次男は母方の野口家に養子に出ており、四男とはいえ亨は貴重な男子だった。

この時代に「パパ　ママ」は珍しいと言えそうだが、石井亨の姪・石井葉子さん（東京都世田谷区在住、昭和二十七年生まれ）は、石井家の家族像について次のように語ってくれた。


「亨伯父より十三歳年下だった私の父親・石井直幸も両親（石井直《なお》、津留）をパパ、ママと呼んでいました。もともと石井の家は江戸時代から神奈川宿にあって『本陣』をしており、長い歴史があるようです。その関係から明治天皇も二度ほどお泊まりがあり、伊藤博文などの元勲も宿泊されたと聞いております。そのころからいわゆるハイカラで英語を家庭内でも使っていたようです。

本郷森川町を経て大正末期か昭和に入ってすぐのころでしょうか、成城学園の設立に関わった関係からこの地に移ったのですが、やはりパパ、ママなどという呼び方をしていたそうです（写真⑲）。弟である父は、亨伯父の適切なアドバイスのお蔭で悔いのない技術者としての職業を選べたんだよ、といつも言っておりました。当時の成城には乗馬クラブがあったのですが、ある日、馬が脱走したときには亨伯父が捉まえに行って、帰りは裸馬に跨《また》がって帰ってきたという話も聞き覚えがあります。血染めの手帳もかつて見たことがありますが、そのような品がいつまでもあると成仏できない、という話もあって処分したようです」

石井亨はそういえば輜重兵《しちょうへい》伍長だった。馬を御《ぎょ》すくらいはお手のものだっただろう。ところで、最後に死力を振り絞って書いたのが「ニギヤカニ　ユクヤ三途ノ河原かゝ」ではないだろうか（写真⑬）。カタカナ、漢字、平仮名混交体で、書くのがやっとだったことがうかがえる。その一方で、絶筆にふさわしい渾身の力が込められているように見えるのも悲しい。

おそらくこの段階で茂子夫人は、傍らで先に絶命していたであろう。結婚してまだ八カ月足らずの妻を左腕でかばうように抱き抱え、手帳を取り出して書いたのがこの一句であろうか。

最期だというのに「ニギヤカニ　ユクヤ」とは、並々ならぬ度量の持ち主だったことがうかがえる。一緒に斃れた同僚たちの遺体が何体も傍にあったため、諧謔《かいぎゃく》を込めて「ニギヤカニ」と詠《よ》みながら、従容《しょうよう》として死についたものとも考えられる。

遺骨の帰還と句碑

遺骨は北京経由列車で天津へ運ばれた。八月八日になっていた。

植棉協会関係者の遺骨は十三日、天津の太沽《ターク－》から大連へ船で運ばれ常安寺で仮通夜、十五日、奉天の大義寺で安田主任、浜口兄妹、石井夫妻五柱の通夜がしめやかに行われた。満鉄から派遣されていた岩崎場長以下三名の遺骨も満鉄側に渡されたのだった。その後、大連から船で他の軍属と一緒に石井の遺骨は門司港へ還ってきた。正確な日時は不明だが、おそらく八月二十日か二十一日あたりではなかったか。

東京駅のホームに並んだ石井家の遺族が、白木に入った二人の遺骨を抱えている写真が残されていた（写真⑳）。昭和十二年八月、旧のお盆が終った頃だったという。石井亨の母・津留（石井葉子さんの祖母）が大切に保管していた写真で、写っているのは、津留、亨の弟で六男の直幸（葉子さんの父、霜降の学生服を着ている）、妹の園子、次男・野口道方である。

ここに写っている園子（土屋園子）さんに今回直接会って話を聞くことができた。一九七〇年代からサンフランシスコで生活していた園子さんは、九十六歳（取材時）という高齢ながら今も神戸市東灘区で元気な日々を送っている。その記憶力も衰えていなかった。

「白木の箱の中は空っぽでした。おそらく皆さんと一緒に火葬したので、個別には誰の骨だか分からなくなっていたのではないでしょうか。大連から船で門司に着くというので、母が門司まで出向きましてね。ただ、母はとても汽車に弱くて酔うので、まだ中学生だった弟の直幸を一緒に連れて、私と道方が東京駅で汽車の着くのを待っていたんです。私は十七、八だったでしょうか。東京駅には暑いなか、大勢の軍人さんたちが出迎えていたのを覚えていますからほかの亡くなった軍属の方も一緒に還られたのではなかったかと思います。

亨兄さんはとても友人の多い人でね、トンちゃんなんて呼ばれていました。けれど、どういうわけか私にはあんまり優しくなかったのよ。いえね、お菓子を分けてくれるのが、ほかの兄たちより少なかったというだけですけどね。

まだ家の者は誰もお嫁さんを見てないの。奉天で棉花協会の友人の妹さんとの結婚話がとんとんとすすんだのね。熊本県の方だとは聞いていたけど、結婚前のと結婚式の写真だけが送られてきましてね。忙しく働いていたので、夏休みにでも連れて帰ってくるつもりだったのでしょう。母がとても和裁の才能があったので、お嫁さんの訪問着の寸法なんか葉書に書いてくると母が縫って送っていましたけど……結局、あんな小さな箱ひとつになって二人とも還ってきたんです」


石井夫妻の白木の箱の中が空っぽだったというのは、受け取った本人の証言があるのでそのとおりであろう。ただ、他の例では誰の骨だか分からない骨が少しずつ入っていた、という例もある。遺体は猛暑のためいったん仮埋葬され、その後、掘り起こして合同火葬を行い、分骨されたためである。少量の灰だけが入っていた可能性も考えられる。

石井家は東京都世田谷区だが、もとは東海道神奈川宿にあって、「本陣」を任される家柄だったことは葉子さんの説明からも分かった。眷属《けんぞく》の菩提寺《ぼだいじ》は横浜市神奈川区神奈川本町にある慶運寺で、その境内裏《けいだい》に石井亭の句碑が建立されていた(写真㉑)。

私は平成二十八年の初春の一日、この句碑を訪ねてみた。遺骨もないことから、石井家代々の墓地の一隅に絶筆の一句が表に彫られ、父親・石井直による碑文が裏に彫られた石碑をもって墓代わりとされている。昭和十三年に建立されたものゆえ、経年のため彫られた文字が今では読みとりにくい。以下は、現場で写しとって書いた碑文を『通州事件の回顧』の記録と照合し確認したものである。

［碑文表］

ニギヤカニ　ユクヤ三途ノ河原かゐ　亨

［碑文裏］（句読点と振り仮名を適宜付した）

陸軍輜《しちょう》重兵伍長勲八等東京帝国大学農学士石井亨ハ、北支冀東《きとう》政府実業庁植棉指導所所員及北支駐屯軍軍属トシテ通州城内小後街公館ニ在リ時、維昭和十二年七月二十九日同州保安隊叛ヲ謀リ、突如公館ヲ襲フ。亨奮戦能《よ》ク拒《ふせ》ギタリト雖《いえど》も衆寡敵《しゅうかてき》セズ、遂ニ妻シゲト共ニ凶刃ニ斃ル、痛恨極ナシ。其遺ス所ノ手帳を検スルニ碧血斑斑裡ニ　至尊ノ萬歳を祝シ奉リ父母眷戀《けんれん》ノ情ヲ叙シ兼テ絶命ノ句ヲ題ス、表面記スル所即是ナリ。因テ之ヲ観レバ、遥ニ東天ヲ拝シテ従容自若トシテ瞑シタリシ悲痛ノ風丰儼トシテ目覩スルガ如シ、豈夫レ感歎セザルベケンヤ。是レ真ニ家門ノ名誉ナリ。殉職ノ功ト共ニ茲ニ石ニ勅シテ之ヲ後昆ニ貽ス。

昭和十三年七月二十九日　父石井直　識

昭和十三年秋靖國神社ニ合祀《ゴウシ》

智光院求真邁住居士

俗名　石井　亨　昭和十三年七月二十九日

於河北省通州戦死

慈心院守道貞節大姉

同妻　シゲ

いかにも石井家代々の家柄を偲ばせる文言が連なっている碑文である。建立されたのが昭和十三年の一周忌、明治天皇が明治元年十月十三日、初めて京都より江戸城に行幸された折の入城前夜とその後二回、東京へ還御《かんぎょ》された折石井家本陣にお泊まり遊ばされた――という家柄からすればごく納得のゆく碑文に思える。

事件からすでに八十年が過ぎた。碑に彫られた文字がすでに判読しにくくなっている今日、改めて、すべての殉難者の慰霊碑が新たに建立されるのを待つばかりである。

浜口茂子の遭難記

事件から三十年もの月日が経った昭和四十二（一九六七）年、妊娠七カ月で事件に遭遇し、重傷を負いながらも助かった浜口茂子が当時の詳しい模様を手記に残した。

以下、長文の遭難記から、要所のみ抄出して引くことをお断りしておく。


「私が主人良二と冀東派遣の後詰めとして、奉天をたって通州城西門のほとりにある、安田公館に着きましたのは、たしか昭和十二年六月二十九日の夕方だったと思います。そのとき私は妊娠六カ月、岩田帯をしめて間もない身重でございました。

先遣の安田、石井のご夫妻、藤原さん、李さんご夫婦、それに義妹の文子の皆さんに温かく迎えられ、公館内の別棟の住居に旅装を解きました。

通州での生活は、いろいろ珍しいことばかりでした。水を毎日買うこと、その水が硬水で石けんが溶けなかったこと、暑さがとても激しかったこと、石井さんの奥さんがヤンチョ（人力車）で、冀東政府までお昼のお弁当を届けにいらっしゃって、ご主人とふたりで仲よく昼食をなさるのが評判だったこと、などなど、なつかしい思い出でございます。

さて、そうこうするうちに、七月の二十六、七日ごろから、通州の城外になんとなく不穏な空気が漂っているような感じがしてきました。そして二十八日には、満鉄から派遣されて通州棉作試験場の場長をされていた岩崎さんが、場員の三名をお連れになって公館へ越してこられました。『どうも様子がおかしい。試験場は物騒でならないから、しばらく避難させて欲しい』とお頼みになり、とりあえず応接室に入っていただくことになりました。男七人と女四人の合わせて十一人になりました。なお主人良二は、二十八日の夜、連絡宿直のため冀東政府へ出かけましたので、事件の当夜公館にいたのは十人でございました。

二十八日の晩は暑くてなかなか寝つかれず、輾転しました。一ときはぐっすり熟睡したようでしたが、ふと目が覚めましたので、なにげなく手洗いに行きました。そしたらなんともたとえようのない、いやな悪寒に襲われて急に主人のことが気になり、胸さわぎがして居ても立ってもいられないような思いがしました。ちょうどその刻限こそ、主人が政府の応接室で、弾丸に当たって倒れた時に違いありません。

夏の夜は明けやすく、東の空が白みかかった四時近いころだったと思いますが、通りの方でピストルの音がして、あたりがざわめいてまいりました。安田さんはとっくにそれに気づかれていたらしく、こっそりやってこられて、『奥さん、様子がおかしいから文子さんといっしょに応接室へきてください』としのび声でいわれましたので、私はすぐに文子を連れて、公館の応接室にまいりました。

こうして全員十人集まりましたが、持ち合わせた護身用のピストルは、みんなで三丁しかありませんでした。そのうちの一丁はブローニング三号で、主人が残していってくれたものでした。しかし、安田さんは、こちらさえおとなしくしていれば、まさか乱暴はしないだろうから、この際われわれは無抵抗主義でいこうではないかと提案され、そしてみんなこれに同意しました。

そのうちに、家をめがけて小銃を撃っているような気配がし、間もなく門扉《もんぴ》をどんどんたたいて、カイメン、カイメン（開門、開門）とどなる声が聞こえてきました。その間、ひっきりなしに弾丸がびゅるるん、びゅるるんと、不気味な音を立てて飛んできました。

六時か六時半ごろだったかと思います。男のかたは、応接室の入口近くのところにおられましたが、叛乱兵どもがどやどやと屋敷内になだれこんできて、めったやたらに小銃を撃ちまくりますので、なんとも防ぎようがなく、次々に弾丸を浴びて、倒れてゆかれました。また石井さんの奥さんも、なん発かの弾丸をうけて、そばでうめいておられました。とりわけあわれだったのは文子で、大切にしていたハンドバッグを投げつけて、精いっぱい抵抗したようですが、これも数発の弾丸をうけて倒れ、『おかあさん、痛いよう』というかすかな声を最後に、息をひきとったようで、私は胸を締めつけられる思いがいたしました。

そして叛乱兵どもがなんだかわいわい喋りながら、私たちから時計や指輪や、はては眼鏡まで手荒くもぎとったり、私や安田さんの奥さんの腹を靴で蹴りながら、どちらも身ごもっていたんだな、といった意味のことを言い、青竜刀で肩のあたりをおさえ、スーラ、スーラ（死んだ、死んだ）などと言ったのが聞こえ、そのにくたらしさに腹のなかが煮えくり返る思いでした。私は右背部盲貫銃創で、右肺に小粒の破片がはいりました。右脇下にたまった破片は、九月六日に天津でとり出していただきました。石井夫人は、頭の傷が致命傷だったらしく、弾丸のあとは二、三カ所のようでした。

三十一日も雨でした。家主のおじさんは、おいしいマントウ（饅頭）を作ってくれたり、いろいろと親切に世話をしてくれました。そしてそのたびに、『あなた方と私はポンユウ（朋友）なのだから、日本の兵隊がきたらそういってくれ』とせがむので、家主の本心が読み取れました。はいている靴は安田さんのもの、着ているシャツは主人のもの、それを知り抜いている私らの前で、しゃあしゃあとそういうのですから、私ら日本人とは考え方も感覚も、ちがったものをもっていると思わざるを得ませんでした。

さて、安田さんは天津にお着きになって間もなく女の赤ちゃんをお産みになり、傷のほうも貫通銃創でしたから、案外早くよくなられました。一方、私のほうは、安田夫人とは正反対に、さんざんでした。せきがひっきりなしに出る上に、血痰が出どおしで、食欲が少しもなく、いろいろの手を尽していただいたのでございます。傷がだいぶいえてきた九月六日に、右脇の下を切開していただきました。そうしたらなんと弾丸の破片が九つも出てきたのです。このほか肺の中にも幾つかの破片が残っておりましたが、生命には別状ないということで、摘出されませんでしたので、三十年を経たいまでも、レントゲンにそれがはっきり写ります。

切開手術の経過は、案外良好でしたから、九月二十日であったかと思いますが、太沽を出発して、郷里の宇治山田市(いまの伊勢市)に帰りまして、十月二十七日に日赤病院で満智子を産みました。思いますと、満智子は事件当日叛乱兵に靴で蹴られた胎児でしたが、幸いそのとがめもなく、無事に産まれました。これは、なくなった主人が、あの世から庇護《ひご》してくれた賜《たまもの》と、いまでも母子ともども感謝している次第でございます。ここに亡くなられた安田秀一さんら九人のかたがたのご冥福を心からお祈りして、筆をおきます」(『通州事件の回顧』)

植棉指導員の先遣隊であった藤原哲円は、次のような時間経過の補足説明を加えている。両夫人とも七月二十九日は終日みんなの遺体と一緒に過ごし、三十日になって裏の中国人家主が見つけて家に呼んでくれた。ちょうど日本軍の飛行機が来て爆撃を開始し、日本軍が救援に来ることが分かったころだったようだ。安田夫人はご主人の頭髪を切り取って紙に包み、懐に入れて移動。翌三十一日、やって来た日本軍の兵隊にようやく助け出され、守備隊の兵営に連れて来られたのだ、と(前掲書)。

天津東亜病院に入院中だった安田、浜口両夫人は、退院直前の九月十九日付で東京の石井亨の両親宛に書簡を認《したた》めている。

自分たちは重傷を負ったものの何とか生還できた。だが、亡くなった同僚のことを思えば気も休まることはなかったからであろう。また文面からは、石井亨の両親ともに体調を崩しているとの情報を得て、筆を執《と》ったもののようにも思われる。

石井家に残されていた安田正子、浜口茂子両名から届いた書簡を紹介しよう。差出し人が二名併記となっているが、内容から推して浜口茂子が書いたものと思われる。
宛先は、東京市世田谷区××町××番地
石井　直様
御内
差出人は、天津　東亜病院内
安田正子
浜口茂子

「朝夕はめつきり涼しくなつて参りました。昨日下吹、越村様より御手紙を頂きまして御病気の御由を承り、驚いております。

其の後は如何でゐらつしやいませう。御案じ申しております。どうぞ一日も早く御全快遊ばします様お祈りいたします。

いろ〳〵のくわしい事は松田様より御聞きの事と存じて、今は何事も申し上げますまい。唯々、一日も早く御快復遊ばします様。私共も日々によくなり、安田様の方は先月二十九日を以て完全に傷はよくなりました。

私の方はもう少しかゝる様で御座居ますけれど、もう殆どよろしいさうで、二十日前後には退院、帰国の途につく予定でおります。
途中、大連に一、二泊いたしまして、金州のお姉様にも御目にかかりたいと存じます。
何れ来春の靖國神社大祭の折には親しく御目もじいたしたく存じております。
末筆ながら、皆様によろしくお伝へ下さい。
乱筆乱文、御許し下さいまし。

かしこ

九月十九日

安田正子
浜口茂子

石井様

」

安田夫人はすでに女児を無事出産している。また、退院を目の前に控えた浜口夫人は臨月で故郷へ帰り、十月末無事に女児を出産している。その直前の九月十九日に石井の両親宛に書き送った見舞状である。文中の「くわしい事は松田様より御聞きの事と存じて」とある松田様とは、満洲植棉協会の松田省三会長のことと思われる。

安田正子はその後、ゆえあって安田家を離れ他家へ嫁いだと、これも浜口夫人からの後日の書簡に記されている。

安田公館で襲撃された十人は、その前に警備隊や特務機関などを襲った部隊と同じ保安隊の一部に襲われたもので、いかに極悪非道とはいえいわば〝正規軍〟である。警察官の官舎で幼い男児がコンクリート壁に投げつけられて死亡するというようなケースはあったが、安田公館の女性たち、特に二十歳のタイピストだった浜口文子や新婚だった石井茂子たちが手ひどい暴行、凌虐《りょうぎゃく》を受けずに銃撃だけで亡くなったのは不幸中の幸いと言えるかもしれない。

ここまでは、多少なりとも正規の保安隊らしい叛乱襲撃で済んでいた。というのも、婦女子殺害や略奪くらいのことは、彼らの〝軍紀〟の範囲内、日常茶飯事と考えなければならないが、黒服の過激派学生らしき教導隊はここには来なかったからだ。

ところが、時刻が朝の五時過ぎごろからだろうか、この保安隊〝正規軍〟に混じって襲撃団の主力となったのは、保安隊とは別の匪賊《ひぞく》、蛮族と教導隊だった。中国軍の恐ろしいのは、前にも述べたように「兵」と「匪賊」「土民」の差がつかないところにある。保安隊と匪賊が混交し、さまざまな非正規軍が軍服を着て民間人を襲撃し始めたのだ。

そのなかで黒い詰襟姿の学生風の集団が指導権を握っていた。もともとは蔣介石が裏組織として操ってきた藍衣社《らんいしや》の影響下にあったもので、教導隊内の過激派である。

この教導隊には共産党の秘密分子がかなり紛れ込んでいることは明白だった。上海、南京でこれまでにもさまざまな陰謀工作や、暴力事件を繰り返してきた組織だ。前年成立した国共合作が、中国共産党と国民党による抗日戦の競合を盾にとって、より暴力的、無政府的に残虐行為を推し進めていたのだ。

もはや軍隊とは名ばかり、匪賊と共産党青年組織が保安隊と一緒になって区別がつかない。ただの殺人集団は、勝手放題に居留民に対する凌虐と殺戮を開始したのである。

彼らの目的は単に「すべての日本人を殺せ！」だった。日本人街や、近水楼のある城内東北部は七月二十九日朝、危機に瀕していた。

通州事件関連の写真・図版

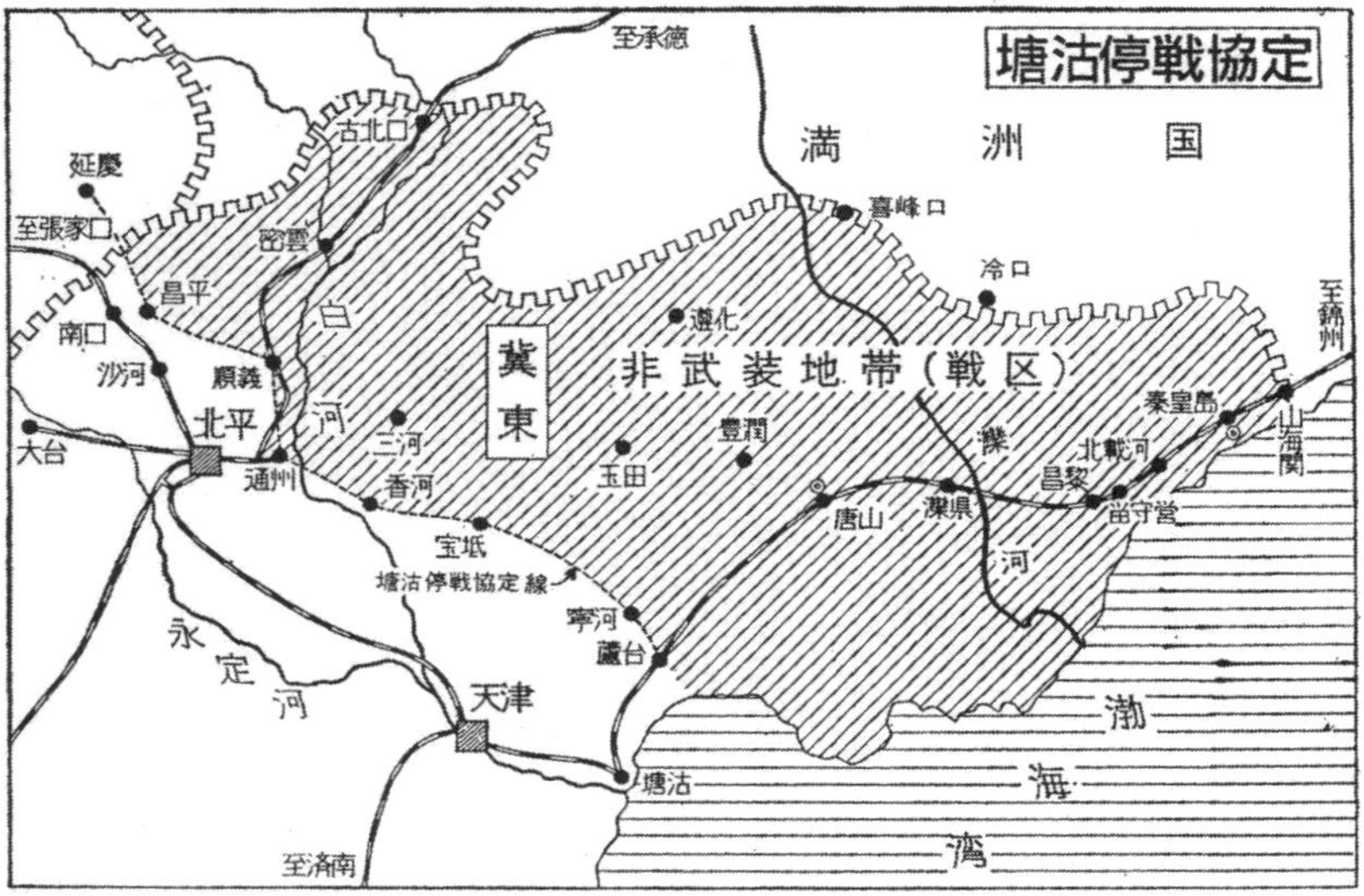

図１　冀東防共自治政府の管轄域（『太平洋戦争への道』より）

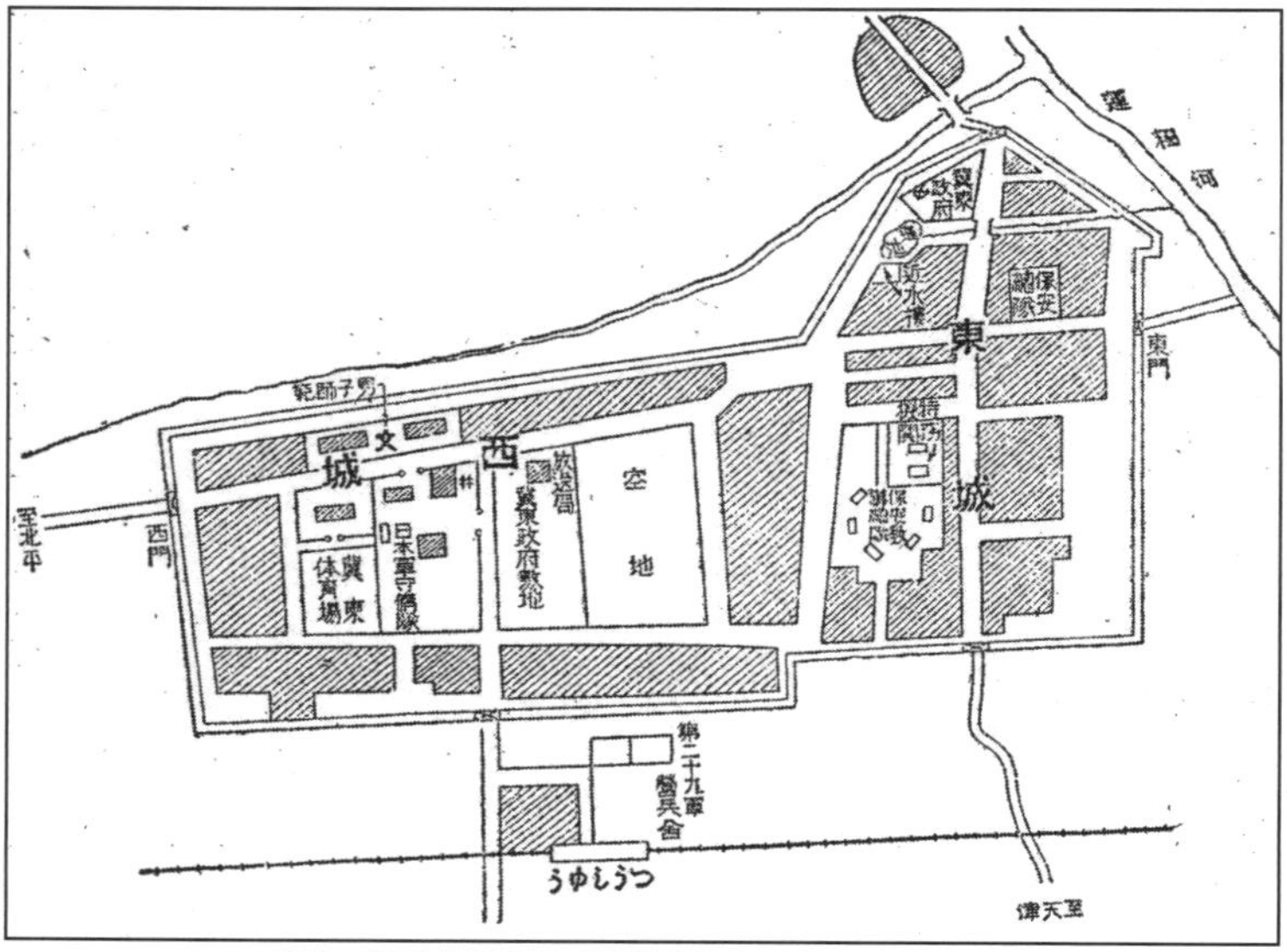

図２　通州市街要図（『改造』昭和12年10月号より）

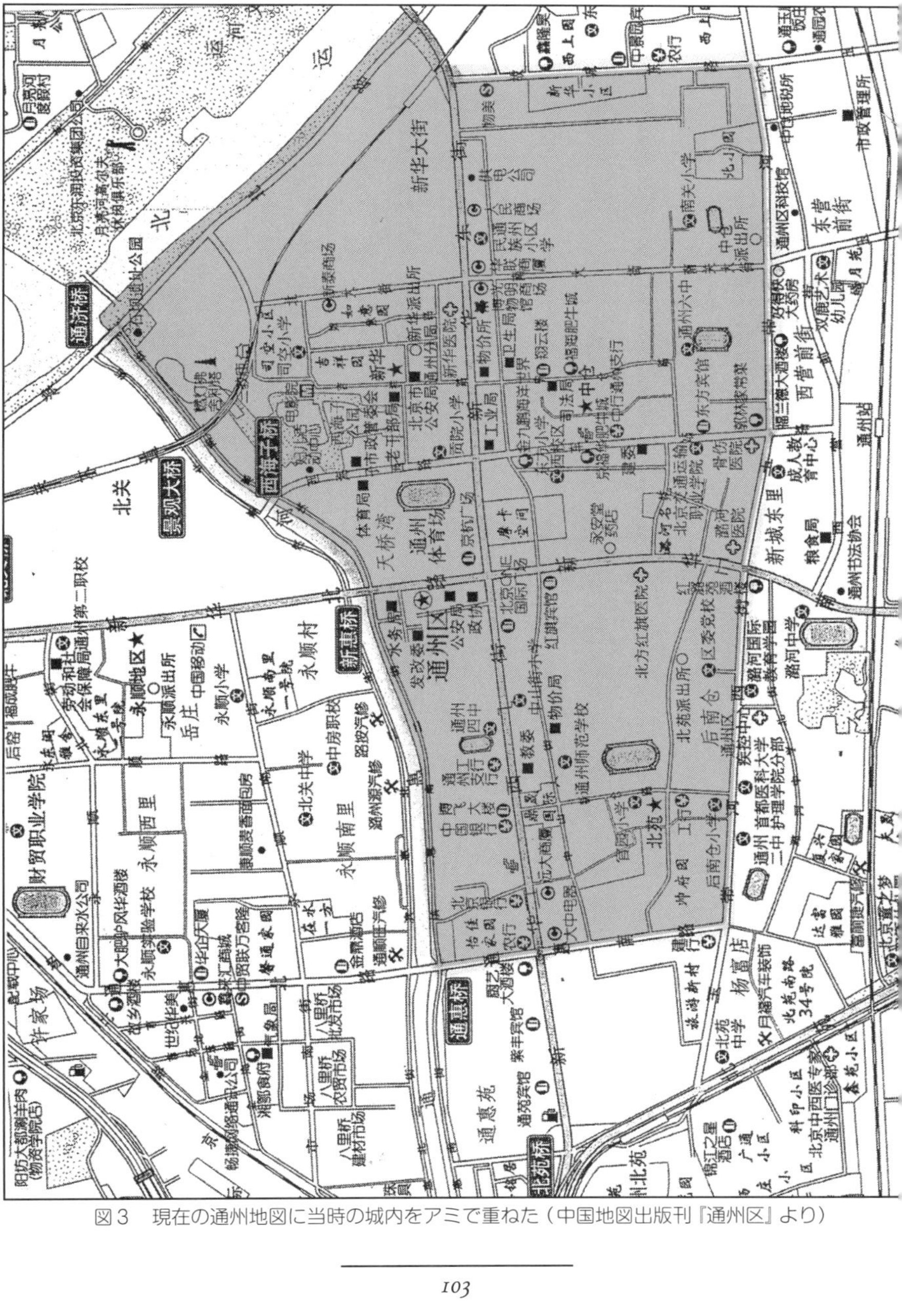

図３　現在の通州地図に当時の城内をアミで重ねた（中国地図出版刊『通州区』より）

写真①　現在の通州風景。故城東路を行くとかつて大虐殺があった東門へ行く（撮影／筆者）

写真②　蓮池は埋められ、大きな公園と池に変わっていた（西海子公園の池）

写真③　地下鉄駅前で配られている高層マンションのチラシ

写真④　かつての蓮池附近だろうか。工事中の壁の向こうに仏舎利塔が見える

写真⑤

写真⑥　通州城の城壁、西門附近を南方より写したもの（©Zuo Quan/Joe-oldchina PX）

写真⑧　池宗墨秘書長
（のち代理政務長官、写真は昭和13年当時）

写真⑦
殷汝耕冀東政府政務長官（昭和12年頃）

写真⑩　通州特務機関正門（『毎日ムックシリーズ・20世紀の記憶／不許可写真①』1998年12月刊より）

写真⑨　通州日本守備隊（『毎日ムックシリーズ・20世紀の記憶／不許可写真①』1998年12月刊より）

写真⑪（右）　写真⑫（左）　冀東防共自治政府保安隊（『歴史読本』1999年9月号より）

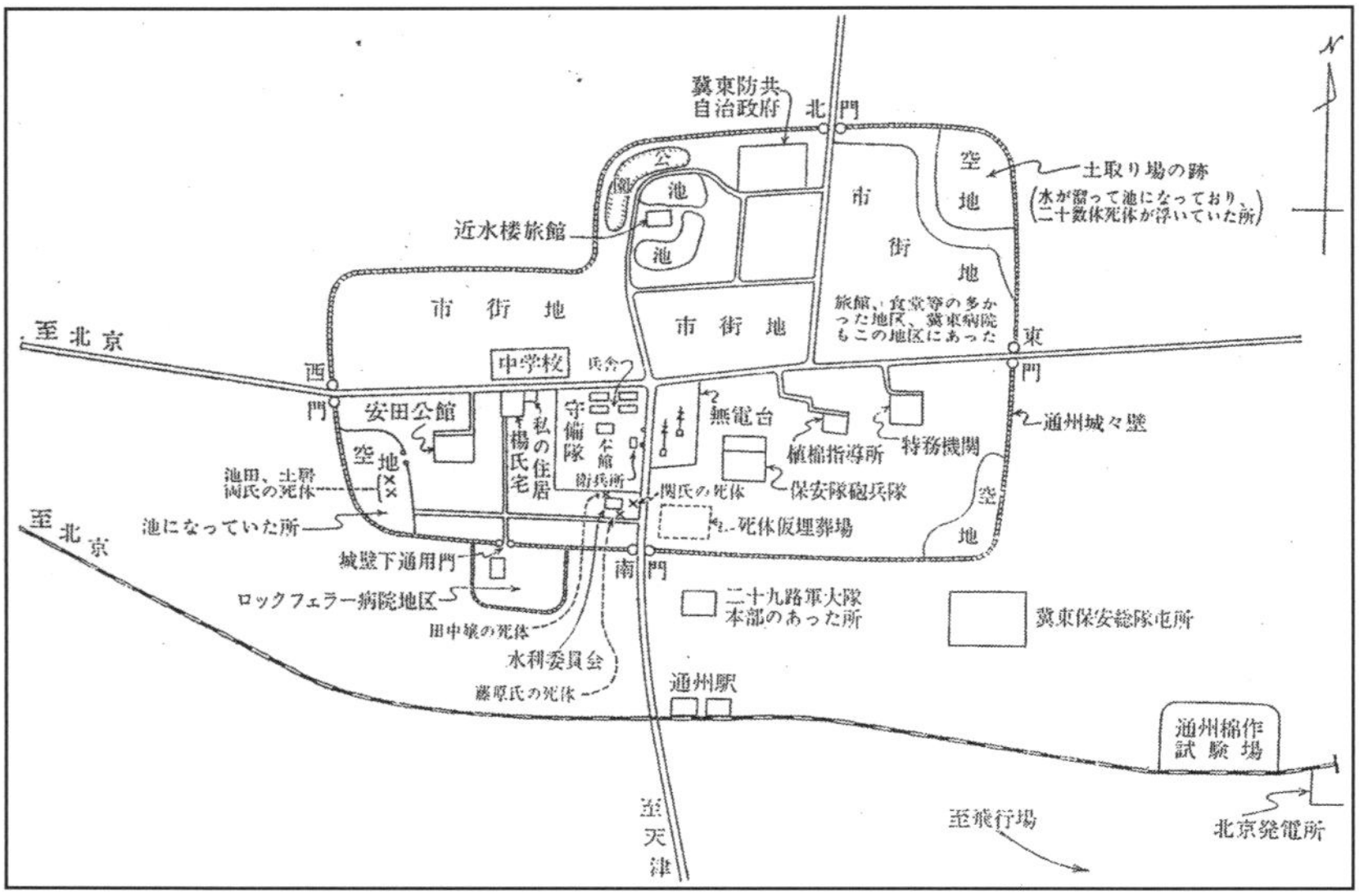

図４　通州城内外略図（『通州事件の回顧』より）

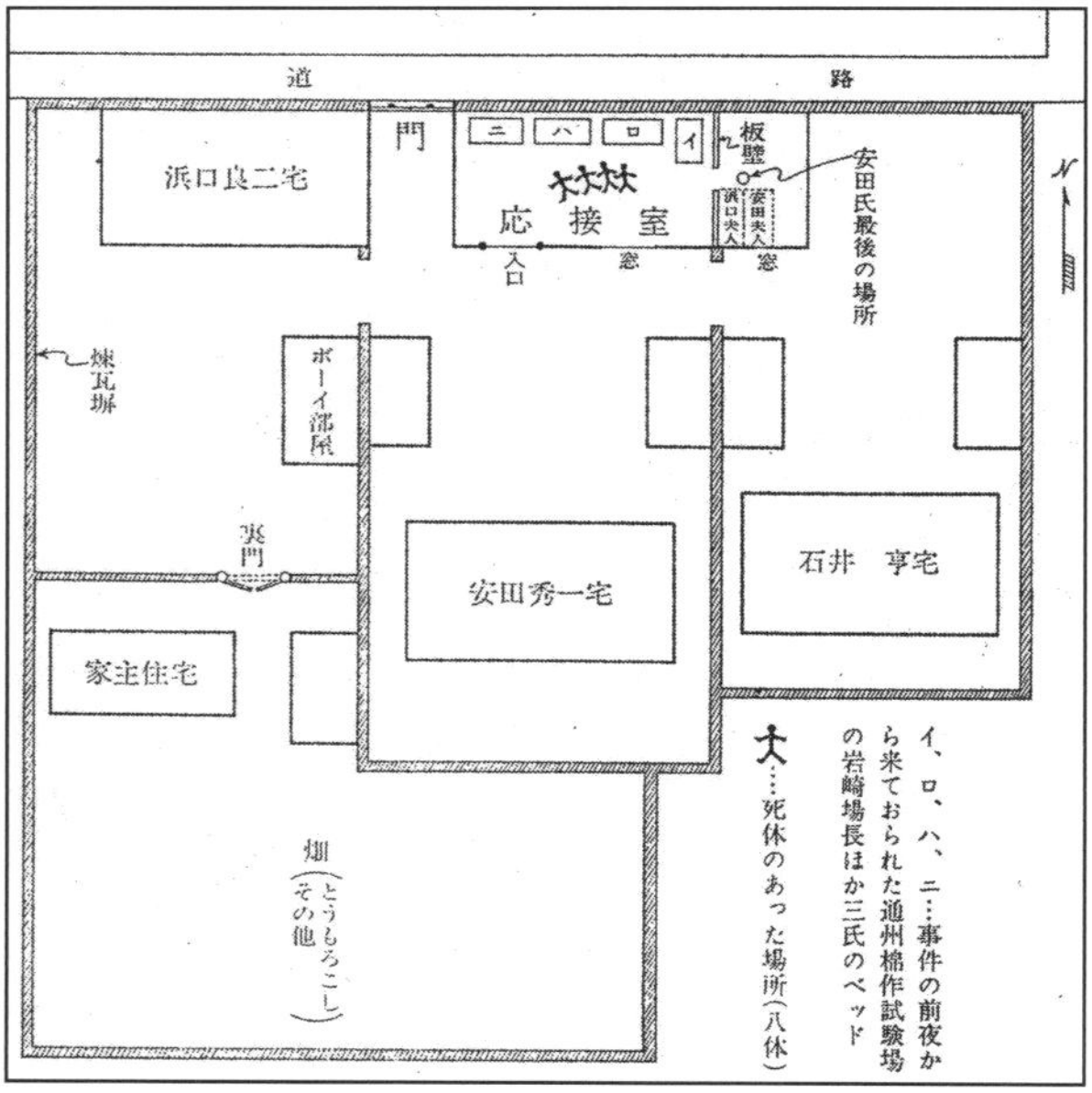

図５　安田公館見取図（『通州事件の回顧』より）

写真⑬（右）　写真⑭（左）　石井亨の血染めの遺書手帖（『通州事件の回顧』より）

写真⑯　東京帝国大学時代の石井亨
（石井津留氏所蔵）

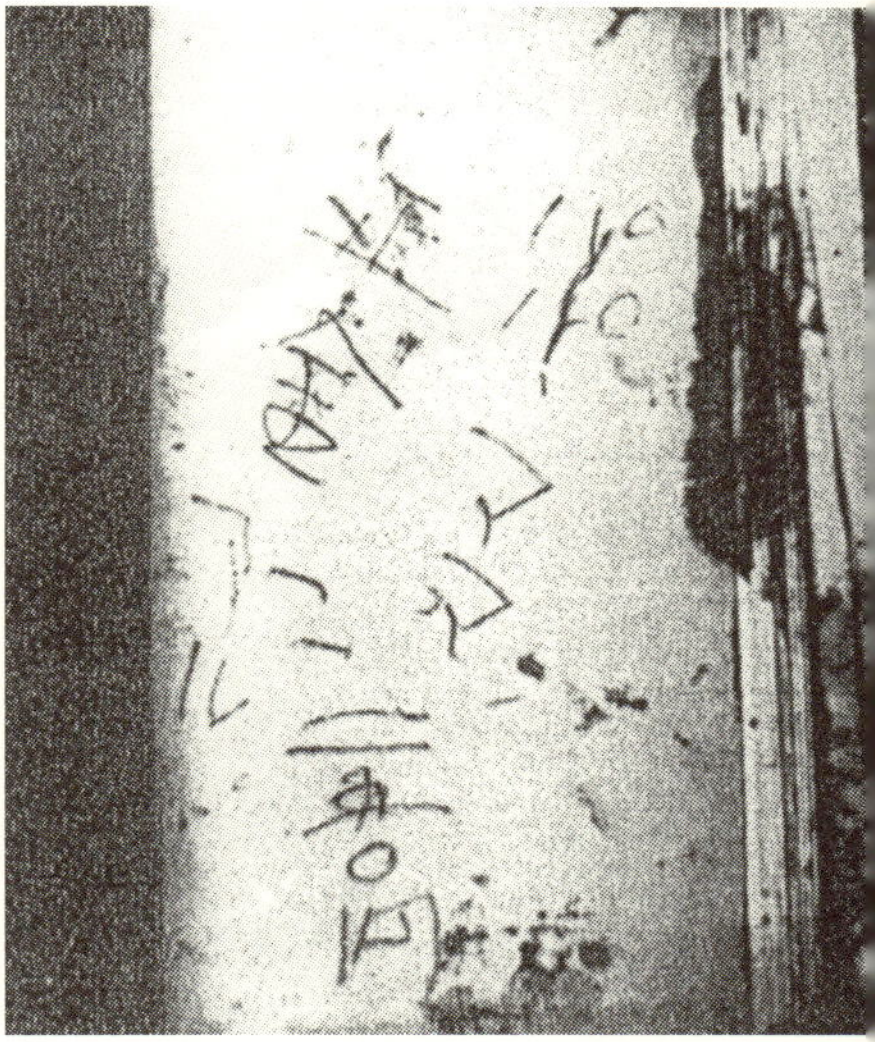

写真⑮　石井亨の血染めの遺書手帖
（『通州事件の回顧』より）

写真⑰　石井亨・茂子夫妻の結婚写真（昭和12年1月8日、大連にて）
（石井津留氏所蔵／靖國神社遊就館所蔵）

写真⑱　婚約時代の石井亨と茂子（旧姓・下吹越）。「この人と結婚したい」との手紙が東京の石井家に届いたという。昭和11年秋、奉天付近か（石井津留氏所蔵）

写真⑲　本郷森川町時代の石井家。左端が母・津留、右端が四男・亨（石井津留氏所蔵）

写真⑳　東京駅に還ってきた石井亨夫妻の遺骨。中はカラだった。左から母・津留、六男・直幸、園子、次男・道方（石井津留氏所蔵）

山口縣吉敷郡仁保村大字仁保上郷第一八八啓次郎長男	新城南街五八	政府職員	池田 元彦	明治三十七年二月六日
高知縣安藝郡甲浦町大字河内三五ノイ戸主甲弟	同	同	土居 丁	明治三十三年四月四日
東京市下谷區北稲荷町二二戸主	城内南街一	同	關 嘉市	明治三十七年五月二十日
神奈川縣横濱市神奈川區神奈川通一丁目四直四男	北後街三	同	石井 亨	明治四十五年六月十日
同	同	亨妻	同 シゲ	大正四年四月一日
三重縣宇治山田市宮後町一一三	同	政府職員	濱口 良二	明治四十二年二月二十八日
同	同	妹	同 文子	大正六年二月二十二日
秋田縣雄勝郡新成村島田新田字島田四九戸主清治三男	城内十字街一	政府職員	藤原 勝治	明治三十三年六月一日
長野縣北佐久郡南大井村字平原一一〇二	西大街特務機關内	特務機關雇員	南澤 正年	當二十八年位

図6　石井亨夫妻および浜口良二、文子ほかの死亡記録（外務省東亜局記録より、昭和12年12月1日付）

写真㉑
横浜市神奈川区「慶運寺」にある石井亨の句碑

写真㉓　外交官・田場盛義

写真㉒　安藤利男同盟通信特派員
（『日の出』昭和12年10月号より）

写真㉔　近水楼惨劇の跡（『改造』昭和12年10月号より）

写真㉕　通州城南門（上）、銃撃された特務機関（下）　当時の絵葉書より

写真㉗　事件現場の施設・建物の被害状況
（『歴史読本』1999年9月号より）

写真㉖　全員戦死した通州特務機関の遺骨（『毎日ムック・不許可写真①』1998年12月刊より）

写真㉙　事件現場の施設・建物の被害状況
（『歴史読本』1999年9月号より）

写真㉘　事件現場の施設・建物の被害状況
（『歴史読本』1999年9月号より）

写真㉛　事件現場の施設・建物の被害状況
（『歴史読本』1999年9月号より）

写真㉚　事件現場の施設・建物の被害状況
（『歴史読本』1999年9月号より）

写真㉜　事件現場の施設・建物の被害状況
（『歴史読本』1999年9月号より）

写真㉝（上）　奇跡的に5歳で生き残った新道せつ子さん（『ハンゼン氏病よ、さようなら』より）

写真㉞　一人生き残ったせつ子さん（左）と、殺害された両親及び妹・紀子さん（「読売新聞」昭和12年8月4日）

写真㊱　通州城内の惨殺遺体
（『歴史読本』1999年9月号より）

写真㉟　通州城内の惨殺遺体
（『歴史読本』1999年9月号より）

写真㊲　通州城内の惨殺遺体
（『歴史読本』1999年9月号より）

写真㊳　通州城内の惨殺遺体
（『歴史読本』1999年9月号より）

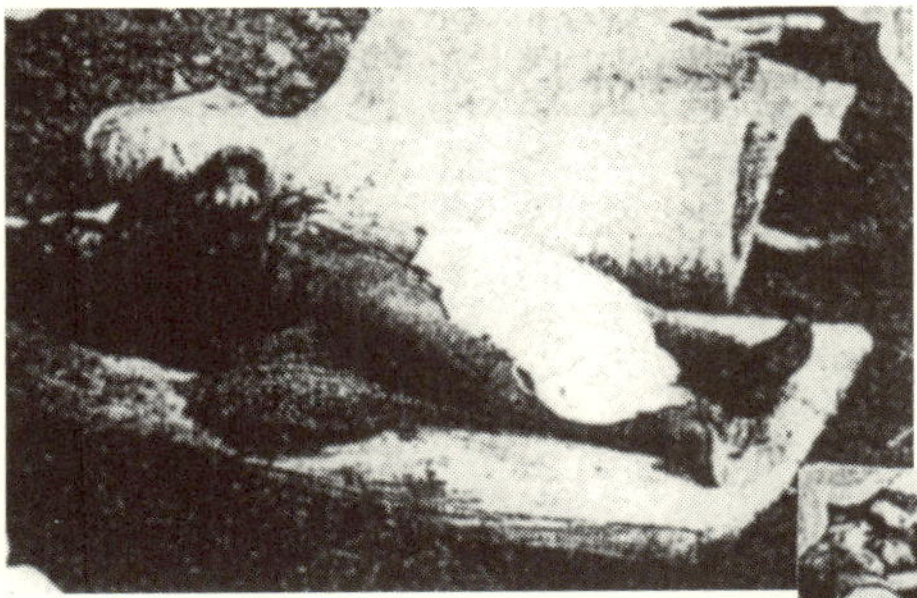

写真㊴　通州城内の惨殺遺体
（『歴史読本』1999年9月号より）

写真㊵　通州城内の惨殺遺体
（『歴史読本』1999年9月号より）

写真㊶　通州城内の惨殺遺体
（『歴史読本』1999年9月号より）

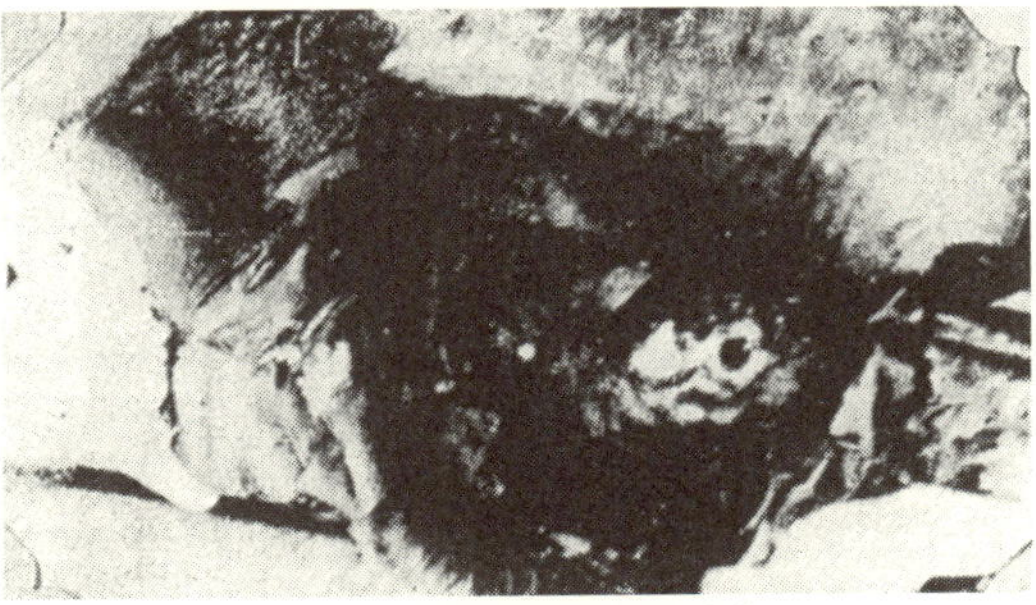

写真㊷　通州城内の惨殺遺体
（『歴史読本』1999年9月号より）

写真㊸　通州日本領事館警察署　庁舎落成式　記念撮影

写真㊹　通州憲兵隊（中央の黒制服が荒牧隊長）

写真㊺　荒牧純介氏
（『痛々しい通州虐殺事変』より）

写真㊻　支那兵から鹵獲《ろかく》した大型の青竜刀。手にするのは天津警察の日本人警官（『アサヒグラフ』昭和12年8月18日号より）

写真㊼　支那兵が背負っている青竜刀
（『改造』昭和12年10月号より）

写真㊽　冀東防共自治政府の建物
（円内は保安隊長の張慶余）

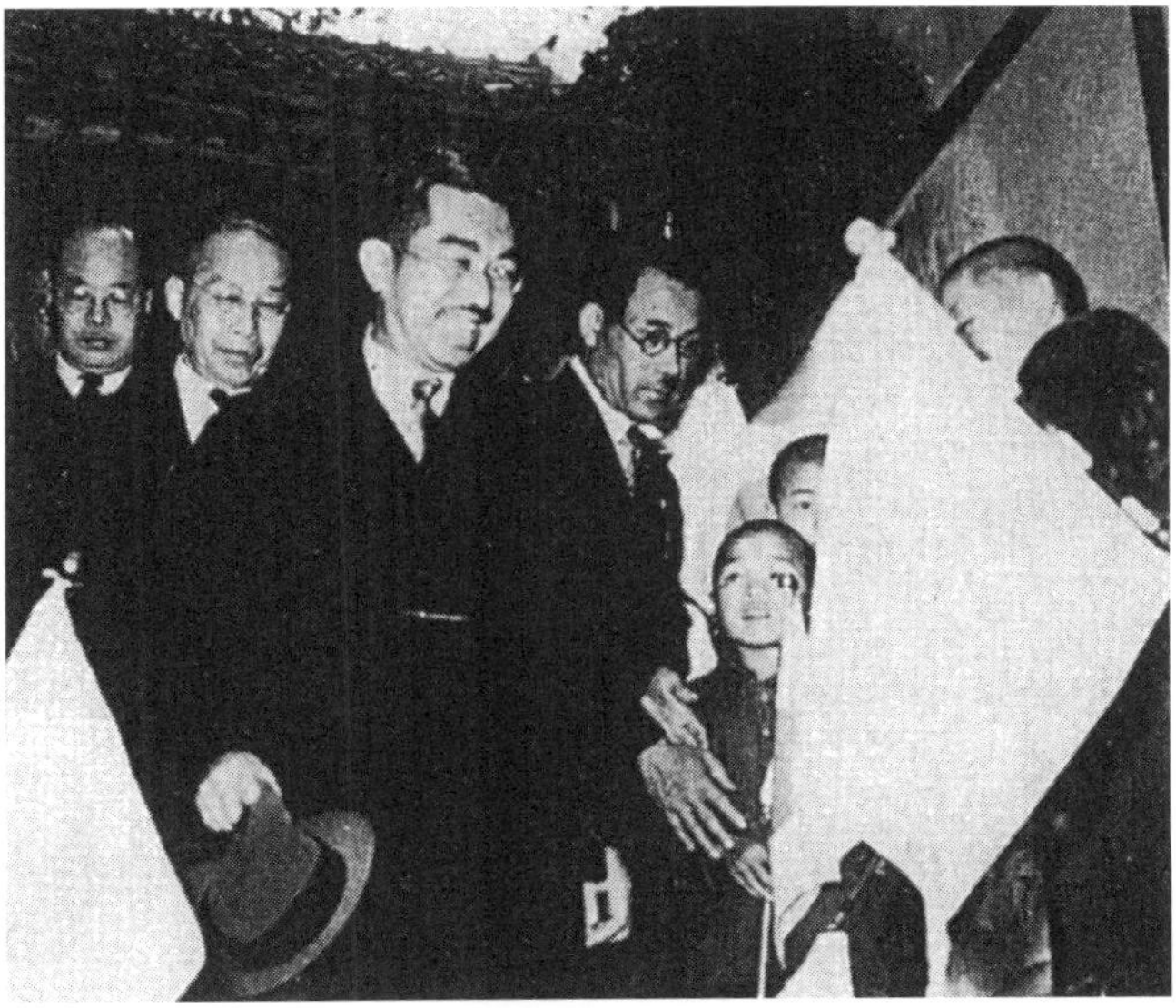

写真㊾　昭和天皇、因通寺に行幸
（昭和24年5月22日午前、『天皇さまが泣いてござった』より）

写真㊿　因通寺「洗心寮」にお成りになった昭和天皇
（左端、昭和24年5月22日、『昭和天皇の御巡幸』より）

写真㊿　萱嶋高歩兵第二連隊長
（撮影は昭和18年、『萱嶋高伝』より）

写真52　部隊を視察する萱嶋隊長

写真㊸　地図を広げ作戦を練る香月司令官
（右、『毎日ムック・不許可写真①』1998年12月刊より）

写真㊹　武装解除され丸腰になった通州保安隊
（『北支事変画報』第2輯、大阪毎日新聞社・東京日日新聞社刊、昭和12年8月15日号より）

【虐殺事件直後の通州城内の様子】

写真56　叛乱保安隊の立てこもった冀東仏教会

写真55　犠牲者を多く出した近水楼の表口

写真58　死の街通州の大通り

写真57　死の街通州の大通り

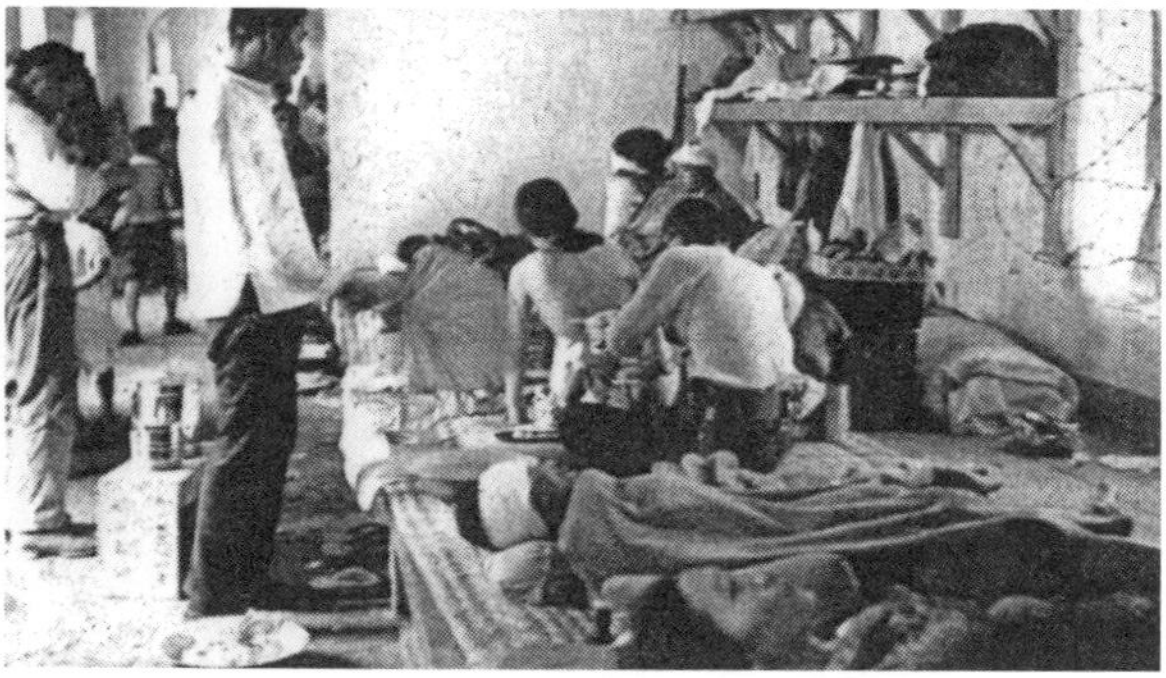

写真59　守備隊兵舎に収容された負傷者たち

写真はすべて、『北支事変画報』第3輯、大阪毎日新聞社・東京日日新聞社刊、昭和12年8月30日号より

写真60　守備隊兵舎に収容された負傷者たち

写真62　叛乱保安隊の大砲を鹵獲

写真61　通州日本守備隊

写真66　遺族たちの悲しき焼香

写真63　萱嶋部隊通州に着く

写真67　生存者たちが花を折って墓地に供える

写真64　叛乱保安隊の武器

写真65　路傍の花を手折って
死者への手向け草に

写真68　冀東政府警団幹部教練所の弾痕

写真はすべて、『北支事変画報』第3輯、大阪毎日新聞社・東京日日新聞社刊、昭和12年8月30日号より

写真⑩　破壊された通州居留民会の入口

写真⑲　犠牲者たちの悲しき仮埋葬

写真⑪
犠牲者の仮埋葬をした急造の墓地

写真⑫　日本軍守備隊本館の弾痕

写真⑬　生存者一同の仮埋葬地における礼拝

写真⑭
日本領事館警察署の被害

写真はすべて、『北支事変画報』第3輯、大阪毎日新聞社・東京日日新聞社刊、昭和12年8月30日号より

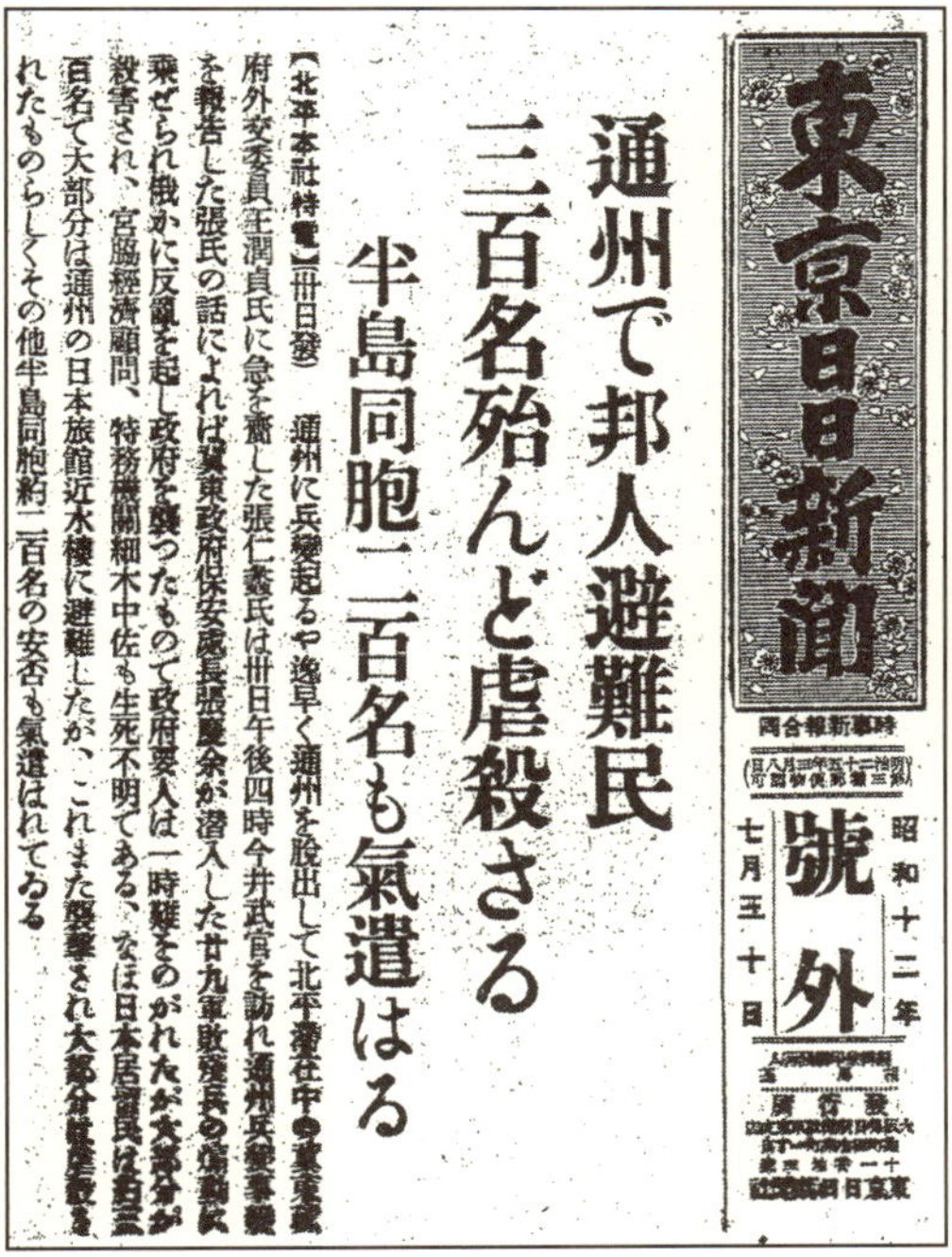
東京日日新聞
時事新報合同
號外
昭和十二年 七月三十日

通州で邦人避難民
三百名殆んど虐殺さる
半島同胞二百名も氣遣はる

【北平本社特電】(卅日發) 通州に兵變起るや逸早く通州を脱出して北平滯在中の冀東政府外交委員王潤貞氏に急を報した張仁蠡氏は卅日午後四時今井武官を訪れ通州兵變事件を報告した張氏の話によれば冀東政府保安處長張慶余が潛入した廿九軍敗殘兵の煽動に乗ぜられ俄かに反亂を起し政府を襲ったもので政府要人は一時難をのがれたが大部分が殺害され、宮脇經濟顧問、特務機關細木中佐も生死不明である、なほ日本居留民は約三百名で大部分は通州の日本旅館近水樓に避難したが、これまた襲撃され大部分殺害されたものらしくその他半島同胞約二百名の安否も氣遣はれてゐる

写真⑯　この号外が通州事件を報じた第一報
（「東京日日新聞」昭和12年7月30日）

形見の勳章を靴底に
命からぐ村尾顧問夫人北平へ
通州脱出 無念、夫の最期語る

眼前夫へ三發

虎口を

写真⑮　「読売新聞」昭和12年8月1日

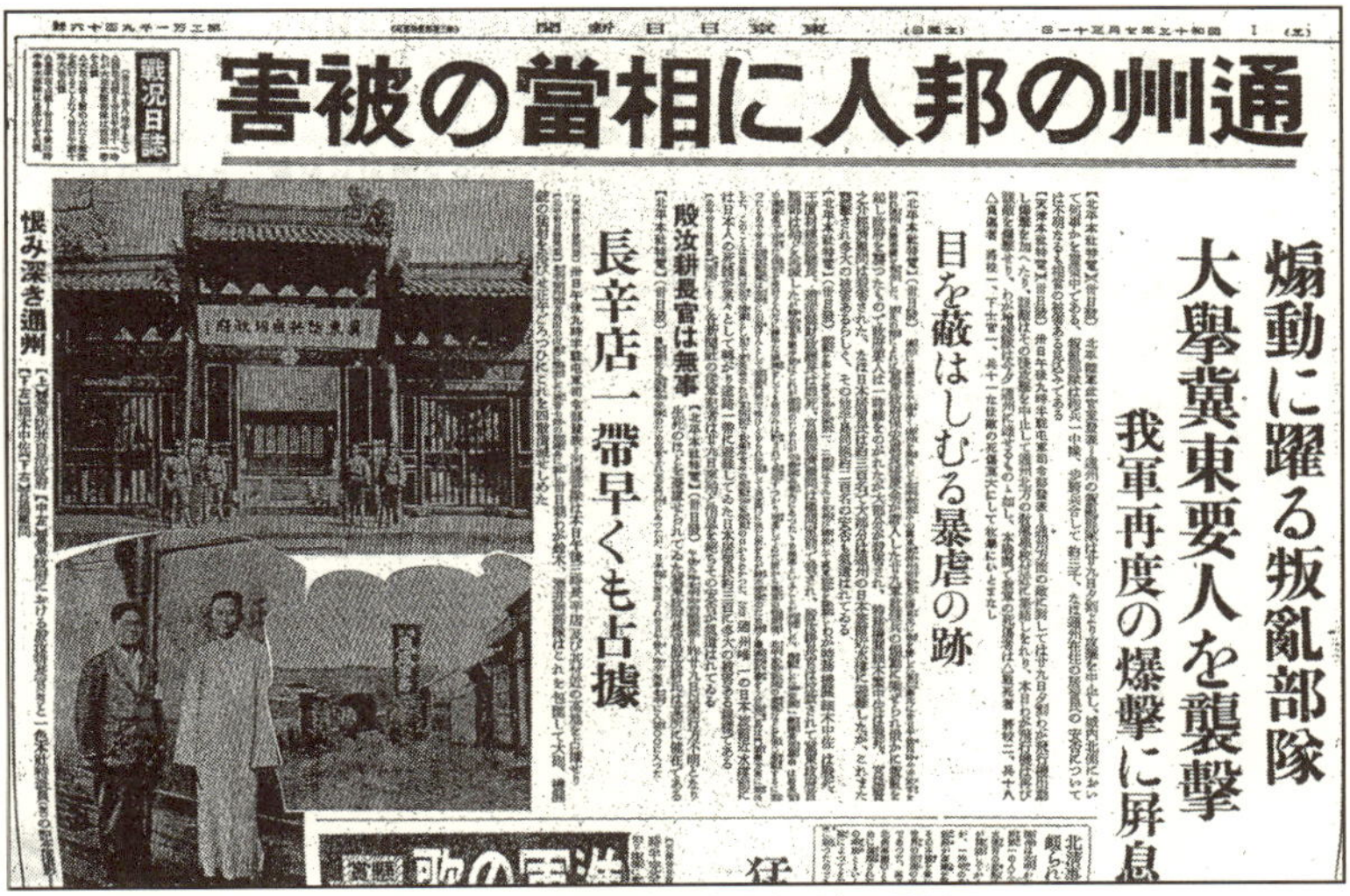
通州の邦人に相當の被害

煽動に躍る叛亂部隊
大擧冀東要人を襲撃
我軍再度の爆撃に屏息

目を蔽はしむる暴虐の跡

殷汝耕長官は無事

長辛店一帶早くも占據

戰況日誌

恨み深き通州

写真⑰　「東京日日新聞」昭和12年7月31日

写真⑱　「読売新聞」昭和12年7月31日

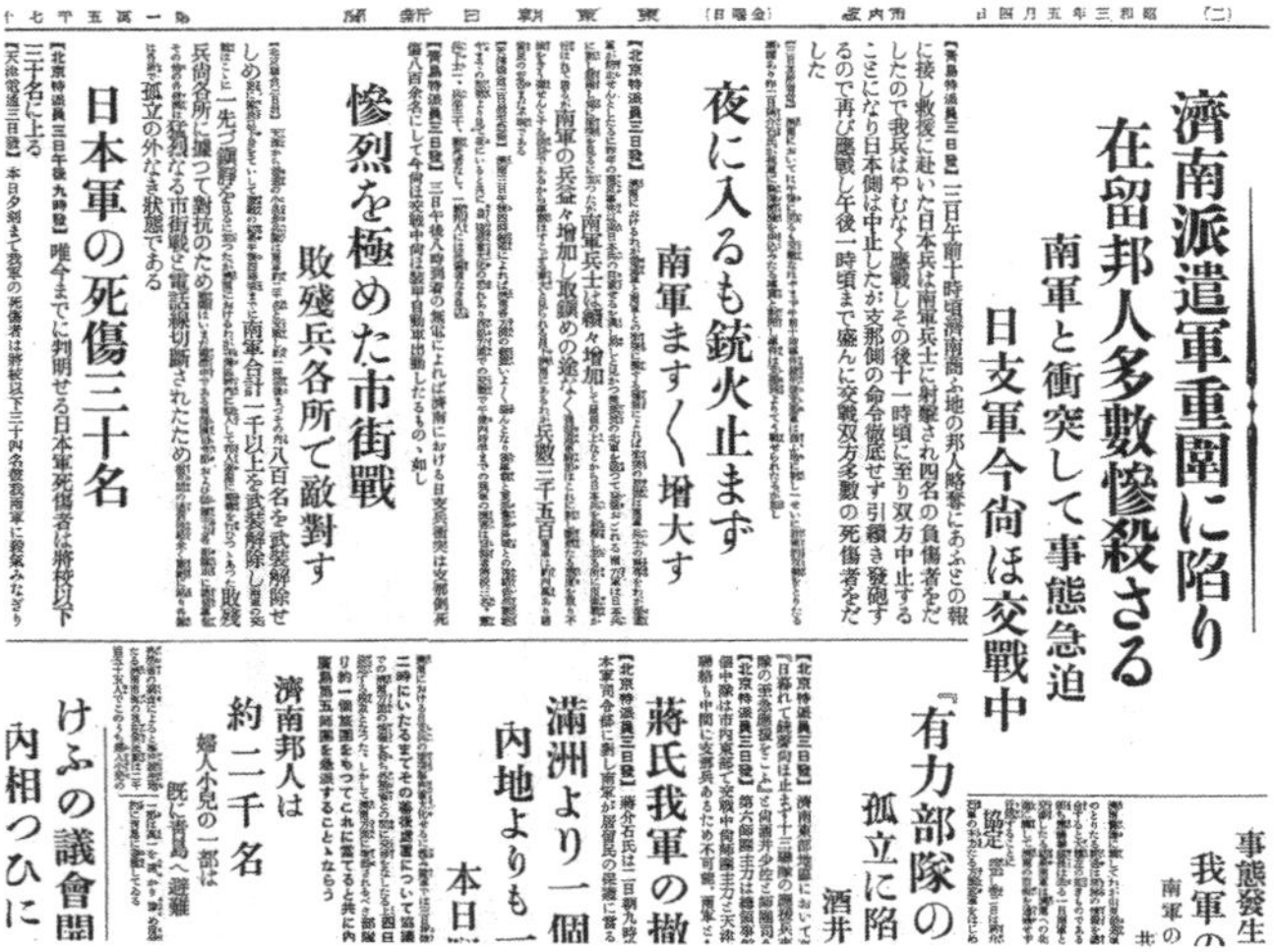

写真⑲　昭和3年5月の「済南事件」を伝える
（「東京朝日新聞」昭和3年5月4日）

死の影掩ふ通州城

逃れるに道なし！

あゝ同胞三百人

唯一の頼み、北平への道も

呪ひの鐵門堅く鎖す

凄絶 大沽の一戰

天津丸の運轉士語る

写真⑧⓪（「読売新聞」昭和12年8月1日）

恨み深し！通州暴虐の全貌

【天津にて田中特派員二日發】

保安隊變じて鬼畜

罪なき同胞を虐殺

銃聲杜絶え忽ち掠奪

第二次事件費追加豫算

五億圓突破は必至

一兩日中に査定終了

宛ら地獄繪巻！

鬼畜の殘虐言語に絶す

敵の亂射亂撃に

我銃砲彈燒失

陸相說明

追加豫算二千萬圓

けふ衆議院を通過

豫算總會可決

写真⑧①（「東京朝日新聞」昭和12年8月4日夕刊）

讀賣新聞 夕刊

悲愁の通州城 本社機一番乗り！

邦人の鼻に針金通して
鬼畜暴虐の限り
記者、薄暮の營庭に合掌

この讐きらでは！
軍刀ぬらす部隊長無念の涙

保安隊の帽子かぶり
奇蹟の生還語る
山田青年・池畔に死體求めつゝ

百卅の死體發見
杉山陸相、貴族院で

天津全く平靜化

皇軍通州爆撃の跡・破壊された學校

写真㊷　(「読売新聞」昭和12年8月4日)

砲煙日誌 天津市街戰三日間

あゝ救はれた我租界！
最後の一人迄と頑張つたあの日から
この掃滅戰の砲聲の明朗さ

【天津にて金久保特派員三日發】

通州叛亂隊と死闘
六警官殉職戰死
悲壯・夫人子供ら七名

通州で殉死の六警官

写真㊸　(「読売新聞」昭和12年8月4日夕刊)

昭和十二年八月五日　東京朝日新聞　（木曜日）

あゝ遂に彈丸盡く 鉢卷姿で戰死す

壯烈・特務機關の最期

○○門前の○○部隊【本社特派員撮影】

邦人のみを目當 計畫的テロ

陰惨・奥田顧問の部屋

殘虐

写真㉞　（「東京朝日新聞」昭和12年8月5日）

東京朝日　（水曜日）　昭和十二年八月四日

世紀の殘虐・あゝ呪ひの通州

血をもつて語る遭難婦人最初の脱出記

夫より迸る血の海に 悽愴・死を裝ふ二時間

鬼畜！臨月の腹を蹴る

【天津にて倉光特派員三日發】

襲はれた冀東銀行

写真㉟　（「東京朝日新聞」昭和12年8月4日）

邦人大量虐殺の陰謀

戰慄・天津襲撃の眞相

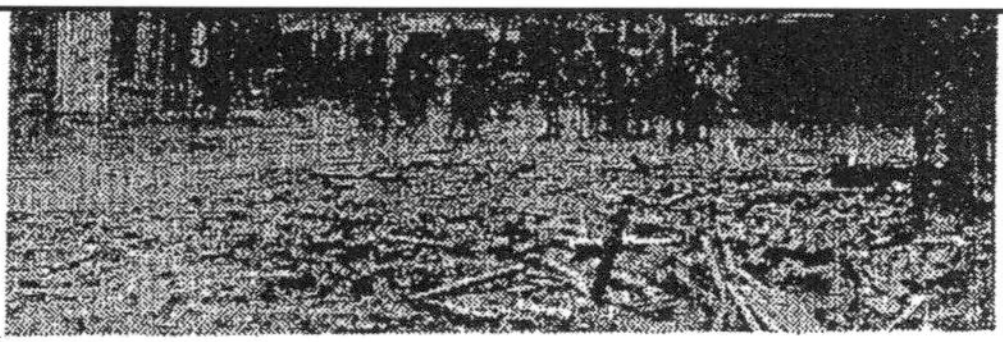

【天津にて永田特派員五日發】通州の邦人虐殺事件はかの尼港事件を彷彿させるもので、九千萬同胞の憤激を新たにしめるものがあるが天津日本租界及び北支駐屯軍關係諸機關の襲撃の支那保安隊の通謀した命令書や、捕虜の自白、總領事館、警察署などの調査によつて恐るべき計畫が立てられて居た事が判明した

情報を綜合するに去月二十九日未明天津租界及び軍關係諸機關を襲撃した支那兵は天津保安隊凡四千名第二十九軍の正規兵凡二千名合計凡六千名と稱されるが敵は第二十九軍の首腦部の命を受け廿六日頃から通州襲撃の保安隊及び正規兵と聯絡をとり北寧鐵道沿線によつて正規兵は天津市内に入る事を得ざるを以て便服に着替へて大膽にもトラックを以て續々天津附近に侵入、機關銃、迫撃砲、小銃、青龍刀などを蔬菜や貨物の下に隱して運び込み或は天津郊外の民家に隱して時の到るのを待つて居た

二十七日夜日本租界及び日本軍を二十九日午前二時を期して襲撃すべしとの指令が發せられた敵は二十八日夕刻から南開大學市政府、保安總局、警察本部などに集結し其他各警察署に就いた、敵の襲撃目標は軍關係では駐屯軍司令部、〇〇飛行場東站、總站、糧秣倉庫などでこの外に日本租界及び租界外の東洋紡、公大紡（鐘紡）の各邦人紡績工場であつた、即ちわが軍の第一線出動によつて天津における兵力の不足を探知した支那軍はその手薄に乘じて支那駐屯軍司令部を占領して北支における我軍の中樞機關を破壞せしめ各地に散開して居る第一線部隊との連絡を斷ち窮地に陥れ〇〇飛行場の襲撃によつて我軍の活動に致命的損害を與へ一方東站、總站を占領して日本軍及び彈藥糧食の輸送を不可能ならしめ更に糧秣倉庫を掌中に收め第一線日本軍の糧道を斷たんとしたものである

最も戰慄すべきは日本租界を襲撃し先づ總領事館、憲兵隊、居留民團警備隊、特務機關、發電所等を占據した後三千人の支那兵は租界内の邦人（半島人を含む）約一萬五千人を虐殺し掠奪を恣にした上日本租界を占據しここに青天白日旗を飜して天津から邦人を一掃する意圖を有して居たのである、もし租界の守備が萬一にでも破れたらんには兵力不足の租界は敵の蹂躙するところとなり通州以上の邦人大虐殺が行はれるところであつた

支那兵は第一回の襲撃失敗にも懲りず二十九日深更から三十日未明にかけて第二回の夜襲を行ふことになり兵力を分散させては攻撃力を減殺されるところから今度は兵力の最も薄弱な租界に全兵力を集中して前回の失敗を取返し邦人大虐殺を行ふべく作戰中これを探知した我軍は飛行機と大砲をもつて敵の本據たる市政府、南開大學、保安總隊、東站附近の民家を徹底爆撃したものである

写真86　天津でも計画された同時多発テロを伝える（「東京日日新聞」昭和12年8月6日）

写真87　（「東京日日新聞」昭和12年8月8日の号外）

【吉屋信子が『主婦之友』特派員で通州取材】

写真⑧⑨　守備隊の壁に走り書きで
「佐藤保一とあるのを筆写する吉屋信子
（『主婦之友』昭和12年10月号）

写真⑧⑧　近水楼前に立つ吉屋信子
（『主婦之友』昭和12年10月号）

写真⑨⓪　通州守備隊兵営の弾痕（『主婦之友』昭和12年10月号）

写真91　通州警官舎の中庭の跡（「主婦之友」がある）
（『主婦之友』昭和12年10月号）

写真92　通州警官舎掠奪の跡
（『主婦之友』昭和12年10月号）

写真93　惨死体を遺棄した池（『主婦之友』昭和12年10月号）

写真94　北京大使館のテニスコートで行われた通州受難者慰霊祭に出席する吉屋信子（昭和12年8月29日午後3時）（『主婦之友』昭和12年10月号）

写真㊺　通州の悲劇を歌った6曲が入っているDVD

写真㊻　奇跡的に救助された石島戸三郎巡査の長男・冨士夫君。『夢の子守唄』のモデルではないかと思われる。写真は数え年で八歳と記されており、事件から二年後の慰霊塔参拝時のもの（『痛々しい通州虐殺事変』より）

写真⑨⑦　植棉指導所職員・浜口良二は冀東政府庁舎内で銃撃され死亡した。写真は昭和10年頃の撮影

写真⑨⑧　浜口良二の妹・浜口文子。タイピストとして植棉指導所に勤務していたが、安田公館で銃撃され死亡

写真⑨⑨　生き残った母娘3組が再会。右から安田正子と娘・美智子、中央が浜口茂子と娘・満智子、左は尾山幸子と娘・京子。昭和15年10月、靖國神社参拝のあと「主婦之友社写真館」にて記念撮影した

第三章

日本人街の地獄、その検証

安藤記者の脱出記

大虐殺の厄災を辛くも脱出し、奇跡の生還を果たしたのは、一部の警備隊や特務機関員を除けば、民間人男子ではほぼ皆無。生存していたのは二十七日の城外の二十九軍との戦闘（歩兵第二連隊・萱嶋《かやしま》連隊長）で死傷した兵の看護を手伝うため、たまたま兵営に来ていた民間人数人だけであった。

そのほかには、植棉《しょくめん》指導所の藤原哲円と同盟通信記者・安藤利男特派員くらいではないかとさえ言われている（写真㉒）。安藤記者が二十八日、兵営で取材中、居留民の救援活動に感動したというエピソードは第一章で紹介した。

本章では脱出した記者の報告書や現場の状況調査に関わった憲兵の調書、さらに北京から急遽救援に走った日本人留学生の報告書、生存者による座談会などのドキュメントを紹介したい。

同盟通信の安藤記者は近水楼に宿泊していた二十九日早朝、得体の知れない一団の襲撃を受けた。だが、万死に一生のチャンスを得て通州城を脱出、生還したのだ（図4）。安藤は帰国後、何篇かの生還ルポ・講演録を公開することになる。

私の手許には、『通州兵変の真相』（森田書房刊、昭和十二年八月）、『虐殺の巷通州を脱出して』（日本外交協会調査局・講演録、昭和十二年九月）、『虐殺の通州脱出記』（『日の出』新潮社刊、昭和十二年十月号）、『通州の日本人大虐殺』（『昭和の三十五大事件』文藝春秋臨時増刊、昭和三十年八月）の四点あるが、ここでは彼が通州を脱出して、天津で八月十四日に書いたという『虐殺の通州脱出記』を引用したい。

昭和十二年七月二十九日の殺戮《さつりく》現場に遭遇し、惨劇を目の当たりにしたジャーナリストは彼一人である。「脱出記」は、現場にいた者しか知り得ない事実を十分に記録していると思われる。長文ゆえ、適宜《てきぎ》要点のみ抄出しよう。

「事件は二十九日未明から発してゐる。最も早いところは午前二時半、すでに保安隊の行動が怪しいとの電話が、一、二度政府と保安隊関係、日本人顧問らとの間に行はれたのを最後として、市内の電話がピタリと不通になつたのださうで、午前四時前後ごろから銃声がボツ〳〵聞え出して来た。私は政府付近の蓮池に囲まれた近水楼といふ日本人経営の宿に泊つてゐたが、飛び起きるや否やとりすがつた電話はもう全くの不通であつた。

結局宿舎にゐた十九人の邦人は、そのまゝ缶詰となり、しばらくは形成を傍観する外なかつた。午前七時頃には市街南方にあたつて白煙、黒煙があがり、銃砲声はますく激しくなる。事態容易ならぬことは確かであるが、これが保安隊の兵変とは未だわからなかつた。八時頃になると、その夜市内に泊つてゐた近水楼の支那人ボーイが口も利けず駆けこんで来て、第一報をもたらした。それは、

『特務機関附近の通りの邦人商家、カフエーのあたりで、日本人が多勢《おおぜい》殺されてゐる。大変です……』

と云ふのである。

近水楼にはまだ危険がないので少しは安心してゐたところ、午前九時ごろからつひに五、六軒先の支那家屋あたりで盛んに拳銃をパンくやり出した。それが次第に此方《こちら》に近づいて来る。さらに隣家の軒近く、次にはつひに、近水楼の裏の窓硝子《まどガラス》が一弾の銃声と共にバリくッと四散した。吃驚《びつくり》して一同は一斉に二階に駈けあがり、にはかに畳を起して防塁を築き、七、八名の女中は押入れに隠れ、男子はヂツと様子を見届けると云ふ調子で、とうく恐ろしい運命の火の手はこゝにも攻め寄せて来た。

一人の客の知恵で、屋根裏にかくれることに決め、テーブルを重ね十九人のうち十一名はこの天井窓から屋根裏に上がつたが、間もなく足下が騒がしくなると共に、銃声が

屋内にパン〳〵響き、下では早くも虐殺が始まつたらしく、銃声にまじつて身の毛もよだつ叫喚《きようかん》悲鳴が聞こえる。私はそつと体を起して、屋根裏の硝子小窓から外を見ると、何ぞ！　蓮池の道を渡つて、不逞学生が笛を合図にドヤ〳〵と屋内に闖入《ちんにゆう》し、拳銃を放つては喚声をあげ、大掠奪《だいりやくだつ》を開始してゐるではないか。

私等は息を殺して、ぢつとしてゐたが、今にも発見されさうでビク〳〵しながら、息づまる二時間の屋根裏籠城を送つた。その後、何回となく掠奪隊はやつて来る。そして遂に現はれたのが、何と殷長官の衛兵共ではないか。青服に五色の徽章《きしよう》の帽子を冠《かぶ》つた兵だ！

私等のかくれてゐた屋根裏が発見されたのは正午近くであつた。天井窓がムク〳〵と下から上げられた時、皆いよいよ観念した。

『皆、降りろ！　保護をするから金を出せ！　心配はいらぬ』

隊長らしいのが怒鳴つたので、間近にゐた連中から順々に立ち始め、撒《ま》くやうに五元、十元と札ビラを与へた。二階に下りたが、ここですぐに身体検査が始められ、武器を誰一人持つてゐない事がわかると、さらに有り金の要求を始めた。皆、撃たれるのが恐さに、持金は全部取られてしまつた。その他、指輪、時計、写真機、ペンシル、私は眼鏡、ハンカチまでも取られた。

女を除いた男六名は、麻縄で腕をくゝられ数珠《じゅず》つなぎにされ、拳銃に脅《おび》やかされながら引き立てられて階下《した》へ下ろされた。二つ曲がりになつた階段に足をかけると、一階の入り口には何といふ無残な光景であらう、髪を振り乱し、喰いしばつた唇から生血を流し、胸のあたりから鮮血にまみれた女中が三、四人、そこに倒れてゐるではないか！男も居るやうだ。

あゝ、恐しい死の直感！私等もやがてはあの運命を辿るのだ。

すぐ裏庭に引き出され、そこで土下座を命ぜられた。間もなく、保安隊の五、六名に引き立てられて政府の方へ連行された。そこには先着の内鮮人八、九十名が軒下に腰をおろして、青息吐息、ぢつと声も立て得ずに恐怖に震へてゐるのである。近水楼裏に不思議に殺されずに捕虜となつてゐた女中二人を交へて私等十三名はこの中に加へられて、そこで待てと命ぜられ、数名の専任監視員がつけられた。

間もなく隊長が我々の前へ現はれ、無造作な調子でひと声しやべつた。

『諸君はこれから打槍場《だそうじよう》（銃殺場）へ行く。北門内《ほくもんない》だ！』

あゝ、いよ〳〵我等の運命も最後のどん詰まりに刻一刻と近づきつゝあるのだ。私はこの哀れな一群の先頭に立たせられた。真昼の太陽は高く、炎熱は強烈だ。私は生を求めて最後の努力をしてみた。それは縛られてゐる右腕の麻縄だ！　それが一尺五寸ほどのところで太い麻縄に結ばれてゐるのである。この結び目を解くことが生命の鍵だ！　私は生命の全力をこの結び目に集中した！　先ず、そつと左手を体の前から右後に延ばし、歩をゆるめると難なく右腕に縛られた綱と、太い親綱との結び目をつかむことに成功した。そこで、両手でこれを握り、腹のあたりで全身の力を爪先に集め、むしるやうに解き始めた。結び目は次第にほぐされて、遂に完全に解けた……誰も知らぬが、私はぐつとこの結び目の鍵を手にまるめ、握るなりまた元の位置に静かに戻した。

やがて幾つかの道をウネ〳〵過ぎると、城壁の内側に到着し、道は行詰つた。そこが銃殺場であつた。

見れば洞穴が幾つも〳〵城壁の内側に掘つてあり、その前は五、六メートルのドブだ。その前方が射手の立つ幅五間、奥行十間ぐらゐの場所で、ドブを渡る一つの細道がある。

城壁の内側は土の露出した斜面である。この斜面が我等が立つべき最後の場所だ！　小銃、拳銃で脅やかされながら、三人、五人とつながつてドブの細道を我等は渡つた。私はその先頭に立つてゐたので、先ず城壁のトップに一番近いところに位置をとつた。あとから〳〵同じ運命の同胞が上つて来た。最後の一人が渡つて、みんな位置についたころ、一瞬、あたりにサツと血も冷える悪寒が走つた。三、四十名の射手の銃が、次第に『狙へ』の位置に持たれ始めた。

この一瞬だ。女の声だつた！

『逃げませう！』

と裂けるやうな叫び声……その瞬間……私は弾かれた弾丸《たま》のやうに城壁を跳ね上つた。パラパラ〳〵と銃声は一斉に後を追つて射撃された……がしかし、私は次の瞬間、最早城壁の反対側のフチに手をかけ、二丈余の壁面を滑り下りてゐた。壁面の途中、幾つかの手がかりに触つたのを覚えてゐる。そして、下に着くなり、まつしぐらに城壁を後に驀進《ばくしん》した！

ものゝ十間も草藪の中を走り抜くと川にぶつかつた。幅三十メートルぐらひの濁流滔々《とうとう》たる全くの泥川である。私はどんぶりと頭から飛び込むなり、水中に体を沈めて泳いだ。十メートルも泳ぐと一瞬、頭を上げて呼吸をし、また直ぐに隠れた。これから炎天を走るには水分が要る。そこでこの泥水を思う存分に泳ぎ〳〵ガブ〳〵飲んだのだ」

こうして安藤は、通州街道に沿った裏道を抜け、途中、親切な百姓や漁師の世話になりながら野宿を続けた末、北京城内にたどり着き、日本軍に助けられたのである。八月一日午後五時であった。

「不逞学生が笛を合図に」略奪を始めたと記されているが、これは黒い「学生服」風の制服を着ていたから学生と見間違えたもので、本来の学生ではない。

国民党内には黒詰襟（濃い色の霜降とも）の特殊部隊があって、笛を合図に使うのが特徴だった。彼らは表向き教導総隊に属しているものの、極めて特殊な暴力組織として知られていた。一説には蔣介石の直轄秘密組織である藍衣社《らんいしゃ》の影響下にある暴力装置C・C団の青年部ではないかとも言われている。

こうした秘密暴力組織は中国では歴史が古く、清《しん》朝時代にあった秘密結社「哥老会《かろうかい》」の流れを汲む青幇《チンパン》や、共産党軍における同種の組織、紅槍会《こうそうかい》の伝統を汲むものもある。その両者が国共合作以来合流し、教導隊の覆面を被っていた可能性も考えられる。

教導隊の総隊長は殷汝耕《いんじょこう》だが、それは名目上のことであって実際には張慶余《ちょうけいよ》が指揮権を握っていた。いずれにせよ、彼等は抗日主義の影響を強く受けた暴力組織で、この夜の襲撃部隊が保安隊に留まらず、こうした特殊暴力部隊と匪賊《ひぞく》が混在していたのは明白だった。

近水楼のこの夜の宿泊客は十五名。安藤記者だけが助かった客なので、虐殺された客は十四名である。

また、近水楼関係者は旅行中のポーター一人が遭難を免れただけで、主人夫婦以下、六名の女中など十名が惨殺された。旅館内で殺されたのは九名で、残りは安藤記者が述べたように一人一人後ろ手に縛り上げられ、北門脇の銃殺場において機関銃で銃殺されたのである。

安藤は気を利かして自分が土手の一番高い場所を選んだのが自らの命を救った。城壁には場所によって高低があり、高い所で三メートル余、低いところは一メートル半ほどの箇所もあった。ここは娼家街の裏手にあたる場所で、泥地に建つ城壁が半ば崩れかかっている箇所もあり、安藤に味方したと思われる。

それにしても、「逃げませう!」と叫んだ女性や他の人々の運命を考えると、暗澹《あんたん》たる気持が沸々として残らざるを得ない。近水楼だけではない。各所から引致《いんち》された邦人は、男たちはほとんど即座に銃殺されたが、多くの女性たちは近くの女子師範学堂に監禁され、手足を縛り上げられたうえで言語に絶する暴行を加えられ、無惨な最期を遂げたのである。

奇跡の生還を果たした同盟通信記者・安藤利男はその後、ジャワへ任地が代わり、戦後はインドネシアの専門家となって「産経新聞社」に勤務。昭和三十年には論説委員の肩書きで通州事件について書いた雑誌記事が残されている。

戦後十年、東京裁判の歴史観がもっとも強く影響を与えていた時期だったとも考えられるが、奇跡の生還者、安藤記者にしても例外ではなかった。その生還記は次のような言葉で結ばれている。

「いつの時代でも、恐ろしいのは狂つた政策である。通州事件も、大きく見れば、当時の日本が辿つた、中国の気持や立場を、まつたく思いやらない、不明な政策と強硬方針がわざわいした犠牲の一つである（産経論説委員）」（『昭和の三十五大事件』文藝春秋臨時増刊、昭和三十年八月刊）

外交官・田場盛義の殉職

冀東《きとう》防共自治政府に対しては、日本側から外交顧問という名目で外交官を派遣していた。派遣されていたのは満洲国外交部事務官・田場盛義《たばせいぎ》と藤澤平太郎の二名である（写真㉓）。

冀東政権樹立の翌年、すなわち昭和十一（一九三六）年十二月、満洲国外交部で文化宣伝担当をしていた田場と同職員（雇員）だった藤澤が着任したのは、それだけ冀東政府の外交に日本側が責任を負っていたとも言えるし、情報収集の任を負っていたとも言えよう。

田場は沖縄出身（明治二十七年生まれ）初の外交官として名が残るが、東京外国語学校在学中に外務省書記生試験に合格し、外交官の道を歩み始めた。上海では松岡洋右《ようすけ》の秘書役として活躍するものの、大正十一（一九二二）年、いったん外務省を退官。昭和八

（一九三三）年五月、上海で働いていた田場は建国間もない新京の満洲国外交部に請われて入り、再び外交官となった。宣伝業務に力を入れ始めてまだ三年目、新京に未練があったのであろうか、「通州行きは左遷だ」と側近にやや不満を漏らしていたともいう（『沖縄初の外交官・田場盛義履歴書』）。しかし発令後は、妻子を北京に住まわせ、田場は単身通州勤務に精励していた。もっとも北京の自宅は近いので、急用のないときは通勤可能であった。このとき田場四十二歳、独身の藤澤は二十五歳である。

昭和十二年七月二十九日の明け方、保安隊の急襲を政府公署で受け、拳銃で応戦したものの敵は小銃で武装、二名とも射殺されたのであった。

二人の殉職の模様を、当時の満洲国「新京日日新聞」が伝えている。

「襲撃を受けた田場、藤澤の両氏は逸早く属官《しょくかん》の駱樹人《らくじゅじん》氏に重要書類を携帯させて公署を脱出させ、余つた書類は全部焼却した上、公署に立籠つて勇敢に応戦し、遂に弾丸尽きて今事変における外務局最初の犠牲者となつたのであるが、欲にぬけ目のない叛乱兵は、公署を滅茶苦茶に掠奪《りやくだつ》して引揚げてゐるとのことである。

田場氏は七月十八日北平居留民の引揚げを行つた際、妻子を新京に返し、通州にふみとゞまつてゐたものである。

藤澤平太郎君について生前同君と親交のあつた外務局属官山村邦雄君は語る。

藤澤君を一口に言へば豪傑といつた感じで親しまれてゐました。高等学校時代から柔道の選手で五段の腕前です。柔道などの鍛へ方も稽古中血がにじむまで徹底的にやる方で、一つのことに粘りついたらトコトンまでやるといつた気性でした。あの男のことですから笑ひながら死んで行つたでせう」(『新京日日新聞』昭和十二年八月六日)

新京で田場盛義の殉職を聞いた夫人の貞子は同紙新聞記者のインタビューに答えて、

「出発のとき主人が北平駅まで送つて来て『通州に行ってゐれば安心だから後のことは心配するな』とニコニコ元気な顔をしてゐました。最初、通州で行方不明になつたといふ報せを受けた時は生存してゐるにしても不幸死んでゐるにしても、満洲国の代表として恥かしくない行為をとつて呉れてゐるやうにとそれのみを気にかけてゐましたが、先程使命を完全に果して殉職したと云ふことを聞き、それが不幸中の幸ひだと思つてゐます」

と、取り乱すことなく、気品ある対応で語っている。

やはり政府公館内で殉職した通州植棉指導所員の浜口良二の妻・茂子も、身重《みおも》で重傷を負いながら夫の遺髪を前に語ったものだ。

「お世話様でした。ありがとうございます」

この時代の日本女性の凛としたたたずまいには、胸が詰まると同時にあらためてその気骨の気高さに心打たれるものを感じる。

ある留学生による救援現場報告書

平成七（一九九五）年七月、間もなく七十五歳を迎える河野通弘《こうのみちひろ》（当時は福岡県前原《まえばる》市［現糸島市］）は、その目で通州事件の現場を見た記録を残すべくペンを執った。その貴重な手書きのノートの写しをご遺族のご厚意により、今回初めて入手することができた（以下『河野手記』）。ノートの表には薄くなった鉛筆文字で『通州日本人虐殺事件——日本人は犯罪民族ではない』と書かれている。

河野通弘は中国山東省青島《チンタオ》に生まれ、少年のころから中国語を学んでいた。昭和十二年、十八歳になると北京の大東学舎へ進んでさらに語学などの研修に励んでいたとき、事件は起きた。大東学舎について簡単に触れておこう。

溥儀《ふぎ》を執政とする満洲国建設に大いなる力量を発揮した甘粕正彦《あまかすまさひこ》（元憲兵大尉）は、昭和九（一九三四）年、新京に大東公司《だいとうコンス》という組織を設立させた。満洲国設立後は民政部警務司長（警察庁長官に相当）の任に就き、また満洲国協和会の総務部長としても辣腕《らつわん》をふるい注目を浴びる存在となった甘粕だが、自らが軸になる組織作りを新たに企図した。昭和九年、甘粕が一種の工作舞台として設立させたのが大東公司である。労働者を管理し、満洲各地の工場現場などへ手配する会社だが、彼はここで大きな利益を上げ、その資金を元にして北京に大東塾という青年育成所を立ち上げたのだ。

五族（日本人、漢人、朝鮮人、満洲人、蒙古人）各国の語学や地理・歴史、現地旅行などの経験を積むことによって、将来、満洲国での情報活動や甘粕人脈が連なる役所や満映などで活躍させるのが目的だったと思われる。

そのような壮大な目標が立てられている割には、大東学舎での日常は比較的のんびりとして自由を謳歌《おうか》する雰囲気に恵まれていた、と河野通弘は述べている。

その夢を破ったのが、盧溝橋事件にコトを発した一連の日本軍襲撃事件だった。北京市内には国民党軍第二十九軍によって戒厳司令部が設置され、居留民は北京脱出に奔走していた。塾生たちも敗残兵や便衣隊《べんいたい》などが多数北京市内に出没するため、一同騒擾《そうじょう》状態のなかにあった。外出もできず、全員塾内での籠城生活を強いられる日々が続いていたのである。

　そこへ、通州方面で黒煙がもうもうと上がった。通信網も途絶えたため大使館からは実情が把握できない、との情報も届く。北京大使館には盧溝橋事件のあと、森島守人参事官が着任して指揮を執っていたが、通州で事件が起きるなどとは予想だにしていなかった。

　河野が気にかかっていたのは、大東学舎留学生で拓殖大学の先輩にあたる中山正敏を訪ねて東京からやって来たばかりの亀井実の安否だった。亀井は拓殖大学二年在学中だったが、大学の推薦を受けて河北経済事情調査の名目で塾の門を叩いた青年だった。中山正敏は拓大在学中にすでに空手の道では実力を高く評価されていた人物で、さらに研鑽を重ねるべく大東学舎に留学していたところだ。大使館とも懇意だった中山の推挽《すいばん》もあったのだろう、亀井はつい先般通州に赴き、冀東防共自治政府の日本人顧問から指導を受けていた。

　河野もすでに顔なじみになっていた亀井の身が案じられた。中山に至っては「通州なら安心だから」と言って推したのが仇《あだ》となってはいまいかと落ち着かず、激しい空手の稽古で気を紛らわせるのが精一杯だった。

　だがこのあと、河野は大使館の要請で通州へ救援と通訳に駆り出されることになる。思いもよらぬ惨状を目の当たりにした河野の驚愕は想像を絶するものがあった。手記に目を移そう。

「七月三十一日夕刻になって大使館から要請が入った。『通州在留邦人の実情を踏査したい。若干の危険を冒しても、至急通州に入りたい。ついては自動車運転のできる人のご協力を乞う』というものだった。塾生のうち、小林一悟（二十五歳）は運転技術に自信があったので通州行きを熱望し、中国語が堪能な助手一名を同乗させてくれと申し出た。助手には筆者が白羽の矢が立てられたのである。『君は柔道三段の腕前もある。一緒に行ってくれ』。小林にそう言われ快諾したのだ。

八月一日は早朝から救援物資や医薬品などの梱包と積み込みを開始し、午後二時三十分出発。その直前、森島参事官に中国人に変装して命からがら脱出した青年によって通州の惨劇情報がもたらされた。我々も愕然《がくぜん》としたがとにかく通州街道を急いだ。北京警察署からも佐野警部補以下六名、北京黎明会員一行などが装甲トラックにて同道、トラック三台が通州城を目指した。

三両のトラックが西門から西大街に入ると早くも死臭が鼻をつく。昼間は三十八度を越える炎熱、悪臭はわが同胞の屍《しかばね》の怒りである。

守備隊本部前で下車、搭載品を下ろす。死体が運搬されていたが、多くはまだ裸のままで放置されていた。破壊炎上した守備隊兵舎の中で一棟だけ全壊を免れた棟があり、負傷者が収容されていた（写真⑲⑳）。城内の残虐の跡地を一巡すると、通州は全くの死の町であった（写真⑰⑱）。

近水楼は血痕と破壊で鬼気迫る状況で、気絶せんばかりだ（写真㉔㉕）。池の中には腐乱死体が浮いている。性別も判別できないほどで、収容が追いつかない。通州城内でもっとも悲惨、残虐だったのはここ近水楼ではないか。主人夫婦と姪、女中六名、宿泊客十数名が惨殺されたのだ。ただ一名、同盟通信の安藤利男特派員が万死に一生を得て生還したという。ここは女性の遭難者が多かっただけに凄絶、肌寒きものがあった。玄関脇や廊下を隔てた三畳間などには血痕がべっとり付着していた。血染めのかもじが散乱した家具の間に見え、一入《ひとしお》気が滅入った。階下、階上の三十以上の部屋で満足な部屋はない。床下まで捜索したため、畳が剝がされた部屋だらけだった。

東門附近では死体百余が遺棄されていた。目もあてられぬ惨状である。あらかじめ掘られた縦三十メートル余の穴が二列並んでいる。腐肉をあさる野犬がいることから、掘り出される死体を仮埋葬するのが急がれていた（写真㉟〜㊷）。

通州警察分署は保安隊兵舎に隣接していて、反乱軍の放火によって全焼している（写真㊹）。六人の警官とその家族が殉職したのである。

城内の日本人商店は残る物もなく破壊掠奪され、道路には逃げ惑った二、三歳と思われる幼児が無惨にも片腕を切り落とされて殺されており、その傍らには母親らしき全裸体に剝ぎ取られた死体が転がっている。目をそらしたが、涙は滂沱《ぼうだ》と流れる。

旭軒という飲食店では十七歳から四十歳くらいまでの女性が七名、裸体で陰部を露出したまま射殺されていた。この場所から仏舎利塔の方向に向うと冀東政府庁舎がある。石段を五、六段上がって庁内に入ると、顧問室と隣の応接室だけが荒らされ、血の滴《したた》りが暑さで乾ききっていた。

『この部屋で亀井君が殺されたんだ』と小林一悟がしわがれ声で言った。隣の部屋では安藤顧問が虐殺されており、当直勤務だった植棉指導所の浜口良二が背広姿のままうつ伏せで即死していたという。各部屋は抽斗《ひきだし》の中までかき回され、死体の頭髪が四散しているという状況なのに、殷汝耕《いんじょこう》長官室のみ整然としていて一糸の乱れもないのがまったく不思議であった。

亀井君の遺品の拓殖大学の角帽と定期券（池袋―東長崎間）を前にして、静かに合掌した。門外のアカシアの木で夏ゼミが鳴いており、思わず角帽を握り締めると悲しみだけが体を揺さぶった。中山先輩の悲嘆にくれる姿を見たくないとも思った」（『河野手記』）

外務省東亜局発表（昭和十二年十二月一日）の「通州事件遭難死亡者名簿」によると、亀井実の記録は以下のとおりである。

亀井実　京都府加佐郡有路上村字北有路
　　学生　二十三歳（注・数え年）

と記されている。京都府加佐郡有路とは現在では福知山市内に編入されているようだ。当時の亀井が家郷の京都丹波の山峡の実家から上京。拓殖大学へ進み、池袋から遠くない東長崎に下宿しながら勉学に励んでいたことが分かる。先輩の中山正敏を頼って大東学舎に留学、満洲やアジアへの夢を実らせようとしていた矢先、非命に斃《たお》れたのだった。

余談ながら、先輩の中山正敏（一九一三〜一九八七）は戦後も空手一筋に生き、日本空手協会を設立して首席師範に就任している。

また、中山は三島由紀夫にも空手を指導した経験があり、二人の対談が残されている。昭和四十四年四月ごろに行われた対談で、三島はこの約一年半後に自決することになる。亀山実が頼った中山先輩を知る意味からも、参考までに対談「サムライ」から一部引用してみたい。

中山　柔道にしても空手にしても、私は柔道の悪口をいいたくありませんが、柔道がヘーシンクに選手権をとられたということが、やはり問題があると思いますね。

三島　いまの大学教授の話でもそうですが、私は日本の知識人というのがイヤでイヤで。日本の知識人は、薬の話と病気の話しかしないですね。これは、明治時代はそんなことはなかった。福沢諭吉が、商人道徳の張本人のようにいわれていますけどね。彼は武家出身ですから。晩年には毎日七百本抜いていたといわれます。

中山　なるほど。武道というものは、脇目もふらずに堅実に一歩一歩積み上げて行くことですからね。

三島　日本はいろいろな文化、伝統が保存され、みがかれているということでは世界一でしょうね。〝能〟みたいな形式がそのまま残っているようなことは、外国にはないですね。

中山　空手をオリンピックのスポーツとしては残したくないのです。日本の武道を武道として残すためには、オリンピック種目の中に入れないで、それに代わる武道世界大会ということで、柔道なり空手を保っていくのが夢なんです。（『勝利』昭和四十四年六月号／三島由紀夫対談集『尚武のこころ』収録）

唇を噛み締めながら亀井の角帽を握って冥福を祈ったあと、さらに河野は日本人街の探索に出た。

殺のための殺

北京から同行してきた警官の話によれば、襲撃は保安隊以外に黒服・黒帽の一見学生風の集団が多かったとの証言があるという。

安藤記者の脱出記にも「不逞学生が笛を合図にドヤ〳〵と屋内に闖入し、拳銃を放つては喚声をあげ、大掠奪を開始してゐる」との説明があった。

この「学生風」も黒服で笛を合図に使っていたが、河野通弘の記録にも笛を合図にする同じ学生服風の集団が登場する。

前にも述べたが、実は彼らは学生などではなく、国民党配下の特殊武闘集団で教導隊に紛れ込んでいた殺人集団だった。乱暴狼藉《ろうぜき》の限りを尽くすことで抗日宣伝のお先棒《さきぼう》を担ぐ役割を演じていると考えればよい。もちろん、蔣介石の指揮指導が蔭にあった。ただ、こうした徹底した殺人のための殺人を愉しむ傾向はこの集団に限ったことではなく、中国古来の風習に根付いたものと考えたほうがいい。つまり、「殺のための殺」を愉しむ中華思想があるのだ。

しかもこの風習が特殊なのは、なにも日本人向けだけではなく、自国民に対しても同様の殺害方法が古来より実施されている国柄《くにがら》なのだ。明《みん》代の皇帝は特にこの残酷な殺人が好みで、敵対する一族全員を捕らえると肉を削ぎとる凌遅刑《りょうちけい》に処していたという。残酷な刑罰は明代から清代へ続き、清朝末期の西太后《せいたいこう》の時代（公式には光緒帝《こうしょてい》の時代までで、一九〇五年＝明治三十八年に斬首に切り替えられた）まで手ひどい刑罰がまかり通っていた。忌まわしい刑具を使った刑罰は清朝から朝鮮王朝にも移入されていた。日韓併合により、朝鮮総督になった斎藤實《まこと》によってこの恐るべき旧弊は改められたのである。

警官が聞きこんできた、この蹂躙《じゅうりん》と虐殺の凄まじい実例を河野は書きとめている。

「保安隊は日本人家屋を襲い、射殺、殴殺、地に頭を叩きつけて殺す。婦人は殺された上に、青竜刀で首、腹などを斬りさいなまれ、まさに修羅場であった。日本婦人の多くは最後まで身づくろいを忘れずに、和服の人は帯紐で裾を縛り、洋装の人は靴や靴下をしっかり履いて、叛乱兵に最後の抵抗をしたという。

だが、叛乱兵の悪魔ぶりは徹底していた。武器も持たない婦女子は、もはや抵抗すべきもなく蹂躙にまかせるほかはなかったのだ。虐殺方法には中国何千年という伝統がある。古代、中世のそれと変わらぬ残虐さで居留民は虐殺されたのだ。

施腸（シチャン）＝腹を割いて腸を引き出す
裁大蒜（サイターワン）＝丸太に縛りつけ逆さに立てる
牽藁牛（ソーホワンニュー）＝鼻に針金を通し引きずり回す
食大麵条（シーターミエンテオ）＝棒を口から体に差し込む
施地雷（シーテイライ）＝首に紐をかけて馬に曳かせる
梳肉（スーロー）＝腕や脚の筋肉を削る
食大七八（シーターチバー）＝陰部に棒を差し込む

以上のような手口の一部が実際に使われた。

さらに池に投げ捨て、顔面に毒薬を塗布するなどの行為が行われた死体もあった。

支那には『好鐘不打針　好不当兵』、つまり好い鐘は針金にはしない、好い人は兵隊にはならない」という故事がある。普通の善良な者は兵士にはならなかったのだ。

兵士の掠奪は日常であった。軍閥同士の戦いでは、敗れて敗走する兵は争って避難民の家屋へ侵入し、食糧を強奪し、婦女子を暴行するのは常習であった」（『河野手記』）

中国の民衆は、兵が国民の防衛者たりえず、強盗強姦魔であることを承知していなければ生きてはゆけなかっただろう。

河野は八月三日に仲間とともに通訳の任務を解かれ北京大使館に帰着した。夏休みが終わって、秋十月、大東学舎が再び開講したのを期に留学生としての生活に戻ったという。

事件から五十七年が過ぎ、七十五歳になっていた平成七年に書いた論文である。河野の記憶はまだ生々しく、若いときの記憶を書かずに死んでなるものか、という憤怒《ふんぬ》に満ちている。

惨状を語る生き残り邦人座談会

次に紹介するのは、通州地獄からの生存者五名による座談会である。

文藝春秋社北京特派員という立場の記者・武島義三は、通州事件が発生するや実地調査のため現地入りを急《せ》かされた。ところがすぐには入る手だてがなく、八月二日になっておそらく外務省関係の調査隊トラックに便乗して通州に入ったものと思われる。八月一日に先行した河野通弘に続く第二便ではないか。

現地に到着して生き残りの邦人を探す前に、彼はトラックの上から見た通州の変貌ぶりと城内の模様を座談会の冒頭に記している。

「調査員は皆、何回も通州に来たことがある人達ばかりだつたが、城門を見ると、〃ひどくなつてゐるなあ〃と、喚声を漏らした。

ところどころに砲弾で毀《こわ》された箇所があり、小銃や軽機関銃の弾痕は城壁の銃眼のあたりに集中されて無数の穴を抉《え》ぐつて居た。門の傍らには土嚢や石塊を積んで壕が築いてあり、二人の若い日本兵が仁王立ちとなつて守備に任じていた。もう城内の治安は完全に日本軍によつて維持せられてゐるのだ。

城門を入ると、ムツとした屍臭が鼻を突いてまず我々を驚かした。電線はズタ〳〵に切れて地面に垂れていた。住民は遁《に》げ去つて空になっている様だ（写真㊼㊽）。

程なく守備隊に着いた。砲弾に毀《こわ》された舎屋の上に、日の丸と監視兵が立つてゐた。車から降りると我々の到着を知って、生き残った同胞が憔悴と恐怖に血走った目を泣きはらして出て来た。私はその一群を見るなり眼頭が熱くなるのを止める事は出来なかった。頭や顔、手や足に包帯を巻いた婦人や子供、その包帯には未だ血潮がにじんでいた。

男子は頭と両手を包帯した者が一人いたきりで、後は皆死体の収容だとか調査、仮埋葬、後かたづけなどに働きに行つているそうだ。

その内、或る婦人が進み出てつゝましやかに——御苦労様で御座います——と挨拶をしたが、我々は胸がせまって何と返答をしたらよいやら言葉に窮した。

夜になつてから萱嶋隊長の許しを得て一室を提供してもらつて、生き残つた人々の生々しい死線突破の体験を聴くことにした」(『話』昭和十二年十月号抄出)

という次第で、武島義三のほか調査員側から東達人、吉村四郎の三名が出席、生存者側は森脇高英、竹原重夫、廣田利雄、大橋松一郎、そして包帯姿も痛々しい朝鮮人の朴永良の五名が集まった。暗いランプの灯りを囲んで、生還までの壮絶な闘いが語られた(注・〇〇は原文の伏字)。

通州虐殺の惨状を語る　生き残り邦人現地座談会

東　支那人の豹変性といふのは民族的な特性の一つですが、日本では敵側に寝返りを打つたり、投降したりすることは武士道の最も羞《は》ずべき所業ですが、支那ではこれを「反正」といつて、正しきにかへるとしているのです。
朴　日本軍は随分情け深いですね。あまり情をかけてやるのも程度問題です。徹底的に仇をとつてやればよかつたです。

吉村　そこが日本軍の武士道です。戦闘力を失つた者に対しては何もしません。

記者　当時、通州にはどの位の同胞がゐたのです。

大橋　正確な数字が判らないのです。民会や警察の名簿に載つてゐたのは、内地人男八十名、女二十二名、半島人男百四名、女七十八名計二百九十五名とかいふことですが、北平《ペーピン》からわざわざ避難して来た者も四、五十名居《お》る様ですし、名簿に載つてない旅行や視察に来た人もゐますから困るのです。ですから三百八十名位の見等なのです。

記者　今日迄の生存者、屍体発見はどの位あつたのですか。

竹原　（生存者は）皆で百三十名位ぢやあないですか。屍体は百二十体位ですから合計二百五十。

記者　すると未だ百二、三十の人々が生死不明といふことになりますね。

大橋　これが大変なのですよ。氏名がわかつてゐる人で屍体の発見されないのや、屍体があつても氏名や身許が判らないのもあります。判明者は荼毘《だび》に付して行きますが、判らないのは腐敗しますから仮埋葬します。

記者　何ともお気の毒な事です。では、これから皆さんの危機脱出のお話を承はりたいのです。一番お年頭《としがしら》の森脇さんからどうぞ。

森脇　僕の使つてゐたボーイは家を探してくれた○○君のボーイの弟で十七歳で性質もよく、何でも安心してさせることの出来る子供でした。その兄弟は二人でやはり同じ塀の中の一室を借りて住んでゐたのですが、名前は劉ですから兄の方を大劉、弟の方を小劉と呼んでゐました。あの日、パン〳〵と銃声を聴いたのは三時十五分頃だつたのですが、すぐ服装を整えて小劉を呼んで様子を見て来いと言つてやつたのです。妻に色々と注意の言葉を与へてゐると、小劉が血相を変へて、大変です、保安隊が〝日本人を殺せ〟と言つて暴れ狂つています。韓国人《ハンゴレン》（半島人）の家に侵入して皆殺しにした、と言ふのです。それで僕もこれは大変だ、保安隊の叛乱ではうかく出来ないと思つて粮桟《りようさん》（引用者注・食糧倉庫）の帳坊（帳場）に行つて電話をかけようとすると電流が来てゐないのです。

するると大劉が呼吸《いき》せききつて帰つて来て『もう街は戦争のやうだ。日本人の家は片つぱしから保安隊が乱入して誰彼の見極めなく撃殺している。○○さんの御主人も奥さんも子供さんも酷《ひど》い殺され方をしてゐます。それから裏の○○さん、××さん、△△さんの家も全部やられて日本人は全滅です』――いよいよ本当だなと覚悟をしてゐると、小劉と粮桟《りようさん》の番頭が来て『この支那服を着て、一番隅の倉庫を開けてあげるから隠れてゐなさい』と言ふので、すぐその話にのつて、大劉小劉に布団や大事な物を倉庫に運ばせました。

倉庫には上の方に明りとりの小さな窓が一つあるきりでとても暗いのです。俵を積み上げてそれに上がつて窓から外を見ました。西門の方向に黒煙が二条昇つてゐるのです。すると、下の道路を保安隊が十五、六名で居留民を二十五、六名ほど縄で縛《ばく》したり囲んで青竜刀や銃床で叩きながらどこやらへ連れて行くのです（写真㊼）。〃走罷《ツオパ》（歩けッ）〃〃起来罷《チーライパ》（起きろ）〃と罵声怒叫して引き立てゝゐます。それに女や子供の泣き声が聴こへてまるでこの世の地獄です。すると粮桟の門を叩き始めたのですが誰も出ないので保安隊員が登つて内側に入りとう〳〵開けました。どや〳〵と二、三十名もが入つて来るやうです。すぐ銃声がしました。僕は妻に、万一の場合はこの拳銃でお前を撃ち殺し、自分も死ぬから、と言つて決心をさせたのです。大変なことには倉庫に鍵がかゝつてゐないのです。いかんと思ふと這ふやうにして麻袋の穀物を重ねて体が見えないようにして、妻と二人で中から渾身の力を込めて押さへたのです。この戸は力のある男ならば一人でもいゝが、普通二人がかりで開閉する大戸なのです。二、三人が戸の中央にある金網と鉄柵の間から覗き込んでゐました。僕ら夫婦はこゝを最後とばかりに押さへたのです。外の奴等の呼吸は蒸気のやうにハツ〳〵と吐き込んでゐました。ところが覗き込んでもゐないと思つてかすぐ立ち去つてしまひました。この時の嬉しさは何とも言へませんでした。そしてあくる朝、銃声が鎮まつた頃に道路の彼方《かなた》に日本語と足音をきいたのです。それから二時間位して日本兵が一個分隊くらい通るのを見て、力一杯棒切れにつけた日の丸を出し、日本人だ万歳ッ、日本人だッ、と腹一杯叫びました。これでやつと救われたのです。

竹原　僕の家は支那家屋で、塀の中には僕一人だけ日本人なのです。三間房子（一間幅の部屋が三つある）を借りてゐました。が、一番塀よりの部屋を便所にしてゐたのです。はなはだ尾籠《ビロウ》な話ですが僕は痔が悪いので便所が永く、この塀の中に共同用のものがあるのですが、支那人が使つて不潔なのでわざ〳〵一部屋を掘り下げて、縦五尺、幅三尺、深さ四尺位の穴を掘つて、三年位かへなくてもいゝやうな大きなのをこしらへ、これに枕木を左右二本づゝ並べて、中央に五寸位のあきを作つて用を便ずるような作りになつてゐたのです。部屋より便所の方が綺麗だと言はれた位です。銃声を聴いて目を覚ましたとき、裏の〇〇館（引用者注・カフェー「孔雀館」か）に女の悲鳴や断末魔の叫び声が聴こへ、器物を破壊する音が、日本人は皆殺しだ、といふ言葉の間から洩れるのです。二十九軍だなとすぐ思ひました。保安隊だなぞとは少しも思はなかつたです。

外へ出るのは危険だと思つて、直ぐパジヤマを着たまゝ拳銃とがま口を持つて便所へ行き、枕木を二本上げてさつと中に入り足場をよくしてそつとしやがみました。こゝでちよつとお断りしておきますが、クソ壺ではありますが未だ三ヶ月にしかならないのです。人間一人の三ヶ月の排泄量をこんな大きな穴に入れてあるのですから、足をクソの中につけるやうなことはないのです。するとすぐ十五、六名位の暴漢が物凄い叫びをあげて入つて来ました。『日本人在那児《イペンレンツアイナール》』（日本人はどこにゐるか）と言ふのです。その内便所のドアーを開けましたが、『厠房子《マオハンズ》』（便所だ）と言つて中をさぐりもしないで散々目ぼしいものをあさつて出て行きました。

今度は軽機関銃の音が遠くに激しく聞こえるのです。このまま死んではウンの尽きだ（笑声）と思つて、どこか遁《のが》れる場所を考へたのです。すると僕らの塀と隣の支那屋敷の間に幅二尺位の隙があるのです。さうだあそこがいゝと思ふと、そつと枕木を押し上げて飛び出し、外に出て足場もない塀に爪を立てゝかけ登り、無事中に入りました。今度は大分楽です。銃弾の音はなほしきりだつたのですが、いくらか心にゆとりが出来て、拳銃を出し弾丸の勘定をしたら、挿弾子《そうだんし》に八個あつたのです。いざといふ時は七発撃ちまくつて、残りの一発を自分の頭に撃ちこんでやるんだと独語を言ひました。

夜が明けきつてから銃声は時々する位にとだへた時、〇〇館の方にかつかつといふ足音と『こゝもやられてゐる』といふ力強い凛《りん》とした軍人らしい日本語が聞こへました。そら日本軍だと思ふと反射的に塀を駆け上がつて庭に飛び降り救はれたのです。

吉村　廣田さんも大橋さんも、支那人の家に遁《に》げ込んだ組ですね。

廣田　さうです。二人は隣り合はせた処に住んでゐるのですが、前夜、大橋君が僕の処に来て遅くまで北支事変の話をしたり、将棋を指したりしてとう〳〵僕の部屋に寝たのです。グウ〳〵高鼾《たかいびき》をかいてゐたのですが、庭にゐた子牛大の犬が銃声に驚いたのか柄にもなく吼《ほ》へるのです。二人は至つて呑気にかまへて支那靴をひつかけたまゝ門の処に見に行つたのです。すると二、三百名の保安隊が暗灰色の学生服を着た学生風の一隊と凄い形相をして西の方に行くのです。その学生風の人達も武器を持つてゐて、持たない者は棒きれをさげてゐました。

『小供《こども》は許してくださいッ、小輩不行《シヤウハイプシン》（子供・いけない）』と狂気のやうに叫ぶ日本婦人が、二、三人の保安隊員に引つぱられながら行くのです。日本語と支那語を交ぜてしきりに懇願してゐるのです。これを見ると、僕の全身の血が沸立つ程、義憤を感じたので拳を握つて跳び出ようとすると、大橋君は『叛乱が起つたのだ』『どうして』『日本人がやられているぢやあないか』――そうかと思つてゐると、急に又足音が聴こへてきて、僕らの門が開くのです。

『大変だ、やはり叛乱だ』と思つて、いよいよ戸に隠れる気がしました。散々に荒らして我々がゐないので、そのまゝ出て行きました。

これで危機一髪の第一難関を遁《のが》れたのですが、支那人の家には少しも入らないといふことが判つたので、門より一番端の洋車夫《くるまひき》の王《ワン》の家に逃げ込みました。銃火は益々激しく砲弾の炸裂する音響は屋根をも動かすかと思はれました。その内に又、道路にドヤ〱と足音がした。すると、鋭い声で『日本人はかくれろ〱』と叫ぶのが聴へました。叛徒に拉致されながら自分の身を省みず他人に注意してゐるのだ。

大橋　さうだ、あの声は今でも耳に残つてゐるね。普通なら『助けてくれ』と叫ぶ処なんだが、あれが日本人の真面目《しんめんもく》なんだね。内地の人によく伝へて下さい。

廣田　それから『静かにしろ、黙れ』という支那語が聞こへたが、なおも『日本人はかくれろ』と言ふものだからズドンと銃声がしたのです。多分殺されたのでせう。

大橋　銃声のやんだ機をみて特務機関か守備隊へ行かうと思つて飛び出しましたが『日本人はかくれろ』といふ言葉が耳に残つてゐたので無謀なことを慎んで、翌日助けられたのです。

記者　どの方も生死の紙一重のやうな危機を突破せられたのですね。朴さんはどうだつたのですか。

朴　私は北平の胡同《フウトン》に住んでゐるのですが、商用で冀東地区内の各県を歩いて、二十六日通州に入つたのです。友人の金君の家に厄介になつてゐたのですが、あの夜たくさんの人が泊まつてゐたので狭い処に金君の子供らも加へて九人ばかり寝てゐました。銃声を聴くとすぐ眼を覚まし、その内にたくさんの保安隊がドヤ〳〵と駆け込んで来たのです。『貴様らを連れて行くから、すぐ来い』と乱暴に言ふのです。気丈な金君は『行き先もわからぬ処へは行けない』とはつきり答へたのです。『言ふことをきかぬと撃つぞ』と銃を擬したと思うとズドンと一発鳴りました。

　それから何時間経つたか知りませんが、気絶してゐた私がさめたのです。傍らを見ると、金君は頭を西瓜《すいか》のやうに割られて死んでゐました。金君の細君はもつと無惨な殺され方をしてゐました。他の男の死にざまもひどいのです。こんな処にゐては危いと思つて、裏の塀を乗り越へて積んであつたたくさんの高粱《コーリヤン》の殻の蔭に隠れました。傷口はと見れば肩の処に青竜刀の刃《やいば》らしいのが食ひ込んだ痕があり、足の小指に弾が当つてゐた。それから夜になつて日本の守備隊へ行かうと思つて、またそつと塀を飛び越へて物陰に隠れたり這つたりして無事、守備隊に救はれたのです。

記者　色々と死線突破の血の出る様なお話をお聴かせ下さいましてありがたう御座いました。亡くなつた同胞の為に黙禱をさゝげませう。（『話』昭和十二年十月号）

事件から四日目の座談会だけに臨場感もあり、いかにも生々しいやりとりがうかがえる。

通州城内の路地のそこここに投げ捨てられた同胞の遺体を目の当たりにして、生存者たちの心情はいかばかりであったろうか。おそらく、感情など枯渇し、摩滅しきっていたに違いない。そうでなければ、遺体の前を通りすがり自分だけが救出される幸運など、とても受容できなかったであろう。なにしろ満足な遺体などなく、惨《むご》たらしい凌辱を受けた末、猟奇的な殺戮が無制限に繰り広げられた屍ばかりが灼熱の野末《のずえ》に置き去りにされていたのだから。

ここでも生存者・廣田の話に出てくるが、「暗灰色の学生服を着た学生風の一団」が、保安隊とは別個の隊列を組んで襲撃している。先に述べたように彼らは学生などではなく、蔣介石が裏で指揮している特殊暴力組織である。

屍体は猛暑のなかなので、身許が判らない者は仮埋葬された。それも生き残った居留民たちは穴を掘って埋葬し、急ごしらえの墓標を立てたのだった（写真⑯⑰）。草木も焼かれ、廃墟となった通州城内にまともな花など見つからない。生存者たちは皆路傍の花を探し求め、手向《たむ》けた（写真⑮）。こうして仮埋葬がいったん済むと、生き残った者たちは一列に並び、殉難者に礼拝してまた次の作業に追われていた（写真⑬）。

通州全体がこの世の地獄となった昭和十二年の夏、ひとりの幼女が中国人女性の機転によって命を助けられた。

両親妹を虐殺され、生き残った私は……

叛乱襲撃が起きたとき、まだ五歳の幼女だった新道《しんどう》せつ子（節子とも）は、雇っていた中国人女性の機転によって奇跡的に助かった一人である（写真㉝㉞）。両親と二歳の妹は保安隊によって虐殺されたため、彼女は単身帰国し、親戚の間を行き来しながら育つことになる。戦後、縁あってハンセン病への偏見と闘う救済運動に入った彼女は、ハンセン病への理解を深める書物を上梓《じょうし》。幼児体験として忘れることのできない通州事件の「その日」についても、同書のなかで書き残している。

「私は満洲の吉林で生まれて、五年目、河北省の通県で父母と妹に死別したのです。父母に死別した日、それは昭和十二年七月二十九日でした。通県の城内で医院を開いていた私の父母は、暴動を起こした中国の保安隊に襲われ、その地にいた邦人二十七人といっしょに、高粱の畑で虐殺されたのでした。二歳だった妹も、母に抱かれていたために同じ運命にあったのでした。私はその七月二十九日を境にして、異境で孤児になったのでした。

事件の日、父母と妹が、保安隊に連れ去られて行くときのことを、私ははっきりと覚えています。それなのに、なお私だけが殺されないですんだのは、私ひとりが中国婦人に助けられたからなのでした。その人は、何鳳岐《かほうき》といって、父のところで働いていた若い看護婦でした。そのころ、妹が生まれていた私の家庭では、母は妹にかまけて、もっぱら私は何鳳岐に甘え、彼女を慕っていました。

保安隊が邦人を襲う直前、父はその気配を知ったらしく、数通の遺書を書き、何鳳岐に託したのです。父母としては、もっとも信じていた人だったことがわかります。

保安隊が父母と妹を連れ去るとき、彼女は私のことを自分の愛児なのだと言いはって、私を助け、そのあと数日間も、遺書と私を抱いて、汗とほこりによごれながら、高粱の畑のなかを逃げまわってくれたのでした。見つかれば自分もあぶないという生命をかけた愛情で、私は何鳳岐に助けられたのでした」(『ハンゼン氏病よ　さようなら』)

先にも引いた外務省東亜局発表の「通州事件遭難死亡者名簿」を参考までに繰ると、通州城内で医師として記録されているのは「冀東病院」勤務の、

鈴木郁太郎　医師　東京市世田ヶ谷区松原町　明治三十五年三月一日生れ

同妻　茂子　明治四十年四月二十六日生れ
　紀子　昭和十一年二月十五日生れ

という一例のみであることから、この鈴木郁太郎と茂子の長女が新道せつ子と思われる。

事件から一年後のことだ。昭和十三（一九三八）年七月二十九日、東京市麻布区材木町（現・港区六本木）にある乗泉寺《じょうせんじ》で、殉難者の在京遺族が集まって一周忌の法要が営まれた。呼びかけ人は、杉並区高円寺の寓居《ぐうきょ》に閉じ籠っていた殷汝耕《いんじょこう》元長官の民慧《たみえ》夫人である。民慧夫人は十三年二月、天津からひっそりと帰京し、殉難者の冥福を祈っていたという。

彼女がこの日、呼びかけた遺族の一人に六歳になっていた鈴木せつ子がいた。ほかにも特務機関員で殉職した島田福太郎夫人の君子、そして第二章で紹介した植棉指導所の石井亭の父・直など全部で五人の遺族が招かれた。

前日二十八日夕刻、せつ子の祖父・鈴木直之助（渋谷区在住）が、孫娘の明日の支度《したく》のために新しい洋服を買って帰ったところ、せつ子が民慧夫人からちょうど届いたばかりの花模様の美しいドレスを着て「これ、小母《おば》さまがくれたのよ。明日はこれを着ていくの」とつぶらな瞳を輝かせていたという逸話（「読売新聞」昭和十三年七月二十九日）が残っている。

荒牧憲兵中尉の調書・検証

事件当時の通州憲兵隊長は安部起吉憲兵少佐だったが、事件から一年が経過した昭和十三年八月、新たに荒牧純介憲兵中尉が赴任して来た（写真㊹㊺）。荒牧は北京憲兵分隊から当地に着任するや、安部が作成しておいた事件調書を筆写し、終戦後まで長く保存していたという。本体の調書は敗戦で武装解除の際、どう処分されたか知る由もない、と荒牧は書いている。

昭和五十六年十月、荒牧は筆写した調書を元に『痛々しい通州虐殺事変』（私家版）という記録を作成し、後世に残した。憲兵隊長は警備隊の「辻村報告書」（『戦闘詳報』）とは別に独自の検証をしたもので、調書の原本が存在しない以上、荒牧の筆写だけが唯一の憲兵隊資料ということになる。時期的には七月三十一日〜八月上旬までの調査と思われる点から、精度はかなり高いものと推察される。

荒牧純介元憲兵中尉の住所は佐賀県三養基郡基山町《みやきぐんきやまちょう》。この私家版を刊行したとき、すでに八十七歳であった。

「此の調書はその名の如く、通州憲兵隊に於て事変後関係者の取調べ捜査を行い判明した事変の真相を記載したものであります。
今時分、こんな書き物を出す事はどうかと思うが、こんなむごたらしい事が人間社会にあって善いのだろうかと思うと、お国又は後世人にとっても或は有為となり、無駄な事でもあるまいと愚考した次第であります」

冒頭「序」としてこのような一文を付したあと、各分野の報告が続く。ここでは、警備、戦闘、損害・惨殺状況などに絞って『痛々しい通州虐殺事変』から要点を引いておこう。

「我が警備隊（「守備隊」とも＝写真⑨）は二十八日、一部を以て萱嶋部隊戦傷患者三十七名を天津に護送し、主力を以て戦死者の火葬及び戦場掃除を行い、平常の如く舎営衛兵を以て表門及裏門を警備させ、長以下十六名を以て南門を警備し警戒に当らせていた。

［彼我の兵力］
事変当時、通州における日本軍及び軍機関の兵力は、
通州兵站《へいたん》司令部　将校二名
通州警備隊　将校以下四十八名

通州電信所　　　　下士官以下八名
通州憲兵分遣隊　准尉以下七名
山田自動車部隊　将校以下五十三名
野戦倉庫　　　　将校以下二名
軍兵器部出張所　将校以下二名
病馬収容班　　　将校以下七名
合計　　　　　　百二十九名（他に雇人十六名）

これらは悉《ことごと》く、警備隊兵営附近にあったが、ただ特務機関（写真⑩）は別に冀東政府附近に位置していた。

敵の兵力は冀東保安隊第一、第二総隊、教導総隊等約七千名であって、野砲四門、迫撃砲数門、重機関銃数挺をもっていた」

日本側の守備員数は、憲兵隊調書では兵力百二十九名＋雇人十六名＋特務機関十三名＋警官六名で総計百六十四名ということになる。先の「辻村報告書」とは各機関の員数に多少の差があるものの、百六十四名（『戦闘群報』を基礎にすれば百六十三名）というのが日本側の守備総員と考えていいのではないか。

保安隊（写真⑪⑫）の数字を七千名と数えているのは、第三、第四総隊を加えての数字と思われる。「辻村報告書」にある五千八百名なのか、七千名なのかは判断しにくいが、いずれにせよ、保安隊以外に特殊暴力組織や匪賊が加わっていたことは事実なので、保安隊の総員は五千八百超と考えていいだろう。

「戦闘経過の概要

［通州警備隊の戦闘］

同隊は当時藤尾中尉の指揮する約五十名で通州の警備に服していたが、七月二十九日午前三時頃、衛兵及不寝番から南門外に在る支那兵営附近に銃声を聞くとの報告を受け、直ちに南門警備分隊に電話にて其の状況を確かめたが、警備隊長は第二十九軍の敗残兵が兵営奪還の目的にて夜襲をして来たものと思い、直に緊急集合を命じた。其の際、兵舎内の電燈を点じた処忽《たちま》ち闇を破って四囲から猛烈な集中射撃を受けたので、隊長は怒号して屋上にあり各分隊に指令を発し、山田自動車部隊に連絡、倉庫周囲を占拠し警備隊に協力する如く要請した（図8）。

午前四時頃、暁とともに敵は冀東防共自治政府保安隊であることを知った。その兵力大にして、警備隊は兵站及兵舎を死守するに決し頑強に抵抗し、おおむね六時には侵入した敵を格闘又は手榴弾に依って撃退、守備地区を奪回した。午前九時頃には保安隊砲兵営からの砲撃が警備隊兵舎に命中し、あるいは炸裂し、勢いを得た敵は益々猛烈に射撃を加えたが、当時警備隊は各自小銃を持っておるだけであって、軽機関銃は僅かに一銃あるに過ぎなかった。正午頃、営庭東南隅に集積していた自動車燃料に敵砲弾が命中し忽ち火災が起り黒炎は天に沖《ちゅう》した。午後一時過ぎ、友軍飛行機前記黒煙によって戦闘を察知したものの様で一機飛来して旋回、天津方向に去った。同時頃、歩砲弾薬を積載した自動貨車に敵砲弾が命中し、又もや火災起り、銃砲弾自爆し大音響と同時に破片は飛散し名状できないありさまで、自動貨車十七両とこれに満載した歩砲弾薬を焼尽するという状景であった。この自爆による敵の損害によって、敵は動揺を来たし、遂に撤退の兆候が見え出した。時あたかも三時頃、友軍編隊飛行機六機来援し、地上攻撃を行ったため、頑強に抗戦した敵も遂に雪崩《なだれ》を打って城外に敗走した。

残忍を極めた叛乱保安隊は、城内から撤退後主力を以て北京方面に逃走し、残余の少数部隊は通州東北方面各郷村に分屯便衣となって同地方の奪掠をほしいままにし遁走《とんそう》、また我が軍に空爆された保安隊は支離滅裂となって転々逃避の末、第二十九軍に合流した者は約一千名である。

［我が軍の死傷者状況］

通州警備隊	死者十名	負傷八名
通州憲兵分遣隊	一名	○名
通州電信隊	○名	二名
山田自動車部隊	七名	五名
通州野戦倉庫	○名	一名
軍兵器部出張所	一名	○名
通州特務機関	十三名	十一名
計	三十二名	二十七名」

守備陣の死傷者は死者三十二名、負傷者二十七名とされ、思ったよりは少ない。それにしても二十倍、三十倍の敵を相手にした戦闘にしては大健闘と言える戦果だろう。

だがこの戦闘の間に敵別働隊は無辜《むこ》の居留民を襲撃し、残忍きわまりない殺戮を城内随所で繰り広げたのである。その調書を見てみよう。

「［居留邦人惨死の状況」

七月二十八日夜、居留民は火葬場通夜（引用者注・前日来の第二十九軍掃蕩《そうとう》戦における萱嶋部隊戦死者）に、あるいは民会事務所に詰めて警戒に努めていた。二十九日午前四時、突如銃声が各所に起こり、警察署及び特務機関と共に居留民会事務所（写真⑩）もまた保安隊の襲撃するところとなり、当時民会事務所にいた幹部及び当直員は大部分が惨殺された。之と相前後して通州城内住民約四百余名の邦人は、各々《おのおの》その居宅に於て寝込みを襲われ、敵の惨殺するところとなった（図7）。

その一部は、冀東政府財政庁及城内女子師範学校講堂等に引致されて、婦女子は悉く《ことごとく》暴行凌辱を受け、男子は半ば惨殺され、残余は更に城内東北隅の東海子（池の名）に連行され、同地域壁近くに於て機関銃を以て射殺されたのである。その場に遺棄されてあった死体数は実に七十名に達した。又、保安隊第一総隊に引致された者二十七名は、同隊に於て凌辱あるいは暴行等を受けたる後、北門外の部落に連行され、同地で機関銃で射殺された。邦人で其の難を免れた者は、何れ《いず》も附近支那人に庇護《ひご》されたか、特に隠匿場所がよかったか、あるいは警備隊に救出された者だけであって全居留民のほんの一部に過ぎない。

多数の邦人が虐殺された跡を見ると、実に其の惨状言語に絶し、正視に堪えないもの

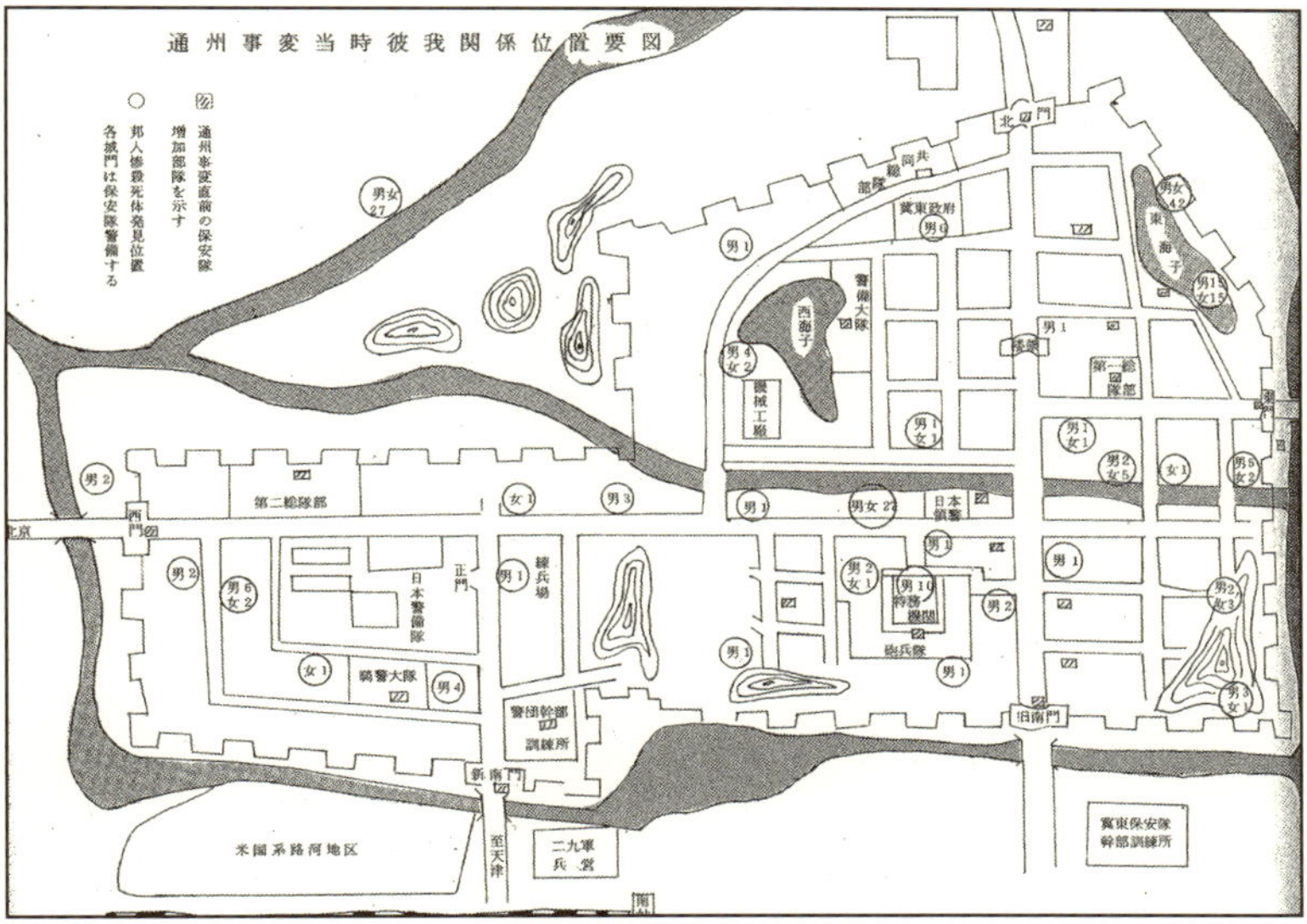

図⑦「邦人惨殺死体発見位置の図」

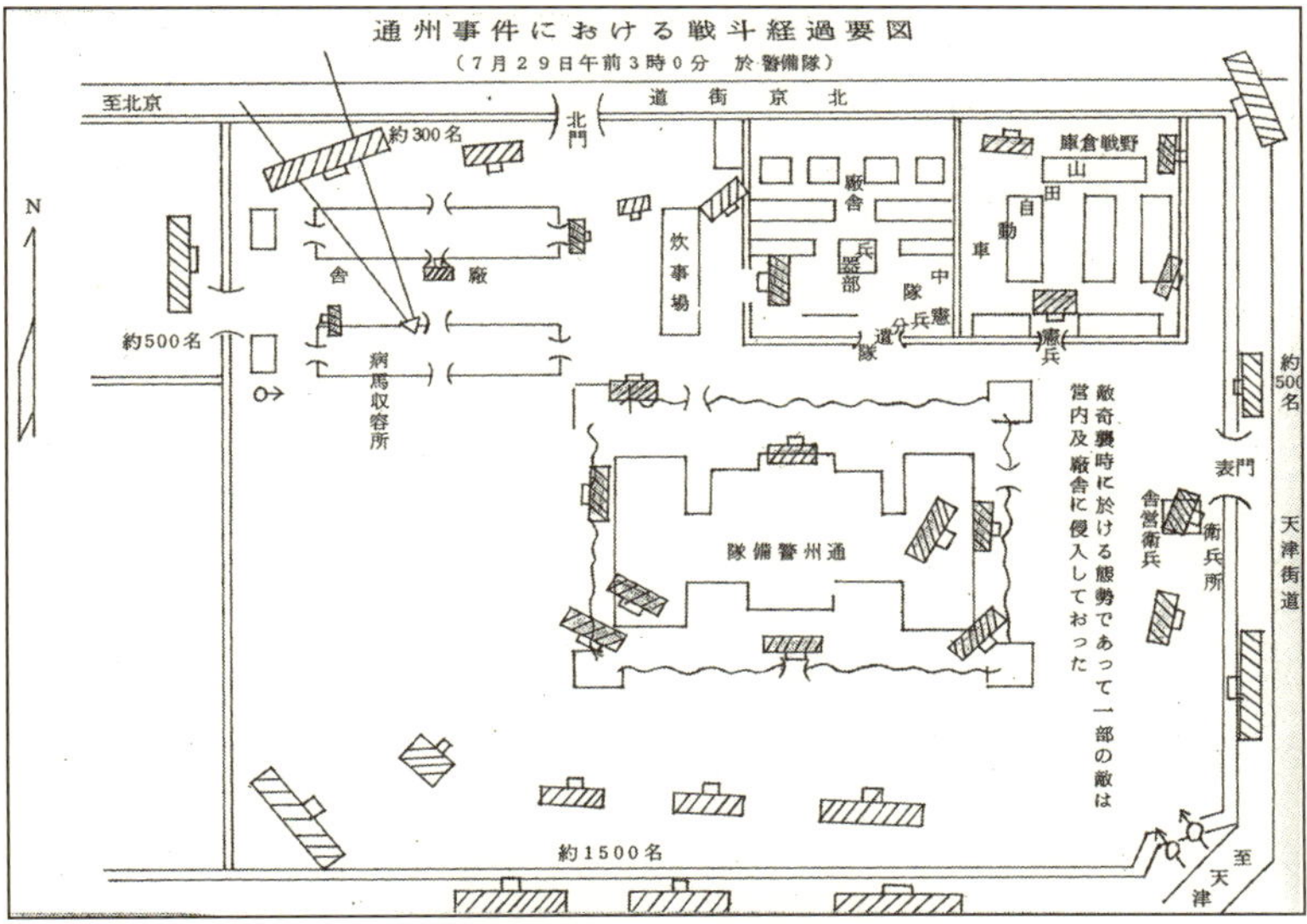

図⑧「通州事件における戦闘経過要図」

がある（写真㉟〜㊷）。すなわち、ある者は鼻に針金を通され、ある者は大根の様に腕や脚を切り刻まれ、眼を剔《く》り抜かれ、あるいは耳鼻を切断され、手足の指を裂き、婦女子に至っては、手脚を切り刻み自由を奪った後凌辱したものすらあった。又、男子の陰部等切断されあるもの等、まさに往年の尼港《にこう》事件を髣彿たらしめるものがあった。

此の惨禍に遭った者は総数二百二十五名にのぼったが、その生死の別は次のとおり。

	生存者	惨殺者	合計
内地人	九十四名	百十四名	二百八名
朝鮮人	百二名	百十一名	二百十三名
計	百九十六名	二百二十五名	四百二十一名」

朝鮮半島に本籍地がある者も、当時は邦人扱いである。兵として戦地に赴いた半島出身者も同じく日本人として戦った。ここで殺された朝鮮人は日本人なのだ。戸籍上、出生地の区分はされているが、日本人としての日常生活に差異はなかった。中国兵から見てもその区別はなく、「日本人を殺せ」というスローガンの下には朝鮮人も同じ運命をたどったのである。これは、もはや戦争だった。宣戦布告はないが、戦争と言わざるを得ない。内地

人も朝鮮人もない。皆、日本人として中国兵から身を守らなければならなかったのだ。

なお、本書で資料として紹介する遺体の現場写真は、北博昭氏（現代史研究家）が雑誌『歴史読本』（平成十一年九月号）に寄稿された記事からの引用であることをお断りしておく。遺体写真は遺棄、紛失または著作権者不明のものや本当に通州事件の被害者なのかどうか不明なものに至るまでさまざまで、引用可能な写真は極めて限定される。

北氏によれば「旧蔵者は、事件当時支那駐屯憲兵隊に配されていた元憲兵将校（故人）である。ただ、旧蔵者によるつぎのようなメモから憲兵分隊が事件収拾直後の戦場掃除のときに撮ったものと考えたい。

『日本軍は七月三十日、通州及周辺地域一帯を奪還し反乱保安隊を掃討せり。北平憲兵分隊は直ちに憲兵を派し戦場を掃除し遺体の処理に協力せり』

撮影場所と撮影日時はいずれも特定できない」（抄出）という。荒牧憲兵中尉の筆写した調書などと重ね合わせてみた結果、北氏所蔵の写真は極めて確度の高い一次史料に間違いないと思える。

荒牧純介はその調書写しの最後に、殷汝耕《いんじょこう》冀東政府政務長官を逮捕、取調べをしたいきさつを付している。

「事変終局後、通州憲兵隊に於ては多数の保安隊将校以下、及び冀東政府要人等を逮捕し、且つ政府、保安隊等に対する家宅捜査、関係者への調べを行い、事の真相究明に努めた結果、彼等の内情を明かにすることが出来た」

［殷汝耕と事変の関係］

「殷汝耕は事変発生と同時に保安隊員に拉致され、二十九日午前五時頃、通州城外の寺院に監禁され、其の後北京の安定門外に護送されおるを、憲兵探知、之を逮捕したものであるが、在留邦人の虐殺に引換え彼は身に何等の傷害を受けていない（写真⑦）。

保安隊の叛乱は其の目的が抗日にあった事は此の事例を以ってしても明らかである。

殷汝耕は北支方面軍々法会議に於て裁判の結果、事変との関係につき確実な証拠がなかったから無罪の判決を受けたが、軍に於ては事変に対する政治的責任を負わせる必要を認め政務長官を免じ北京の自宅に居て謹慎する様命じ今日に及んだ」

殷汝耕が連れ回された経緯を分かりやすく説明すれば次のようになる。第一総隊長兼教導総隊長の張慶余《ちょうけいよ》と第二総隊長張硯田《ちょうけんでん》は相談して宋哲元《そうてつげん》のあとを追って北京南部の保定を目指した。南苑戦で敗北した宋は、万寿山→門頭溝→長辛店→保定というコースを辿っていた。

二人の張も途中からこのコースに沿うつもりで北京方向を目指したが、突然日本軍の独立混成第十一旅団第十二連隊（奈良晃大佐）に出くわしてしまったのだ。双方仰天したまま撃ち合いになったが、保安隊は野砲を通州に置いて逃げて来たのに対し、日本軍は大隊砲、連隊砲、野砲を備えている。奈良部隊の猛攻にさらされた保安隊は戦意を喪失し、指揮官の張慶余と張硯田は便衣服に着替えて逃走した。部下の保安隊は捕らえた殷汝耕を連れて北京の安定門へ向かい、殷汝耕は北京特務機関に連絡をとり憲兵に逮捕された――というのがおおよその経過である。

投降した保安隊の扱いは「あいつらに飯を食わせる必要はない」との判断から、大多数は放置されたという。


殷汝耕は謹慎が解けた昭和十七（一九四二）年、汪兆銘《おうちょうめい》の南京政府に参加し、政界復帰を果たす。治水関係の専門知識を買われて国民政府経済委員会常務委員の席に就くものの、日本の敗戦後、彼は漢奸《かんかん》として逮捕される。「親日」とされた冀東防共自治政府の責任者であったことが国家の裏切り者と判断され、裁判で死刑が確定すると南京監獄への陰惨な道行となった。昭和二十二（一九四七）年十二月、南京で国民党政府により銃殺刑に処せられ、五十九年の生涯を閉じたのである。

ついでながら、冀東自治政府秘書長（後の政務長官代理）の池《ち》宗墨《そうぼく》も殷汝耕と同じく漢奸として死刑判決を受けたがこの時の執行はなかった（写真⑧）。だが中華人民共和国成立後、改めて反革命罪などによって死刑判決が言い渡され、昭和二十六（一九五一）年五月、死刑が執行されている。

第四章

私はすべてを見ていた

――佐々木テンの独白

昭和天皇と因通寺

ある中国人と大阪で知り合い結婚、事件当時通州に住んでいた佐々木テンという女性がいた。

佐々木テンは七月二十九日の朝、「通州城内で日本人が虐殺されているぞ」という声に誘われ、夫の陰に隠れつつ虐殺現場を目撃してしまう。処刑現場を公開したり、逆に民衆が押しかけて「殺せ！」などと叫んで石つぶてを投げたりするのはこの国では見慣れた光景でもあった。佐々木テンが夫に連れられて城内に同行したのは、そうした因習からみれば特に奇異な行動とは言えない。彼女はその後、離婚して、故郷の大分県に戻るが、あるとき、佐賀県三養基郡基山町《みやきぐんきやまちょう》にある因通寺《いんつうじ》（浄土真宗本願寺派）の住職・調寛雅《しらべかんが》師の講話に接することで、それまで黙して誰にも語ったことのなかった通州での目撃談を四十年ほど経って打ち明けるようになった。調寛雅師はその談話をテープに取り、オーラル・ヒストリーとして記録文集を作成したのである。

今回、その内容を改めて紹介したいと思うが、実はその背景には一つの伏線が埋もれていた。戦中から戦後にかけて、因通寺と昭和天皇の間には浅からぬ因縁があったという逸話が、この地方の人々の調寛雅師に対する深い信頼関係を築いたものと思われる。その昭和天皇とのエピソードとは、いったい何だったのか。

昭和二十四（一九四九）年五月二十二日、澄み切った薫風のなか、昭和天皇は巡幸のため佐賀県へ入られた。天皇の巡幸は昭和二十一（一九四六）年二月十九日の神奈川県川崎市を皮切りに、二十九年八月まで続く（途中、さまざまな理由から、二十三年、二十七、二十八年は中止）こととなる。昭和二十三年には東京裁判の判決と死刑執行があり、天皇は退位を含め深刻に悩まれていたと言われている。その退位問題を天皇自身が乗り越えたのが、二十三年十二月二十三日の死刑執行が過ぎ、おそらく翌年の春を迎えるまでの間ではなかっただろうか。

実際には天皇は、田島道治《みちじ》宮内府長官を通じて東京裁判判決日付（十一月十二日）で、「私は退位せず、国民とともに力を合わせて最善を尽くしたい」とのメッセージをマッカーサーに届けている。だが、これはマッカーサーからの要請に従ったに過ぎず、天皇自身の心痛が解消されたわけではなかっただろう。

昭和二十四年五月、天皇は再び気力を取り戻し、全国巡幸を再開した。その第一回が福岡から佐賀、長崎、熊本、鹿児島、宮崎、大分の順で一挙に廻られた九州七県のご巡幸だった。佐賀県のかなり悪路の続く三養基郡基山町の、これも山寺の因通寺（浄土宗本願寺派）に入られたのが五月二十二日である。

実は昭和天皇は「九州へ行くなら調《しらべ》の寺へ行きたい」とかねがねご意向を示されていたという。調寛雅師の先代・調龍叡《りゅうえい》住職が戦争末期に百万人針を完成させ、両陛下に奉納するという運動を続けていたことを承知されていて、機会あれば現地を訪れたいとのことだったといわれる。先代住職は今は亡く、その長男・寛雅が寺を継ぎ、現在は戦災孤児と引き揚げ孤児合わせて四十四名を引き取って育てていることもご存じだった。天皇は一刻も早く、その孤児たちに会いたくて気が急いておられたようだ、と関係者の多くが証言している。

その朝が来た。天皇は前夜、福岡県二日市温泉にある大丸別荘に宿泊、二十二日朝、予定より早く宿を出発（八時二十五分ごろ）され、県境を越えて佐賀に入り因通寺に到着した。因通寺の境内《けいだい》と孤児たちの救護所である洗心第一寮と洗心第二寮は、すでに子供たちの手で綺麗に掃除をされていた。午前八時五十分、御料車《ごりょうしゃ》が到着すると群衆の間から「天皇陛下万歳！」の声が挙がる。

その先の一部始終を調寛雅師が書き残した記録は『天皇さまが泣いてござった』（教育社）のなかに収められている。

「県道から因通寺洗心寮までの道程が、約七百メートルであったのですが、この道路の両側には、ようもこんなに沢山の人達が集まったものだなあと思われる程の人達が詰めかけておりました。因通寺の山門の前はだらだらとした参道になっておりますが、このだらだら坂を登り詰めると、そこに二十三の石段があります。その石段を登り詰められた天皇陛下は思わずそこに足を留められました。そして『ホーッ』と感嘆の声をあげられたのです。

門前から戦争罹災児《りさいじ》救護教養所の洗心第一寮舎、第二寮舎と歩を進められることとなりました。この各部屋には、四十有余名の孤児達が夫々に、天皇陛下をお迎えするべくお待ち申し上げておりました。

そして天皇陛下は一人一人の子供に対して言葉をかけられるのです。

『どこから』

と天皇陛下が言葉をかけられます。

『満洲から帰りました』

『北朝鮮から帰りました』

すると天皇陛下はこの子供らに、

『ああ、そう』

とにこやかにお応えになるのです。そして更に天皇陛下は
『おいくつ』

とお尋ねになります。

『七つです』

『五つです』

すると天皇陛下はこの子らの一人一人にまるで我が子に語りかけるようにお顔をお近付けになり
『立派にね。元気にね』

とおっしゃるのです。こうして各部屋をお廻りになられた天皇陛下は、一番最後の『禅定の間』までお越しになられました。

ややしばらくして、天皇陛下がこの部屋でお待ち申し上げていた三人の女の子の真ん中の子の方へぐーっとお顔をお近付けになりました。そしてそれはやさしい声というより静かな声で
『お父さん、お母さん』

とお尋ねになったのです。それは三人の女の子の真ん中の子が二つの位牌をじっと胸に抱きしめていたのです。それでこの位牌がお父さんの位牌であるか、又お母さんの位

牌であるかということを天皇陛下がお尋ねになられたのです。

そのときです。女の子が
『はい。これは父と母の位牌です』

とはっきり御返事を申し上げました。この言葉を聞かれた天皇陛下は大きくお頷《うなづ》きになられ、

『どこで』

と尋ねられたのです。

『はい。父はソ満国境で名誉の戦死をしました。母は引き揚げの途中病のために亡くなりました』

この子は淀むこともなく天皇陛下にお答えを申しました。この子がお返事を申し上げている間中、天皇陛下はじっとこの子の顔を御覧になっていられました。そして何回かお頷きになっていられたのです。

『お淋しい』

とそれはそれは悲しそうなお顔で言葉をかけられ、この子を眺められるのです。

しかし陛下がこの子にこの言葉をかけられたとき、この子は首を横に振ったのです。

そして、

『いいえ。淋しいことはありません。私は仏の子供です。仏の子供は亡くなったお父さんとも、亡くなったお母さんともお浄土にまいったら、きっともう一度会うことが出来るのです。私は仏の子です』

とそのときです。何を思《おぼ》し召《め》されたか天皇陛下は靴のままではあったけれど、この部屋の中に一歩足を踏み入れられたのです。部屋にお入りになられた天皇陛下は、この位牌を抱いていた女の子の頭をお撫でになりました。それは一回、そして二回、三回に及んだのです。そして陛下は

『仏の子供はお幸せね。これからも立派に育っておくれよ』

と申されました。そのとき天皇陛下のお目からはハタハタと数滴の涙がお眼鏡を通して畳の上に落ちていったのです。

そして遂にこの女の子が小さな声ではあったけれど

『お父さん』

と呼んだのです。それを暖かくお受け止めになられた陛下は、深く深くお頷きになられておりました。この情景を眺めておった東京から来ていた新聞記者も泣いておったのです。そうした中を天皇陛下はだらだら坂をお下りになったのです」

昭和天皇に頭を撫でられた女の子は小学四年生だった（『昭和天皇の御巡幸』鈴木正男）というが、天皇に小声で「お父さん」と呼びかけたその女の子を天皇もまた黙って「暖かくお受け止められた」という逸話は、何度読んでも麗《うるわ》しい。美しくも力強い戦後の日本を象徴する逸話であろうか。

この日のご巡幸は『昭和天皇実録』では、次のように記されている。

「二十二日　日曜日　自動車にて大丸別荘を御出発になり、佐賀県に入られる。三養基郡基山町の因通寺洗心寮に御到着になり、図書室において佐賀県知事沖森源一の奉迎を受けられ、ついで寮長調寛雅（因通寺住職）より同寮創立時の事情及び引揚・戦災孤児の現状についてお聞きになり、お言葉を賜う。それより寮舎を御巡覧になり、寮生にお言葉を賜う。また玄関前において未帰還者家族を御慰問になる。なお、同所についてお詠《よ》みになった歌は次のとおり。

みほとけの教まもりてすくすくと生い育つべき子らにさちあれ」

この御製《ぎょせい》は碑に刻まれ、因通寺境内に残されている。

なおひと言付け加えるならば、第三章で紹介した事件調書を筆写した荒牧純介憲兵隊長の住まいも佐賀県三養基郡基山町なのだ。これから紹介する佐々木テンの目撃談を残した因通寺も同じ基山町というのは、奇縁を感じざるを得ない。「通州の因果は通じる」とでもいうのだろうか。

佐々木テンの独白

因通寺の住職・調寛雅師が、佐々木テンと知り合ったのは、テンが晩年になって大分県別府にある西本願寺別府別院に参詣《さんけい》に通うようになったのが縁となったようだ。

そもそも佐々木テンは大分県の祖母山（宮崎県との県境にある名山）の近くで生まれ育っている。家庭が貧しかったことから小さい時から苦労を重ね、昭和七年に沈さんという中国人男性と結婚して大陸に渡った。その後、昭和九年初めには通州に住むようになったというから、冀東《きとう》防共自治政府が立ち上がる二年近く前から住んでいたようだ。三年半後には通州事件を目撃することとなった彼女は、やがて離婚、昭和十五年には日本へ帰国する。あちこち転々として働いた末、晩年になると故郷に近い別府に居を移し、大分県南海部郡《みなみあまべぐん》（現・佐伯市《さいき》）でその生涯を閉じた——と調寛雅師は述べている。

調寛雅師が晩年の佐々木テンから聞き取ったオーラル・ヒストリーともいうべき記録は、

リアルタイムで目撃した猟奇的事件の一部始終であり、ひときわ重要な証言であることは間違いない。

『天皇さまが泣いてござった』に収録されている独白記から、長文ゆえ重要部分のみを抄出したい。

「私は大分の山の奥に生まれたんです。すごく貧乏で小学校を卒業しないうちにすすめる人があって大阪につとめに出ることになりました。それが普通の仕事であればいいのですけれど、女としては一番嫌なつらい仕事だったので、故郷へ帰るということもしませんでした。

それがもう二十代も半ばを過ぎますと、私の仕事の方はあまり喜ばれないようになり、私も仕事に飽きが来て、もうどうなってもよいわなあ、思い切って外国へでも行こうかと思っているとき、たまたま沈さんという支那人と出会ったのです。何回か会っているうちに、沈さんが私に『テンさん私のお嫁さんにならないか』と申すのです。昭和七年の二月、沈さんが友人の楊さんという人を連れて来て、これから結婚式をすると言うんです。そのときは全く驚きました。

私は雇い主にも相談しなくてはならないと申すと、雇い主も承知をして今日の結婚式に出ると申すし、少しばかりあった借金も全部沈さんが払っているというので、私も覚悟を決めて結婚式場へ行きました。支那の人達の結婚式があんなものであるということは初めてのことでしたので、大変戸惑いました。

私は沈さんに従ってその年の三月に支那に渡りました。長い船旅でしたが、しばらくは天津で仕事をしていました。そのうち片言混じりではあったけれど支那語もわかるようになってまいりましたとき、沈さんが通州へ行くというのです。通州は何がいいのですかと尋ねると、あそこには日本人も沢山いて、支那人もとてもいい人が多いから行くというので、私は沈さんに従って通州に行くことにしたのです。それは昭和九年の初め頃だったのです。

沈さんがやっていた商売は雑貨を主としたものでしたが、必要とあらばどんな物でも商売をします。だから買う人にとってはとても便利なんです。沈に頼んでおけば何でも手に入るということから商売はだんだん繁盛するようになってまいりました。沈さんも北門のあたりまで行って日本人相手に大分商売がよく行くようになったのです。この頃は日本人が多く住んでいたのは東の町の方でした。私たちは沈さんと一緒に西の方に住んでいましたので、東の日本人とそうしょっちゅう会うということはありませんでした。

この通州の町にはその当時冀東防共自治政府がありました。これは殷《いん》さんという人が作った政府で、軍隊も一万人以上居ったそうです。そして日本に対しては非常に親日的だったので、私も日本人であるということに誇りを持っていたのです。ところが十一年の春も終わろうとしていたとき、沈さんが私にこれから日本人ということを他の人にわからないようにせよと申しますので、私が何故と尋ねますと、支那と日本は戦争をする。そのとき私が日本人であるということがわかると大変なことになるので、日本人であるということは言わないように、そして日本人とあまりつきあってはいけないと申すのです。私は心の中に不満が一杯だったけど沈さんに逆らうことはできません。それが昭和十一年の終わり頃になるとこうした支那人達の日本に対しての悪感情は更に深くなったようです。それは支那のあちこちに日本軍が沢山駐屯するようになったからだと申す人達もおりますが、それだけではないようなものもあるように思われました。そしてこの頃（引用者注・昭和十二年のこと）になると、一種異様と思われる服を着た学生達が通州の町に集まって来て、日本撃つべし、支那の国から日本人を追い出せと町中を大きな声で叫びながら行進をするのです。それが七月になると『日本皆殺し』『日本人は人間じゃない』『人間でない日本人は殺してしまえ』というような言葉を大声で喚《わめ》きながら行進をするのです。鉄砲を持っている学生もいましたが、大部分の学生は銃剣と青竜刀を持っていました」

ここまでが、佐々木テンがどのようないきさつから通州に住むようになったかの説明である。佐々木テンは何歳だったのだろうか。生年がヒアリングされていないのであくまでも推測の域を出ないが、二十代半ば過ぎたのが昭和七（一九三二）年だと語っているので、仮に満二十五歳（本人は数え年で二十代半ば過ぎと語っている）とすると、明治四十（一九〇七）年生まれという計算になる

通州に住みだしたのが昭和九年とすれば、彼女は二十七歳。通州事件に遭遇するのが三十歳ということか。

昭和十一年の終わりごろからは、例の異様な「学生集団」が町中を練り歩くようになった。彼らは小銃や青竜刀で武装し「日本人は殺してしまえ」と叫んでいたという。冀東防共自治政府ができる一方で、こうした過激な排日運動が大手を振ってまかりとおっていたことが分かる。この時期には国共合作が成立し、蔣介石は裏から武装学生集団を操って日本排撃の尖兵としていた。だが、統制が完全に取れるような国柄《くにがら》ではない。共産主義かぶれした凶暴な学生集団が「保安隊・教導総隊」内に存在していたと考えるべきだろう。

盧溝橋事件が起きる前から、すでにこれだけの抗日戦が準備されていたのを、佐々木テンは知らぬ間に目撃していたのである。そしていよいよ、通州城にその朝が訪れる。

あまりにも凄惨かつ鬼畜のような猟奇的行為が語られ続け止まらない。私は幾度ももう引き写すのをやめようかと、キーボードから指を離したくらいだった。読み始められる前に、どうかある覚悟を持たれて読み進めていただきたい。また、途中で気分が悪くなられた方はどうか本を伏せていただきたい。体調を崩すほどの蛮行が続くからだ。けれど、これが実際に中国兵によって行われた残虐行為なのだ。

「七月二十九日の朝、まだ辺りが薄暗いときでした。突然私は沈さんに激しく起こされました。大変なことが起こったようだ。早く外に出ようと言うので、私は風呂敷二つを持って外に飛び出しました。日本軍の兵舎の方から猛烈な銃撃戦の音が聞こえて来ました。八時を過ぎて九時近くになって銃声はあまり聞こえないようになったので、これで恐ろしい事件は終わったのかとやや安心しているときです。誰かが日本人居留区で面白いことが始まっているぞと叫ぶのです。そのうち誰かが日本人居留区では女や子供が殺されているぞというのです。何かぞーっとする気分になりましたが、恐ろしいものは見たいというのが人間の感情です。私は沈さんの手を引いて日本人居留区の方へ走りました。日本人居留区に近付くと何か一種異様な匂いがして来ました。なにか生臭い匂いがするのです。血の匂いです。沢山の支那人が道路の傍らに立っております。そしてその中にはあの黒い服を着た異様な姿の学生達も交じっています。いやその学生達は保安隊の兵隊と一緒になっているのです。

そのうち日本人の家の中から一人の娘さんが引き出されて来ました。十五歳か十六歳と思われる色の白い娘さんでした。その娘さんを引き出してきたのは学生でした。その娘さんは恐怖のため顔がひきつっております。体はぶるぶると震えておりました。その娘さんを引き出してきた学生は何か猫が鼠を取ったときのような嬉しそうな顔をしておりました。

そしてその着ている服をいきなりバリバリと破ったのです。薄い夏服を着ていた娘さんの服はいとも簡単に破られてしまったのです。すると雪のように白い肌があらわになってまいりました。娘さんが何か一生懸命この学生に言っております。しかし学生はニヤニヤと笑うだけで娘さんの言うことに耳を傾けようとはしません。娘さんは手を合わせてこの学生に何か一生懸命懇願しているのです。

学生はこの娘さんをいきなり道の側に押し倒しました。そして下着を取ってしまいました。娘さんは『助けて！』と叫びました。

とそのときです。一人の日本人の男性がパアッと飛び出して来ました。そしてこの娘さんの上に覆い被さるように身を投げたのです。恐らくこの娘さんのお父さんだったのでしょう。すると保安隊の兵隊がいきなりこの男の人の頭を銃の台尻で力一杯殴りつけたのです。何かグシャッというような音が聞こえたように思います。頭が割られたのです。でもまだこの男の人は娘さんの身体の上から離れようとしません。保安隊の兵隊が何か言いながらこの男の人を引き離しました。娘さんの顔にはこのお父さんであろう人の血が一杯流れておりました。保安隊の兵隊は再び銃で頭を殴りつけました。パーッと辺り一面に何かが飛び散りました。恐らくこの男の人の脳漿《のうしょう》だったろうと思われます。そして二、三人の兵隊と二、三人の学生がこの男の人の体を蹴りつけたり踏みつけたりしていました。服が破れます。肌が出ます。血が流れます。そんなこともお構いなしに踏んだり蹴ったりし続けています。そのうち保安隊の一人が銃に付けた剣で腹の辺りを突き刺しました。血がパーッと飛び散ります。その血は横に気を失ったように倒されている娘さんの身体の上にも飛び散ったのです。腹を突き刺しただけではまだ足らないと思ったのでしょうか。今度は胸のあたりを又突き刺します。又腹を突きます。胸を突きます。沢山の支那人が見るけれど『ウーン』とも『ワー』とも言いません。ただ見ているだけです。この屍体を三メートル程離れたところまで、丸太棒を転がすように蹴転がした兵隊と学生たちは、この気を失っていると思われる娘さんのところにやってまいりました。

この娘さんはすでに全裸になされております。そして恐怖のために動くことが出来ないのです。その娘さんのところまで来ると下肢を大きく拡げました。そして凌辱をはじめようとするのです。これはもう人間のすることとは言えません。ところが娘さんは今まで一度もそうした経験がなかったからでしょう。どうしても凌辱がうまく行かないのです。すると三人程の学生が拡げられるだけこの下肢を拡げるのです。そして保安隊が持っている銃を持って来て、その銃身の先でこの娘さんの陰部の中に突き込むのです。何人もの支那人がいるのに止めようともしなければ、声を出す人もおりません。するとギャーッという悲鳴とも叫びとも言えない声が聞こえました。保安隊の兵隊がニタニタ笑いながらこの娘さんの陰部を抉《えぐ》り取っているのです。私の身体はガタガタと音を立てる程震えました。その兵隊は今度は腹を縦に裂くのです。それから剣で首を切り落としたのです。その首をさっき捨てた男の人の屍体のところにポイと投げたのです。投げられた首は地面をゴロゴロと転がって男の人の屍体の側で止まったのです。

日本人居留区に行くともっともっと残虐な姿を見せつけられました。殆《ほとん》どの日本人は既に殺されているようでしたが、学生や兵隊達はまるで狂った牛のように日本人を探し続けているのです。あちらの方で『日本人がいたぞ』という大声で叫ぶものがいるとそちらの方に学生や兵隊達がワーッと押し寄せて行きます。私も沈さんに抱きかかえられながらそちらに行ってみると、日本人の男の人達が五、六名兵隊達の前に立たされています。そして一人又一人と日本人の男の人が連れられて来ます。十名程になったかと思うと兵隊達が針金を持って来て、右の手と左の手を指のところでしっかりくくりつけるのです。そうして今度は銃に付ける剣を取り出すと、その男の人の掌《てのひら》をグサッと突き刺して穴を開けようとするのです。悪魔でもこんな無惨なことはしないのではないかと思いますが、支那の学生や兵隊はそれを平気でやるのです。集められた十人程の日本人の中にはまだ子供と思われる少年もいます。そして六十歳を越えたと思われる老人もいるのです。この十名近くの日本の男の人達の手を針金でくくり、掌のところを銃剣で抉りとった学生や兵隊達は、今度は大きな針金をもって来てその掌の中を通すのです。十人の男の人が数珠繋《じゅずつな》ぎにされたのです。

学生と兵隊達はこの日本人の男の人達の下着を全部取ってしまったのです。そして勿《もち》論《ろん》裸足にしております。その中で一人の学生が青竜刀を持っておりましたが、二十歳前後と思われる男のところに行くと足を拡げさせました。そして男の人の男根を切り取ってしまったのです。この男の人は『助けて!』と叫んでいましたが、そんなことはお構いなしにグサリと男根を切り取ったとき、この男の人は『ギャッ』と叫んでいましたがそのまま気を失ったのでしょう。でも倒れることは出来ません。学生や兵隊達はそんな姿をみて『フッフッ』と笑っているのです。私は思わず沈さんにしがみつきました。

旭軒という食堂と遊郭を一緒にやっている店の近くまで行ったときです。日本の女の人が二人、保安隊の兵隊に連れられて出て来ました。一人の女の人は前がはだけていました。この女の人が何をされたのか私もそうした商売をしておったのでよくわかるのです。しかも相当に乱暴に扱われたということは前がはだけている姿でよくわかったのです。二人のうちの一人は相当頑強に抵抗したのでしょう。頰っぺたがひどく腫《は》れあがっているのです。その女の人を引っ張って来た保安隊の兵隊は、頰っぺたの腫れあがっている女の人をそこに立たせたかと思うと、着ているものを銃剣で前の方をパッと切り開いたのです。女の人は本能的に手で前を押さえようとするといきなりその手を銃剣で斬りつけました。左の手が肘のところからばっさり切り落とされたのです。かすかにウーンと唸《うな》ったように聞こえました。そしてそこにバッタリ倒れました。すると倒れた女の人の腹を銃剣で突き刺すのです。私は思わず『やめて！』と叫びそうになりました。その私を沈さんがしっかり抱きとめて『駄目、駄目』と耳元で申すのです。私は怒りと怖さで体中が張り裂けんばかりでした。

旭軒と近水楼の間にある松山楼の近くまで来たときです。一人のお婆さんがよろけるように逃げて来ております。するとこのお婆さんを追っかけて来た学生の一人が青竜刀を振りかざしたかと思うといきなりこのお婆さんに斬りかかって来たのです（写真㊻㊼）。お婆さんは懸命に逃げようとしていたので頭に斬りつけることが出来ず、左の腕が肩近くのところからポロリと切り落とされました。学生はこのお婆さんの腹と胸を一刺しづつ突いてそこを立ち去りました。誰も見ていません。私と沈さんとこのお婆さんだけだったので、私がお婆さんのところに行って額にそっと手を当てるとお婆さんが目を開きました。そして『くやしい』と申すのです。『かたきをとって』とも言うのです。私は何もしてやれないので只黙って額に手を当ててやっているばかりでした。するとこのお婆さんが『なんまんだぶ』とひと声お念仏を称えたのです。そして息が止まったのです。私が西本願寺の別府別院におまいりするようになったのは、やはりあのお婆さんの最期のひと声である『なんまんだぶ』の言葉が私の耳にこびりついて離れなかったからでしょう。

お婆さんの額に手を当てていると、すぐ近くで何かワイワイ騒いでいる声が聞こえて来ます。すると支那人も沢山集まっているようですが、保安隊の兵隊と学生も全部で十名ぐらい集まっているのです。そこに保安隊でない国民党政府の兵隊も何名かいました。

みんなで集まっているのは女の人を一人連れ出して来ているのです。何とその女の人はお腹が大きいのです。七ヶ月か八ヶ月と思われる大きなお腹をしているのです。恐怖のために恐れおののいている女の人を見ると、女の私ですら綺麗だなあと思いました。ところが一人の学生がこの女の人の着ているものを剝ぎ取ろうとしたら、女の人が頑強に抵抗するのです。歯をしっかり食いしばっていやいやを続けているのです。学生が二つか三つかこの女の人の頰を殴りつけたのです。そしてときどき『ヒーッ』と泣き声を出すのです。

とそのときです。一人の日本人の男の人が木刀を持ってこの場に飛び込んで来ました。そして『俺の家内と子供に何をするのだ。やめろ』と大声で叫んだのです。これで事態は一変しました。学生の一人が何も言わずにこの日本の男の人に青竜刀で斬りつけました。するとこの男の人はひらりとその青竜刀をかわしたのです。そして持っていた木刀でこの学生の肩を烈《はげ》しく打ちました。学生は『ウーン』と言ってその場に倒れました。すると今度はそこにいた支那国民政府軍の兵隊と保安隊の兵隊が、鉄砲の先に剣を付けてこの日本の男の人に突きかかって来ました。私は見ながら日本人頑張れ、日本人頑張れと心の中に叫んでいました。七名も八名もの支那の兵隊達がこの男の人にジリジリと詰め寄って来ましたが、この男の人は少しも怯《ひる》みません。ピシリと木刀を正眼に構えて一歩も動こうとはしないのです。私は立派だなあ、さすがに日本人だなあと思わずにはおられなかったのです。ところが後ろに回っていた国民政府軍の兵隊が、この日本の男の人の背に向かって銃剣でサッと突いてかかりました。するとどうでしょう。男の人はこれもひらりとかわしてこの兵隊の肩口を木刀で烈しく打ったのです。この兵隊も銃を落としてうずくまりました。

でもこの日本の男の人の働きもここまででした。横におった保安隊の兵隊が男の人の腰のところに銃剣でグサリと突き刺したのです。男の人が倒れると、残っていた兵隊や学生達が集まりまして、この男の人を殴る蹴るの大乱暴を始めたのです。男の人はウーンと一度唸ったきりあとは声がありません。そしてあの見るも痛ましい残虐行為が始まったのです。

それはこの男の人の頭の皮を学生が青竜刀で剥《は》いでしまったのです。これ以上はもう人間の行為ではありません。今度は目玉を抉り取るのです。このときまではまだ男の人は生きていたようですが、この目玉を抉り取られるとき微かに手と足が動いたようにみえました。目玉を抉ると今度は服を全部剝ぎ取りお腹が上になるように倒しました。そして学生が又青竜刀で男の人のお腹を切り裂いたのです。縦と横とにお腹を切り裂くと、そのお腹の中から腸を引き出したのです。ずるずると腸が出てまいりますと、その腸をどんどん引っ張るのです。地獄があるとするならこんなところが地獄だろうなあとしきりに頭のどこかで考えていました。ハッと目をあげてみると、青竜刀を持った学生がその男の人の腸を切ったのです。一尺ずつぐらいに切り刻んだ学生は細切《こまぎ》れの腸を、妊婦のところに投げたのです。お腹に赤ちゃんがいるであろう妊婦はその自分の主人の腸の一切れが頬に当ると『ヒーッ』と言って気を失ったのです。その姿を見て兵隊や学生達は手を叩いて喜んでいます。

そのときこの妊婦の人が気が付いたのでしょう。フラフラと立ち上がりました。そして一生懸命逃げようとしたのです。その妊婦を見た学生の一人がこの妊婦を突き飛ばしました。妊婦はバッタリ倒れたのです。すると兵隊が駆け寄って来て、この妊婦の人を仰向けにしました。剣を抜いたかと思うと、この妊婦のお腹をさっと切ったのです。赤い血がパーッと飛び散りました。妊婦の人がギャーという最期のひと声もこれ以上ない悲惨な叫び声でした。お腹を切った兵隊は手をお腹の中に突き込んでおりましたが、赤ん坊を探しあてることが出来なかったからでしょうか、今度は陰部の方から切り上げています。そしてとうとう赤ん坊を摑み出しました。その兵隊はニヤリと笑っているのです。片手で赤ん坊を摑み出した兵隊が、保安隊の兵隊と学生達のいる方へその赤ん坊をまるでボールを投げるように投げたのです。ところが保安隊も学生もその赤ん坊を受け取るものがおりません。

赤ん坊は大地に叩きつけられることになったのです。

私はもう町の中にはいたくないと思って、沈さんの手を引いて町の東側から北側へ抜けようと思って歩き始めたのです。城内の道を通った方が近いので北門から入り近水楼の近くまで来たときです。その近水楼の近くに池がありました。その池のところに日本人が四、五十人立たされておりました。殆《ほとん》どが男の人ですが、中には五十を越したと思われる女の人も何人かおりました。ついさっき見た手を針金で括《くく》られ、掌に穴を開けられて大きな針金を通された十人程の日本人の人達が連れられて来ました。国民政府の兵隊と保安隊の兵隊、それに学生が来ておりました。そして一番最初に連れ出された五十歳くらいの日本人を学生が青竜刀で首のあたりを狙って斬りつけたのです。ところが首に当らず肩のあたりに青竜刀が当りますと、その青竜刀を引ったくるようにした国民政府軍の将校と見られる男が、肩を斬られて倒れている日本の男の人を兵隊二人で抱き起しました。そして首を前の方に突き出させたのです。そこに国民政府軍の将校と思われる兵隊が青竜刀を振り下ろしたのです。この男の人の首はコロリと前に落ちました。これを見て国民政府軍の将校はニヤリと笑ったのです。落ちた首を保安隊の兵隊がまるでボールを蹴るように蹴とばしますと、すぐそばの池の中に落ち込んだのです。この国民政府軍の将校の人は次の日本の男の人を引き出させると、今度は青竜刀で真正面から力一杯この日本の男の人の額に斬りつけたのです。するとこの男の人の額がパックリ割られて脳漿が飛び散りました。国民政府軍の将校は手をあげて合図をして自分はさっさと引き上げたのです。合図を受けた政府軍の兵隊や保安隊の兵隊、学生たちがワーッと日本人に襲いかかりました。四十人か五十人かの日本人が次々に殺されて行きます。そしてその死体は全部そこにある池の中に投げ込むのです。池の水は見る間に赤い色に変わってしまいました。全部の日本人が投げ込まれたときは池の水は真っ赤になっていたのです。真っ赤な池です。その池に蓮の花が一輪咲いていました。

昼過ぎでした。日本の飛行機が一機飛んで来ました。日本軍が来たと誰かが叫びました。ドタドタと軍靴《ぐんか》の音が聞こえて来ました。日本軍が来たというので、国民政府軍の兵隊や保安隊の兵隊、そしてあの学生達が逃げ出したのです。悪魔も鬼も悪獣も及ばぬような残虐無惨なことをした兵隊や学生達も、日本軍が来たという誰かの知らせでまるで脱兎《だっと》のように逃げ出して行くのです。

私は今回の事件を通して支那人がいよいよ嫌いになりました。私は支那人の嫁になっているけれど、支那人が嫌いになりました。こんなことから沈さんとも別れることになり、昭和十五年に日本に帰って来ました」

なぜここまで執拗に引用する必要があるのか、という疑問を呈される読者も多いかと思う。そのとおりで、私も何度か途中で止めるか、引用を大幅に減らすべきか、悩んだ。けれども、佐々木テンの独白からは目撃した人にしか分かり得ない真実がそっくり含まれていることがひしひしと伝わってくる。貴重な第一次資料であることは間違いない。

付記すれば、この独白は調寛雅師が聞き取って原稿に起こしたものではあるが、内容的にはすべて佐々木テンの真実の言葉であろう。近年、ネット上などでこの談話の信憑性《しんぴょうせい》を疑う書き込みなどが散見されるが、一部時系列に些細《ささい》な誤差があるとしても、全体の資料価値を損なうものではあり得ないと思う。戦後かなり経った時期での回想だということも考慮しなければならない。この記録がいつ取られたものなのかを特定する作業も重要だ。調寛雅師の長男で因通寺の現住職・調准誓《じゅんせい》師に尋ねると「あくまで推測なのですが、おそらく昭和四十七（一九七二）年から昭和五十二（一九七七）年ころの間に採録されたのではないかと思われる」とのことだった。

すると、佐々木テンが六十五歳から七十歳の間ということになる。だとすれば、通州事件から四十年前後の時間が経過しており、記録を残していたわけではないので、多少の時間的誤差が仮にあったとしても証言そのものの信憑性に関わる問題ではない。

重要なのは、佐々木テンが繰り返し国民政府軍の兵士を目撃している点である。保安隊に加えて国民政府軍が加わっていたとすれば、根本的な大問題である。これは隣に中国人の夫がいて彼女に説明していたから分かることで、他の証言には見られない重要証言であろう。佐々木テンは、彼女でなければ発することのできない自分の言葉で語っている。そのことがなによりもこの証言の信憑性を担保している。

第五章 救援部隊到着——連隊長以下の東京裁判証言録

萱嶋連隊、通州に反転

生存者たちは日本軍らしい軍靴《ぐんか》の響きを聞きつけ、生き返った。

「日本兵が一個分隊くらい通るのを見て、力一杯棒切れにつけた日の丸を出し、日本人だ万歳ッと腹一杯叫んで救われた」

「強い凛とした軍人らしい日本語が聞こえました。そら日本軍だと思うと反射的に塀を駆け上がって庭に飛び降り救われたのです」

と座談会でも口々に語っている。彼らがわれに帰って躍りあがったのは、おそらく八月三十日午後四時半から五時過ぎごろのことになる。

通州兵站《へいたん》司令部の辻村憲吉中佐作成『戦闘詳報』によれば、三十日深夜の二時に救援のため萱嶋《かやしま》部隊が急ぎ通州に向かうとの第一報が警備隊に入っている。

辻村は、わずかな夜戦郵便局員と在郷軍人義勇隊をもって電信室を改修、一時不通となっていた無電を回復させた模様である。二十九日夜間に関する『戦闘詳報』には、

○各部隊ノ防御施設ニハ、土嚢、寝台、藁布団ヲ使用シ、止ムヲ得ザレバ糧秣《りょうまつ》梱包ヲ用

フルヲ得
○本夜ノ合言葉ハ梅・桜トス
○夜間一切灯火ノ使用ヲ禁ズ

と下命した後、

○三十日午前二時稍々《しょうしょう》（やや）過キ豊台発無電ニテ萱嶋部隊ノ主力赴援ノ通知アリ。全員元気百倍払暁《ふつぎょう》ヲ迎フ

と、無電受信があったとの報告が記載されている。

その萱嶋部隊はただならぬ慌《あわただ》しさであった（写真51 52）。二十七日早朝から数時間かけて、城門外宝通寺に駐留する国民革命軍第二十九軍七一七部隊を排除するため一戦交えた。敵兵は掃討したものの自軍の死傷者も多く、その手当てなどに追われていたところ、南苑の戦闘の支援に急行せよとの指令を受ける。

二十七日夕刻のことである。南苑では二十九軍第三十八師によって日本軍が襲撃されていたのだが、駆けつけた萱嶋部隊が総攻撃を掛け、敵をさらに追撃した。萱嶋連隊の歩兵

砲中隊長代理だった桂鎮雄《かつらしずお》中尉はこの進撃の模様を、萱嶋高《かやしまたかし》の評伝（『萱嶋高傳』）のなかで書き残している。

まず、萱嶋高について簡略にその軍歴を述べておこう。萱嶋は昭和十年に天津駐屯軍（十一年、混成旅団規模の支那駐屯歩兵旅団に改編）歩兵隊長に任じられ、翌年、歩兵第二連隊長に任命される。通州事件当時は歩兵第二連隊長（大佐）で、昭和十二年十一月、陸軍士官学校教授部長に任じられ帰京、翌十三年、少将に昇進。さらに日中戦争が深刻化してゆく昭和十四年には中支に派遣され、昭和十六年中将に進んでいる。萱嶋の戦後については改めて述べたい。

桂鎮雄は萱嶋が東京へ栄転する昭和十三年まで彼に従っており、南苑戦闘記を萱嶋評伝に詳述している。兵たちは敵を眼前にして、出てきたばかりの通州へ引き返せとの指令を受け戸惑いを隠せない。反転する理由など、まだ知らされていないからだ。その一端を見てみよう。

「二十七日南苑の総攻撃を行ない、敵を追撃して豊台に進み、同夜敵の激しい夜襲を却《しりぞ》けて盧溝橋近くに展開、永定河《えいていが》を渡河進撃する態勢に入ったその夜半、急遽通州へ向け引き返すべき命令を受けた。二日前通州を後にして来ただけに、その安全を信じ切った吾々は何の為に今大敵を前にして反転するのかわけが判らず不満やる方がなかった。連隊長は静に諭して言われるに『何か重大事件が起きた様だが、様子は全く不明である。軍命令が出てしまった上は速やかに前進して居留民を安心させ、又、残して来た負傷者十一、副官樽崎大尉、益田中尉などを救わねばならない。通州を知る者吾々に如《し》く部隊はないのである』と。

敵を背にしての行軍は洵《まこと》に志気振わず、且つ又二十頭の馬匹《ばひつ》を前夜の戦闘で十一頭に減じ、それに四一式山砲四門と弾薬百六十発とを持って居り、初めの倍に近い負担量である」(『萱嶋高傳』)

四一式山砲(連隊砲とも)とは、日本軍の代表的な歩兵砲だったが、いかにも重かった。約五百四十キログラムあったとされ、分解して駄馬六頭に運搬させるか、輓馬《ばんば》二頭で牽引運搬するのを通常としていた。桂中尉の歩兵砲中隊で馬匹二十頭というのはごく平均的な配分だが、十一頭となると山砲四門とその砲弾百六十発を担うには輜重兵《しちょうへい》も馬も負担が相当大きくなったであろう。

萱嶋高歩兵第二連隊と北京駐屯だった牟《む》田口廉也《たぐちれんや》歩兵第一連隊を統括していたのは、河《かわ》辺正三《べまさかず》旅団長(少将)だった。同書に序文を寄せた河辺は、通州反転を下命したいきさつを次のように述べている。

「南苑城の攻撃は第二十師団と萱嶋連隊との健闘に依って間もなく奏効し、永定河右岸からする支那軍の反撃も直ちにこれを撃退し得て、旅団は兵力を豊台附近に集結することとなった。然《しか》る処へ更に新たなる事態が突発した。夫《そ》れは通州に於ける冀東《きとう》政府保安隊の背叛《はいはん》である。即ち萱嶋連隊が南苑攻撃の為出発後、集団して背叛行動に出て、日本軍事顧問を殺害し、守備隊を攻撃し、婦女子を含む居留民多数の虐殺を敢えてした事件である。而《しか》もこの背叛部隊の膺懲《ようちょう》と通州の善後処理は、これを萱嶋連隊に命ずる外ない状況にあった。南苑の攻撃を終った萱嶋連隊長の豊台なる旅団長の許に来着したのは、既に夜も相当遅くなって居り、連隊長の顔には流石《さすが》に疲労の痕《あと》が仄《ほのか》に見えた。旅団長は敢て胸中の痛苦を圧《おさ》えて連隊に即刻通州に向ってする反転の新任務を命じた」(同前掲書)

河辺旅団長の下命により、萱嶋連隊の先行部隊は休む間もなく深夜、豊台西方の屯地を出発、通州に向かったのである。七月二十七日夕刻、出て来たばかりだ。旅団本部で決定され、直ちに通州の兵站《へいたん》部宛に無電が打たれたのが三十日午前二時だったというから、下命後直ちに無電が発せられたものだろう。萱嶋は連隊が小休止していた豊台西方の地に戻るや、急ぎ先行部隊を編成し通州街道へ向かったのだ。それが午前三時半だった。

豊台は北京市内の南西にあり、永定河が流れ、その上に盧溝橋が架かっているあたりを指す。そこから通州に向かうにはいったん紫禁城の東端・朝陽門前から通州街道を下る行軍となる。距離にして、およそ三十キロほどであろうか。萱嶋は小銃と機関銃の部隊を先行させ、連隊砲と輜重部隊に後続指令を出して、自らは先頭に立って夜通し行軍し通州へ向かった。強行軍である。兵馬とも前夜来の疲労がたまっており、重い歩速ながら乾パンをかじりながらとにかく歩き、隊列は十キロを越えたという。連隊長を先頭にした第一陣が通州城に着いたのが、七月三十日午後四時二十分（辻村『戦闘詳報』）だった。

連戦の疲労に完全装備の背嚢《はいのう》の重さが加わった行軍速度を考えれば、時速三キロで行軍するのがやっとだったのではないか。わずかな小休止を挟んだだけで三十キロを行軍するのは並大抵のことではなかっただろう。

砲兵中隊を指揮しながら先行部隊に続いた桂中尉は、次のように綴っている。

「天候は屋根の雀も焼け落ちると言う摂氏四十度の炎天で、土地は路面悪くくねくねの田圃《たんぼ》道で大砲が辛うじて通る程度の幅であり、高粱《コーリヤン》は身長の二倍もあって無風の時は空気は炎熱焼くが如く、その広漠たる高粱畑の中に二日前遁走《とんそう》した敵軍が散伏していると言う次第であった。忽《たちま》ち鈍足の連隊砲兵中隊は逐次《ちくじ》あとへ残され、自衛力の少いにも拘《かかわ》らずとにかく、難行軍をつづけつづけて通州城門に辿り着いたのは（三十一日）午前二時頃であった。先行した連隊主力はどこへ行って何をしているのだろうと不審は募る一方。城門守備の歩哨《ほしょう》から初めて知った事は『味方と信じていた保安隊が叛逆《はんぎゃく》して攻撃をして来、為に日本守備隊は包囲せられ居留民の大部は殺害せられた。連隊長は守備隊に位置し、敵を掃討中である』と。

初めて知った愕然《がくぜん》たる事実を暗黒の雨の中で部下に伝えたその瞬間、それ迄足腰の立たなかった部下や、私の強行軍を怨《うら》んで居た馭兵《ぎょへい》（引用者注・輜重兵の意か）までがガバとばかり立ち上り、『前進用意』の合図ももどかしく、その時迄の落伍ぶりとはまるで別人のように歩き出したが、日本人の家を訪ねて見れば、その居室で到る処惨状が展開されて居た。吾々が一日早く到着して居れば良かっただろうにと切歯しつつ合掌した」（同前掲書）

この段階ではまだ桂には襲撃された時間が伝わっていない。約三十六時間は早くなければならないから、連隊は南苑へ向かえないことになる。いずれにせよ、保安隊は萱嶋連隊が南苑であれどこかへ出動する留守を狙っていたのだから、遅かれ早かれ「ソノ時」は来たに違いない。

「東京裁判」での証言

萱嶋連隊は外部から初めて通州城内に入って、つぶさに実情を見ている。萱嶋高《かやしまたかし》歩兵第二連隊長（大佐、最終階級・中将）のほか、桂鎮雄《かつらしずお》同中隊長代理（中尉、最終階級・少佐）、桜井文雄同小隊長（少尉、最終階級・少佐）の三名の証言は、東京裁判（極東国際軍事裁判）の弁護側証拠として提出され、証拠として採用された。昭和二十二年四月のことである。三証言の主要部分を紹介するが、それに先立って通州事件からおよそ十年近い歳月を経て萱嶋と再会することになった偶然を、桂は次のように述懐している。

「私は市ヵ谷の極東軍事裁判法廷に、梅津・東條将軍の一弁護人として立たされた。一参謀に過ぎなかった私が何の為に呼び出されたか、半信半疑で札幌から上京して見た処、そこに端なくも萱嶋将軍が市ヵ谷の控室にいて、私を待って居られた。奇遇である。早速伺った処、通州残虐事件の日本側証人である事を知り、はじめて理由が判った。待つこと五日間、控室で毎日将軍と昔話に花を咲かせ、弁護の仕方を練習した。私は萱嶋将軍のすぐ後に続いて出廷、私の後は同僚の桜井文雄君で、何れも当時の経験者が苦しい記憶を写真と共に陳述して、支那軍の暴虐ぶりを解明したものであった」（同前掲書）

萱嶋高は昭和十八（一九四三）年十一月に熊本師団長（留守第六師団長）に補せられたのを最後に昭和二十年四月には召集解除となり、六月、宮崎市長を半年ほど務めたあと、昭和二十四年、生まれ故郷の宮崎県高鍋町舞鶴神社の宮司や同町教育委員長などを歴任するが、胃ガンのため昭和三十一（一九五六）年二月、亡くなっている。享年六十六だった。

市ヶ谷の証人台に立ったのは宮崎市長を辞任し、宮司の職に就く間のことである。いかんせん交通事情が大混乱を極めていた時代に、宮崎からの上京は難儀なことだったと思われる。

四月二十五日午前十一時、開廷後、まず萱嶋高が証人台に上がった。証言の要点は以下のとおりである。

「萱嶋証人　五十九歳

通州に到着したのが午後四時であります。到着する迄に通州に在る日本人が大量虐殺されたこと、守備隊も苦戦に陥り全滅に瀕していると云ふ情報を断片的に知りまして、我々は殆《ほとん》ど休息もせず大急行で通州に参りました。私は直ちに城門を閉ぢ城内の捜索を始め残つて居る日本人を狩り集めました。集まつて来たのは百五十名位でありまして、三百五十名位は死体として発見されました。残り二、三百名は何処かへ逃げたか或ひは虐殺されたか不明でありました。

守備隊を攻撃し日本人の虐殺を行つたのは保安隊でありましたことが判明しました。

一、旭軒とか云ふ飲食店を見ました。其には四十から十七、八歳迄の女七、八名は皆強姦され、裸体で陰部を露出した儘《まま》射殺されて居りました。其の中四、五名は陰部を銃剣で突刺されていました。

二、商館や役所の室内に残された日本人男子の死体は射殺又は刺殺せられたものでありますが、殆どすべてが首に縄をつけ引き廻した形跡があり、血潮は壁に散布され全く言語に絶したものでありました。

三、近水楼と云ふ旅館は凄惨でありました。同所は危急を感じた在通日本人が集まつた所でありましたものの如く、大量虐殺を受けております。近水楼の女主人や女中等は数珠《じゅず》繋ぎにされ手足を縛《ばく》された儘《まま》強姦され、遂に斬首されたと云ふことでした」(『極東国際軍事裁判速記録』第五巻)

次いで検察官は「冀東政府は、日本政府によつて左右せられ、またその指示を受けておつたものではありませんか」などと証人に質《ただ》し、保安隊の襲撃があったとしてもそれは日本政府管理下でのことではないか、という論法に持ってゆこうとする。さらに「軍隊が駐留しておつたということは、塘沽《タンクー》協定を侵すものではないか」とまで尋ねるが、萱嶋は「そういう政治向きのことは存じていませんが、塘沽協定を侵すものではないと、当時私は確信しておりました」と応じている。

速記録ではイントネーションなどまでは分からないが、萱嶋を知る者たちは「毅然とした表情は崩さないものの九州弁丸出しのままで、戦争中とは違って村夫子然《そんぷうしぜん》とした風貌だった」と当時の印象を話している。

次に証人台に立ったのは、桂鎮雄である。

「桂鎮雄　三十八歳

一、私は七月三十一日午前八時頃、旅館近水楼に参りました。入口に於て近水楼の女将らしき人の屍体を見ました。足を入口の方に向け殆《ほとん》ど裸で上向きに寝て顔だけに新聞紙が掛けてありました。本人は相当に抵抗したらしく、身体の着物は寝た上で剝がされた様に見え、上半身も下半身も暴露し、あちこちに銃剣で突き刺したあとが四つ五つあつた様に記憶します。これが致命傷であつたでせう。陰部は刃物でえぐられたらしく血痕が散乱して居ました。

廊下の右側の女中部屋に女中らしき日本婦人の四つの屍体があるのを見ました。次に帳場配膳室に入りました、ここに男一人、女二人が横倒れとなり死んでおり、闘つた跡は明瞭で男は目玉をくりぬかれ上半身は蜂の巣の様でありました。階下座敷に女の屍体二つ、これは殆ど身に何もつけずに素つ裸で殺され局部始め各部分に刺突の跡を見ました。

二、市内某カフェーに於て――私は一年前に行つたことのあるカフェーへ行きました。一つのボックスの中に、素つ裸の女の屍体がありました。これは縄で絞殺せられておりました。

カフェーの裏に日本人の家がありそこに二人の親子が惨殺されて居りました。子供は手の指を揃えて切断されて居りました。

三、路上の屍体――南城門近くに一日本人の商店がありそこの主人らしきものが引つぱり出されて、殺された屍体が路上に放置されてありました。これは胸腹の骨が露出し内臓が散乱して居りました」(同前掲書)

最後に登壇したのは、桜井文雄である。

「桜井文雄　三十七歳

私は七月三十日、連隊主力と共に通州救援の為同地に入城し、通州虐殺の模様を親しく見ましたので其の情況を左に陳述致します。

1　午後四時頃城内に入るや私は掃蕩《そうとう》隊長として部下小隊を以て通州城内南半の掃蕩を命ぜられ直に掃蕩を開始しました。『日本人は居ないか』と連呼し乍《なが》ら各戸毎に調査して参りますと、鼻部に牛の如く針金を通された子供や、片腕を切られた老婆、腹部を銃剣で刺された妊婦等が所此所の塵、埃箱の中や壕の内、塀の蔭等から続々這ひ出してきました。

2　婦人と云ふ婦人は十四、五歳以上は悉《ことごと》く強姦されて居りまして全く見るに忍びませんでした。

3　旭軒といふ飲食店に入りますと、そこに居りました七、八名の女は全部裸にされ強姦、射（刺）殺されて居りまして、陰部に箒《ほうき》を押込んである者、口中に土砂を塡《つ》めてある者、腹部を縦に断ち割つてある者等全く見るに堪へませんでした。

4　東門の近くの或る（朝）鮮人商店の附近に池がありましたが、その池には首を縄で縛り両手を併せて八番鉄線を通し（貫通）一家六名数珠繋ぎにして引廻された形跡歴然たる死体がありました、池の水は赤く染つて居つたのを目撃しました」（同前掲書）

桜井はこのあと悲惨な地獄絵を自分が写真を撮っているので提出したい、と言って三葉の写真を法廷に提出した。裁判長は同写真を証拠として受理し「法廷証二五〇〇ＡＢＣとする」と述べた。

だが、この写真は現在までどこを探しても見当たらない。

萱嶋高の三女・森下優子さんは、昭和十二年一月に天津の日本租界で誕生している。萱嶋が支那駐屯軍の連隊長に進んで間もなく生まれているので、当然事件のことをリアルタイムでは知り得ない。東京裁判出廷もあったので、終戦後の九州での生活のなかで聞き知ったかもしれない。だが、これだけ残虐無比な事件だけに父親は家庭内で口にはしなかったのではないかと思われる。

その旧姓・萱嶋優子、現・森下優子さんは東京都大田区雪谷《ゆきがや》にお住まいだった。私は電話取材をして尋ねてみた。手帳を見ると平成二十七年十二月初旬のことだった。

父上から事件について何かお聞きになっていないか。関係する写真・資料など、ご親族のどなたかお持ちではないか、といったことだったと思う。だが、優子さんのしっかりした声からは、あまり多くを語りたくない様子がうかがえた。事件の陰惨な内容のせいもあるだろうか。

「特に知っていることはありません。申し訳ありませんが、兄たちもよく知らないと思います」

実はこれまでにも、萱嶋以下三名の東京裁判の証言を良く言わない人たちもいたのだ。特に近年になってからはネット上で、萱嶋らの証言は誇大で、随所に時間の齟齬《そご》もあり、死体のカウントが違うなどといった類《たぐい》の書き込みが増えているのも事実だ。個別の場所での死者数の差異は、処理済みもあって立ち会った時間などで多少の食い違いが出ても不思議はない。総数に大した相違はないのだから、これはまったく問題になるまい。いわゆる「南京事件」の前に、通州事件があったのでは都合の悪い人たちもいるのではないかとも考えられた。森下優子さんがそのようなことで悩まれておられるのでなければよいが、と思いながら受話器を置いた。

萱嶋高、桂鎮雄、桜井文雄三名の証言は許可されたが、東京裁判全体のなかでは問題視されなかった。当然のことながら連合国側に中国が座っている。彼らはこの裁判で日本軍がいかに中国で〝侵略戦争〟を始め、彼らが言うところの〝戦争犯罪〟を犯したか否かを証明するのに血眼《ちまなこ》になっていたのだから、その反証となるような通州事件は一顧だにされなかった。

日本軍の侵略を何が何でも立証し、戦争犯罪者を裁きたかった市ヶ谷の法廷は、わざわざシベリアから元満洲国皇帝・溥儀《ふぎ》まで連れて来て、嘘の証言を並べ立てさせてさすがに嘲笑《ちょうしょう》まで買ったものだ。それに引換え、萱嶋たちの証言は通り一遍で看過され、その結果は事件から八十年が経つ今でも変わらない。

東京裁判の証拠採用は、連合国側の自由裁量のなかで判断された。したがって萱嶋以下の証言がまがりなりにも採用されたのは天啓にも近いのだが、満洲事変や盧溝橋事件、南京攻略関係などでは無数の証拠が不採用となっている。

通州事件で不採用となった証拠を二例ほど挙げておこう（抄出）。

「外務省情報部長声明

通州事件に関する公式声明書（昭和十二年八月二日）

七月三十一日夜受け取つた公表によると政府に反抗して日本避難民及居留民を虐殺し

た通州保安隊の数は約三千人に達した由。彼等は迫撃砲、焼夷弾《しょういだん》、機関銃を携帯してゐた。

本年六月末同地に居留してゐた日本人の数は三三八名で、中一五一名は日本内地から、一八七名は朝鮮からである。この三三八名の中僅か五〇名が軍兵営内に残つてゐたために死を免れたのである。

暴徒は七月二十九日午前四時、日本軍兵営を包囲すると同時に東河北政府の建物、日本特務機関、派出所を不意打にし、派出所は放火せられ日本警官及その家族は一警官の妻及子供の外は全部殺害されたのである」(『東京裁判却下・未提出弁護側資料』第三巻、東京裁判資料刊行会編)

「外務省情報部長談(昭和十二年八月四日)

通州事件

最近通州よりの公表は、東河北政府の反抗的保安隊によつて為された言語同断なる暴虐を左の如く詳細に報じてゐる。

一、同市在住日本人三八十名の中、百二十名だけが日本兵舎に逃れ、百五、六十の死体が発見されたが、実際虐殺された数は総計百八十名或《あるい》は二百名といはれる。

二、支那人は婦女、子供をも共に全日本人を虐殺せむと企てた。婦人の多くは掻きさらはれて、二十四時間虐待酷使された後、東門の外で殺されたが、其処まで連れて行かれるには手足を縛られ、或は鼻や喉を針金で突き通されて曳きずられたのであつた。死骸は近くの池にぶち込まれ、或る者は強力な毒物をぬりつけられて顔がずたずたになつてゐた」（同前掲書）

いずれも外務省情報部の発表を却下したものだ。要するに現場に居合わせた軍人の証言は一応聞かざるを得ないとしても、政府の公式記録は証拠不採用とする、という方針なのだ。それは東京裁判全般に言えることで、中国各地で日本人が襲撃された事件に関してのさまざまな記録なども、みな却下されている。

外務省の提出資料は事実そのとおりで間違ってはいないが、どこかヒトゴトのような言葉の響きが感じられてならない。

「東河北政府の反抗的保安隊によつて為された」暴虐には違いないが、「反抗的保安隊」という表現は、この期に及んでもまだ彼らの計画性を少しも感じ取っていないからである。

保安隊が「反抗的」なのではなく、計画的な日本人完全虐殺運動だった情報をまったく把握していなかった失態が、この惨劇を生んだことを知るべきである。

外務省の事件処理

満洲事変のあと、塘沽《タンクー》停戦協定が結ばれ、河北省東部すなわち冀東《きとう》は非武装地帯とされた。万里の長城と天津を結ぶ間にある一帯である。天津に一定の日本軍が駐屯するのはこの塘沽協定によるものだが、難しいのは非武装地帯通州に居住する邦人の治安は誰が守るのか、だった。

冀東防共自治政府を樹立させた殷汝耕《いんじょこう》政権は、日本軍の協力を得ながら保安隊という固有の軍隊を統率し防衛に当たっていた。固有といっても、集められた兵は、元来、中国国民革命軍と関係があった兵ばかりである。そこに多少の不安を抱いたとしても、彼等は「親日的」で「友好的」だったので、日本政府も軍も安心しきっていた。

加えて言えば、当時の日本は（事件発生は昭和十二年七月二十九日）中国と戦争をする気などなかった。目的は居留民の保護と権益の擁護のみだったからである。しかし、中国側は国民政府も中国共産党もそうは見ていない。他の英米など諸外国にはそう考えなくても日本人は「居留民」ですら「侵略者」とみなされたのだ。繰り返しになるが、日本は全くお人よしで中国人を見る目がなかったのだ。

盧溝橋事件が二十日前に起こったが、一応の停戦協定を結んでいる。以後、にわかに日本兵が襲われる事件が頻発するのだが、それまでの二年間は大きな問題は起きていない。とりわけ通州は安全とされていたせいもあろう。保安隊に任せておけば十分と考え、彼らに武器を供与し、軍事訓練まで行って指導してきたのである。

実際、殷汝耕政権は日本と提携しながら抗日を宣言している国民政府や中国共産党と対立し、独自の中国発展を図ろうとしていた。そこに甘い罠があった。そのことは第七章で詳述するが、保安隊はシロアリ、いやアカアリに完全に侵蝕されていたのだ。

その情報をまったく摑んでいなかったがゆえに、殷汝耕政権を日本の傀儡《かいらい》といわれても黙ってやり過ごさざるを得なかったのが、当時の外務省の姿勢だった。保安隊の叛乱は、いわば「飼い犬に手を嚙まれた」のだから、飼い主にも責任がある、という弱味を突かれれば返す言葉がなかった、というわけだ。

その典型が、現地の大使館の事件処理に表れている。

やや時間の先取りになるが、ここは通州事件の事後処理について見ておかなければならない。外務省の北京大使館の責任者は森島守人《もりしまもりと》参事官である。森島は事件の解決が遅れれば政治問題化して議会でもめるだろうと予測、一刻も早く現地で解決しようと動いた。ここまではいい。彼はとかく優柔不断に流れる幣原《しではら》外交にかねてより批判的で、自己流の中国観を持っているとの自負もあった。だが解決を急ぐあまり、事件に一刻も早くフタをしたいという思惑も垣間見《かいまみ》えるのだ。

森島は回顧録で、次のように述べる。

「現地の軍側諸機関の意向を打診したうえ、中央へ請訓するなどの手つづきを一切やめて、私かぎりの責任で、殷汝耕不在中の責任者、池宗墨《ちそうぼく》政務庁長と話合を進めた結果、正式謝罪、慰藉《いしゃ》金の支払、冀東防共自治政府が邦人遭難の原地域を無償で提供して、同政府の手で慰霊塔を建設することの三条件で、年内に解決した」(『陰謀・暗殺・軍刀』)

昭和十二年十二月二十四日に両政府間で公文書の交換が行われた。池《ち》政務庁長は条件をのみ、支払いを約束した慰藉料は百二十万円で、うち四十万円が即金、残りは可及的速やかに支払う、ということで森島は決着をつけた。本省の廣田弘毅《ひろたこうき》外相は事後承諾だったのだろうか。

森島は続いてこうも述べる。

「事件が日本軍の怠慢に起因した関係上、損害賠償のかわりに、慰藉金を取ったが、その金額も外務省従来の算定方式にしたがうと、一醜業婦でさえ、何十万円の巨額を受取ることになるのに対し、前線の戦病兵士はわずかに二、三千円の一時金を支給されるに過ぎない事情も考慮して、社会通念の許す範囲に限定した。その分配についても従来の形式的な方式を廃して、内縁の妻も正妻同様に取あつかい、また資産ある者や扶養家族の少い者に薄くして、実際に救済を必要とする者に多くふりむけるなどの措置を講じた」(同前掲書)

森島守人は事件を「日本軍の怠慢に起因した」ものと断定している。航空機による誤爆が原因で保安隊は自分たちが攻撃されたものと早合点、先んじて惨殺したのだ——との説を同回顧録で述べている。一方で森島はなかなか進取の気風があるようにも見えるが、実は早くから階級や差別と戦う革新意識の強い外交官であった。戦後は左派社会党から立候補して、衆議院議員になっている。

このときの約束で建立された慰霊碑は戦後になって破壊され、旧通州城内の土中に埋められていた。その碑の破片が通州再開発の途上、偶然見つかったことは冒頭述べたとおりである。

第六章

現地取材はどう報道されたか

衝撃を伝える新聞各紙

通州で起きたこの惨殺事件を、日本国内のメディアはどう伝えたのだろうか。

七月二十九日黎明に事件は発生したが、電話線も電線も切断され、警備隊の無線電話も破壊されたため、外部連絡は一切取れなくなった。

新聞社が第一報を報じたのは七月三十日に撒かれた「東京日日新聞」(「毎日新聞」の前身)の号外からである。このスクープを端緒《たんしょ》に、各紙は次々競って通州事件の詳細を報じるようになった。多くの同胞が虐殺された、というニュースに接した国民の衝撃もさぞ大きかったに違いない。時間的にはやや遅れるが、『主婦之友』や『改造』、文藝春秋社の『話』、新潮社の『日の出』といった雑誌も独自の取材網を駆使して貴重なレポートを伝えている。新聞、雑誌は想像以上の取材合戦を演じ、中国側の狼藉《ろうぜき》ぶりを国民にアピールしようと大きなスペースを割《さ》いた。

まずは、新聞各紙の記事のなかから目ぼしいところを日付順に追ってみたい。

［七月三十日］

○「東京日日新聞」号外

通州で邦人避難民　三百名殆ど虐殺さる　半島同胞二百名も気遣はる

という大見出しで、号外で第一報を打った（写真⑯）。

「保安処長張慶余《ちょうけいよ》が、潜入した二十九軍敗残兵の煽動に乗ぜられて俄かに叛乱を起したもので政府要人は大部分が殺害され、日本居留民は約三百名で大部分は日本旅館近水楼に避難したが、これまた襲撃され大部分は虐殺されたものらしく、その他半島同胞約二百名の安否も気遣はれてゐる」

異変が起こるや逸早く通州を脱出した、ある中国人冀東《きとう》政府関係者によってもたらされた情報が北京から特電で送られたものだ。その男が北京駐在の今井武官に三十日午後四時に報告したのだが、情報内容から考えかなり襲撃が進んだなかで、機をみて脱出に成功したものと思われる。おそらく朝八時か九時近くと推定されるが、通州街道を身の危険をかえりみず高粱畑《コーリヤン》に隠れながら北京まで走り続けたものだろう。

○「東京朝日新聞」

通州・長辛店も平静

他紙はまだ通州に関して特段の情報を持たず、同時期に市街戦があった天津の模様を伝えるのみだった。「東京朝日新聞」七月三十日版は「永定河《えいていが》左岸・平津一帯　僅か二日にして占拠」という戦果情報を大きく扱うに留まっていた。通州についてはその片隅で「通州・長辛店も平静」と小さく打っている状態で、スクープを逃した。記事内容からは、異変に気づきながらも情報が正確に伝わらなかった様子がうかがえる。

「北平《ペーピン》特電二十九日発　二十九日朝、二十九軍敗残兵の一部が通州城外において掠奪《りやくだつ》を行つたところ、冀東保安隊の不逞分子約二百余名が支那側の宣伝に乗ぜられて右掠奪部隊と呼応し、一時不穏の形成を示したが我守備隊の鎮圧により間もなく平静に帰した。なほ、この日午前十一時頃から数時間にわたり通州方面に当つて黒煙濛々とあがるのを北平から眺められたが、右は通州城外で重油が燃えたものらしい」

【七月三十一日】

○「東京日日新聞」

通州の邦人に相当の被害　煽動に躍る叛乱部隊　目を蔽はしむる暴虐の跡

「三十日北平陸軍武官室発表　通州の叛乱部隊は二十九日夕刻より攻撃を中止し、城内北側において何事かを画策中である。叛乱部隊は砲兵一中隊、歩騎兵合して約三千、なほ通州在住の居留民の安否については不明なるも、相当の被害ある見込みである」（写真⑰）

殷汝耕《いんじょこう》長官は無事

「三十日午後九時北平武官室発表　昨二十九日以来行方不明となり生死のほどを憂慮せられてゐた冀東政府長官殷汝耕氏は某所に健在である。殷汝耕氏は叛乱保安隊のため拉致され、安定門外にあつたが、日本側に救出され三十日午後八時半無事北平に入城〇〇に入つた」

○「東京朝日新聞」

通州邦人の安否憂慮

「天津特電　三十日午後九時半駐屯軍司令部発表　通州方面の敵に対しては二十九日夕刻、我が飛行機出動し爆撃を加へたり。該敵はその後攻撃を中止して通州北方の教導学校附近に集結しをれり。我が増援隊は三十日夕通州に達せるものの如し」

という具合で、いずれも軍の発表情報のみで独自の取材記事はまだ出ていない。

そのなかで、昭和天皇は北支の戦況について深く憂慮され、近衛首相を召されてご下問があったと各紙大きめに報じている。「読売新聞」に例をとってみよう。

○「読売新聞」

畏し、天皇陛下御軫念《ごしんねん》　近衛首相を御召御下問

「天皇陛下には時局に対し御軫念あらせられ、三十日午後には近衛首相を御召しあらせられたので、近衛首相は折から出席中であつた衆議院予算総会より引きあげ、杉山陸相、米内《よない》海相、廣田外相、賀屋《かや》蔵相等と急遽五相会議を開き、情勢を四閣僚より聴取し協議した後、四時三十分宮中に参内《さんだい》、天皇陛下に拝謁《はいえつ》、北支事変の経過並びに政府今後の方針につき委曲奏上、御下問に奉答して五時五十分退下《たいげ》した」（写真⑱）

前日には号外まで出て通州惨劇の第一報が伝わっている。市井《しせい》の国民の大多数がこの一両日の新聞に目が釘付けとなっている状態を天皇が知らないわけはない。特別の関心と不安を抱いて、現地の実情を気にしていたからこそ近衛を召されたのではないだろうか。

新聞からは「北支事変の経過説明」と「御下問に奉答」としか書かれていない。果たして天皇は北支事変全般の報告だけで満足されたのだろうか。「御軫念」のもっとも重大な問題は、三百名(三十日の号外)からが虐殺されたという通州事件であろうに、表面には出てこない。

この日の近衛首相御下問については、平成二十六年九月に宮内庁書陵部《しょりょうぶ》から発表された『昭和天皇実録』(以下、『実録』)にも記載がある。だが、事件から八十年近い歳月を経て編纂《へんさん》された『実録』にも、この日の「御軫念」内容に通州は出てこないのだ。当日の『実録』を引いてみよう。

「昭和十二年七月三十日　午後五時二分、御学問所において、お召しにより参内の内閣総理大臣近衛文麿に謁を賜い、北支事変に関する五相会議決定方針を御聴取になる。その際、永定河東方地区平定後の軍事行動取り止め如何につき御下問になり、なるべく速やかに時局を収拾すべき旨の奉答を受けられる」(『昭和天皇実録』)

昭和天皇が通州事件に関して憂慮を示されたような記述は一切ない。

【昭和二年・南京事件】

ここで、かつて昭和二(一九二七)年三月に起きた南京事件と、翌三年五月に起きた済《さい》南《なん》事件について簡単に述べておく必要がある。

南京事件と聞くと、昭和十二年十二月の南京陥落時の騒動と混同されることが多いが、この二つの事件はまったく別種のものである。さらに言えば、十二年の方は「事件」ではなく、単なる南京陥落時に起きた軍事衝突の事実であり、昭和二年の方は明らかに「事件」だった。

当時、国民革命軍総司令の蔣介石は北伐作戦の途上にあり、主力部隊は南京占領を目前にしていた。総員で五万人余という当時の国民革命軍は人数では北方軍閥軍より不利だったが、破竹の勢いで北上を続けていた。迎え撃つ北方軍閥軍は、張作霖《ちょうさくりん》軍、呉佩孚《ごはいふ》軍、孫《そん》伝芳《でんほう》軍など総勢八十万人とされる。結局、張作霖は北伐軍に押され敗走、北京城内にいったん逃げ込むものの限界があった。そして奉天への帰路、昭和三年六月四日朝、列車爆破事件によって非業の死を遂げることとなる。

さて、昭和二年の南京事件のときも日本政府、とりわけ外務省は北伐軍（国民革命軍）に対して安心し、油断していた。いやむしろ一方的に信用していたと言った方がいいかもしれない。外相は幣原喜重郎《しではらきじゅうろう》である。それでも万が一の突発的トラブルがあっては責任問題になると考えた出先の領事館は、日本軍守備隊の指導もあって婦女子を中心に百名ほどを領事館（森岡正平領事）内に収容した。

三月二十四日、北伐軍が入城攻撃を開始するや、城外にいた北方軍閥軍が敗走を始めた。荒木亀雄《ひさお》海軍大尉以下十名ほどの水兵と警官は、直ちに領事館正面に土嚢を積み上げ、暴兵の乱入に備えた。暴兵とは南北両軍のことだ。

ところが翌朝、突如として北伐軍将校以下、多数の兵と暴民が北方軍閥軍の武器隠匿がないか調査するといって領事館に乱入してきた。その時、なんと前日構築しておいた土嚢は撤去してあり、機関銃も倉庫に隠してあった。森岡領事が「北伐軍を刺激しないため」に、前夜のうちに撤去させておいたのだ。領事が「無抵抗主義で対応する方が効果的である」と守備隊を説得し、守備隊も引き下がらざるを得なかった。その結果がどういう事態を招来したかは、言うまでもない。

兵士と暴徒無数が続々と領事館内に侵入し、あらゆる物品を掠奪し始めた。着衣まで男女の区別なく奪われ、貴金属強奪はもとより、婦人の帯、足袋《たび》、下着まで剝ぎ取って「忍ブベカラザル検査」（森岡領事の報告書）さえ実施された。「凌辱・強姦」を「検査」と言い換えたのは森岡の〝自由裁量〟だった。

一、二ノ婦人ニシテ強姦予備行為ト思ハルベキ所作ヲ受ケタルモノアリ」（同報告書）

このなかには当然、森岡領事夫人も含まれている。武装することも自粛させられた荒木大尉以下は、あまりの無念さに茫然自失《ぼうぜんじしつ》の態であったが、ともかく五十二人の子供と乳幼児の安全のため隠忍《いんにん》し続けた。暴兵はベランダに逃げ込んだ木村領事館警察署長、領事夫妻、根本博領事館付陸軍武官（少佐）らを追い詰めて発砲、または銃剣で突刺、重傷を負わせている。

公開されている森岡領事からの電文によれば、領事は共産主義者による扇動があったことを報告している。

「三月二十七日発　幣原外務大臣　森岡領事その後引き続き共産党員の手引きによる党

軍一部の排外暴行未だ止まず。昨夜、蔣介石は掠奪兵を発見次第惨殺すると同時に共産党支部を解散し極力鎮圧に努めおるも未だその効果なく……。今回は初めより吉田司令及び本官期せずして所見一致して徹頭徹尾無抵抗主義に決し……」(外交資料館)

幣原外相への忠勤ぶりを発揮したためと思われるが、以上が第一次山東出兵時、昭和二年三月に発生した南京事件のあらましである。

[済南事件]

翌昭和三年五月、約十万に膨れ上がった蔣介石の北伐軍は、山東省済南《さいなん》に接近した。済南市は市内を渤海湾《ぼっかいわん》に注ぐ黄河が流れ、古代より黄河文明の中心をなしながら発展してきた風光明媚《ふうこうめいび》な商業都市だった。

その市内に進駐した北伐軍による掠奪行為は、目にあまるものがあった。山東省全体の在留邦人は二万名近いとされ、大部分が青島《チンタオ》などへ避難したが、なお一千八百名余が済南に残っていた。そこで居留民保護のため第二次山東出兵が決定され、福田彦助《ひこすけ》第六師団長ならびに斎藤瀏《りゅう》第十一旅団長の部隊が派兵された。

今回の出兵は慎重を期していたが、主力たる張作霖軍が劣勢で、「自衛上当然の緊急措置」（白川陸相）として田中義一《ぎいち》内閣でようやく決定された背景がある。福田中将が指揮する第六師団はとりあえず青島に上陸し待機、斎藤少将率いる第十一旅団と第十三連隊第一大隊が済南に入った。四月二十三日である。

最初の暴兵事件は五月三日、三十名あまりの兵が「満洲日報」の販売店宅に乱入し、掠奪を始めた。日本側は連絡を受け直ちに天津歩兵隊の久米川小隊が応戦し、暴兵たちを追い払った。この際、双方で発砲となり日本軍が二名の暴兵を射殺した。実は、この久米川小隊の応戦発砲が、日清戦争以来初の日中交戦となったのである。

五月四日朝になると国民革命軍の規律が一挙に乱れた。暴兵がいたるところで日本の国旗を焼き払い、掠奪と発砲を開始した。斎藤旅団長は装甲車を出動させ、敵兵を蹴散らかしたものの、交戦により日本側にも戦死十名、負傷四十一名が出る結果となった。ここまでの衝突によって日本人居留者が受けた被害は、掠奪された戸数百三十六、被害人員四百名、被害見積り額約四十万円、加えて中国兵による襲撃で死者二名、負傷者三十名余、暴行を受けた女性二名という記録が残されている（写真⑲）。

その後、居留民十二名の惨殺死体が発掘されるに至り、事件は一層険しさを増すこととなった。十二名の遺体（男女の区別がつかない遺体二名を含む）は、いずれも猟奇的な殺害方法で殺されており、中国伝統の凌遅刑《りょうちけい》を連想させるものばかりであった。以上が済南事件の概略である。

ちなみに斎藤瀏少将は、二・二六事件時には予備役だったが、陰ながら青年将校たちに金銭的・精神的な支援を与えていた。事件後、逮捕され、軍法会議で禁固刑五年の判決が言い渡されている。斎藤瀏自身、歌人将軍として名が残るが、ひとり娘の斎藤史《ふみ》も歌人として活躍し、平成九年には八十八歳で宮中歌会始の召人《めしうど》を務めている。父の「汚名」が、今上陛下《きんじょう》によってすすがれた瞬間だなあ、と関係者はしみじみ思ったという。

さて、少々横道に逸《そ》れた感があるかもしれないが、実は私が気になっているのは、昭和天皇が通州事件に関して首相にも軍関係者にもご下問された様子が残されていない、という点である。

山東出兵に際しては、昭和天皇が「かつての尼港《にこう》事件のようなことが起こりはしないか」との「御軫念」をもらされた、という話はよく知られている。この天皇の言葉を裏付ける資料として、当時の侍従・甘露寺受長《かんろじおさなが》の回想録にも概略以下のように書かれている。

第二次山東出兵に際し、ときの参謀総長・鈴木荘六大将が参内して決済を仰いだときのことである。天皇はなかなか署名の筆を執らない。ご気分がどうも優れなさそうなので、侍立《じりつ》していた甘露寺がお声を掛けた。そのとき天皇は、「引揚げのことはどうなっているだろうか。また、尼港事件のようなことが起りはしないだろうか」とおっしゃるのであった（『背広の天皇』）。

尼港（ニコラエフスク・ナ・アムーレ）事件とは、大正九（一九二〇）年三月から五月にかけて、日本軍・在留邦人計七百余名がロシア・パルチザンによって虐殺された事件である。日本軍がシベリア出兵したのが原因とされていたため皇太子時代の苦い記憶がよぎり、天皇の憂慮に繋がったものだった。

昭和三年五月四日の『実録』にも、昭和天皇が済南の情況にひとかたならぬ神経を使われていたことが記載されている。

> 「夜、済南の状況をお尋ねのため常侍官室にお出ましになり、侍従武官瀬川《せがわ》章友《のりとも》より詳細に聴取され、また参謀本部からの報告書類を御覧になる。翌五日午前にも常侍官室にお出ましになり、済南の状況について侍従武官より説明をお聞きになる」（『昭和天皇実録』）

南京事件、済南事件からおよそ十年後に、この二つの事件とは比較にならないほど居留民の死者が多数出ているのだ。

済南事件との違いはいったい何なのだろうか、と私は正直なところ戸惑いを感じた。陛下は再三にわたり侍従武官から事情聴取されている。近衛首相から五相会議の模様を聴取されただけで済んだとしたら、二百数十名虐殺の実態は陛下に伝わらないのではないか。もちろん、近衛を召された時点では詳細な情報はなかったにせよ、「東京日日新聞」の号外と翌日の朝刊は全員が目を通しているはずである。陛下の不安は決して小さいものではなかったのではないか。

「かつての尼港事件のようにならねばよいが」との陛下のこころ配りは、昭和十二年七月には、なぜ記録がないのだろう。あるいは、陛下は黙しておられたままだったのか。今回の『実録』からは、その実情をうかがい知ることはできないが、おおよその見当はつく。

軍部、とりわけ杉山陸相としては主たる責任は陸軍省や参謀本部にはなく、これは外務省出先機関と冀東防共自治政府、及び支那駐屯軍内部の問題だ、という方向で済ませようと考えたきらいがある。杉山が閣内にいたことも関係するかもしれない。杉山は現地の香《か》月清司《つききよし》支那駐屯軍司令官に謝罪させて議会を乗り切ろうと考えたようだが、香月はこれを拒否している（写真53）。後日、香月は竹田宮恒徳王《つねよしおう》との会談のなかで通州事件を回想して次のように述べている（抄出）。

「之（通州事件の処理）に関聯して当時私として甚《はなは》だ不快に思ひましたのは、杉山陸軍大臣から議会の関係上軍司令官として『通州事件は甚だ遺憾だった』と云ふ意思表示をやれと云ふことを言つて来ましたことです。『既に陸軍として遺憾の意を表して居るのだから今更改めて自分が云ふには及ぶまい。』と云つてお断りしましたが陸軍大臣はそれが不快であつたやうであります」（『現代史資料』12）

杉山・香月のやりとりはこれがすべてではないにしても、ある部分この事件の国内問題の核心を衝いた問答のように思われる。

ここからは私見である。現地不備の点を直前の五相会議で、杉山は近衛に強く念を押した。その結果、陛下には、「冀東防共自治政府内に監督不行き届きがあり、誠に畏《おそ》れ多いことながら遺憾に存じ、今後改めます。ここで蔣介石をあまり責めるわけにも参りませぬゆえ、不拡大で処理いたしたく」――というような説明で済ませたのではないだろうか。

そうして天皇はおそらく「よし、分かった」とだけお答えになってすべてを胸にしまい、この問題は表面には出ないまま八十年が経過した――。

だが、新聞は黙ってはいなかった。寄り道をしたが、八月に入ると各紙はますます通州事件のスクープ合戦になる。その各紙を日付順に拡げてみよう。

【八月一日】

○「東京朝日新聞」号外

我軍・通州を確保　保安隊残兵を掃蕩す

「天津発同盟　萱嶋部隊は三十一日通州に到着、市内の保安隊残兵を掃蕩してこれを確保した」

との号外を出した。同盟通信による配信記事だが、この段階ではまだ同社の安藤特派員の情報は間に合っていない。彼が北京にたどり着いたのは一日である。「我が軍の損害」として、自動車部隊などの死傷者名が多少伝えられているだけで、居留民の詳報はまだ届いていない。

○「東京日日新聞」号外

殷汝耕氏〝通州叛乱〟を語る　監禁四十時間・死線彷徨

「東京日日新聞」は北京に入った殷汝耕の側近との接触に成功したようで、「殷氏と最も近親の間柄にある某氏の口から」本社記者が聞き出した死線彷徨の一部始終である、としたうえで、殷汝耕の談話が載っている。長文を要約すれば、おおむね次のとおりである。

「二十九日午前四時頃、突然冀東保安隊の砲兵隊長が首謀者となつて叛乱を起し、冀東政府内の長官公館を襲撃して来た。自分は睡眠中であつたが、時ならぬ物音に眼を覚まし飛び起きた時にはすでに遅く、叛乱兵は塀を乗り越え自分の寝室に入つて来た。敵は無数、自分はたゞ一人、最愛の妻は天津に行つていたので彼らの為すがままに捕虜にされてしまつた。

日本軍の飛行機が通州城へ飛来して猛烈な爆撃を開始したので、叛乱軍司令の保安総隊長張慶余《ちょうけいよ》は退却の意を定めたやうで、自分を監禁したまま、二十九日午前九時徒歩で通州城を退却、北平方面に向つた。この叛乱に参加した保安隊は、第一、第二総隊並に教導総隊を主力にするものであつて、通州街道から道もない広野を北に折れて高粱畑の中に潜みながら夜間ぶつ通しで三十日午前六時北平城の西直門に到達した。しかし城内は完全に日本軍によつて占拠されてゐるので城内に入ることが出来ず、叛乱部隊は逃走せんとした」

殷汝耕はこのあと日本軍に拘束され、当面の間、自宅謹慎となる。「最愛の妻は天津に行っていた」ので自分ひとりが連行されたと語っているが、殷長官には俗に言う「通州妻」のような芸妓《げいぎ》などがいたとされる。

その件について雑誌『改造』の山本實彦《さねひこ》社長は殷汝耕の個人情報として次のように述べている。

「殷汝耕はよくここ（引用者注・「近水楼」を指す）へ来た。事件の前日二十八日にも来た。彼にはなにがしといふ狎妓《こうぎ》もあつたさうだ。しかしほんたうの寵《ちょう》を得ておつたのは天津某所にかこつてあつた支那妓であつたさうだ」（『改造』昭和十二年十月号）

殷汝耕が最後は国民党軍によって漢奸《かんかん》として銃殺刑に処せられたいきさつは述べたとおりである。いずれにしても、殷汝耕は日中の狭間にあっていわゆるバルカン政治家として生き延びようと試みた末、悲劇的な末路をたどったことは間違いない。

ところで民慧《たみえ》夫人は、多くの婦女子が虐殺されたのに自分ひとり生き残ったことから精神的に苦しんだ末、重い病に見舞われたとされる。

昭和十四（一九三九）年夏の三回忌を前に、彼女は「読売新聞」のインタビューに答えて次のように語っている（抄出）。

「あの通州事件が起つたのは私が天津へ荷物をとりに帰つてゐた時でした。責任者である殷汝耕の妻として日本婦人としてあのやうな惨虐に遭遇された方々の身の上を思ふと、私はなぜ通州で邦人のみなさんと一緒にあの事件に遭《あ》はなかつたのだらう。私だけ一人なぜ生き残つてしまつたのだらうと、難を免れた自分自身の運命を恨む気持で一杯でした。幾度自殺しようとしたかわかりません。無理が祟つたのかコレラに罹《かか》つたり腎臓をやられたりして医者にも駄目だと宣告されたこともあるのです。しかし私は死ねなかつた。死ねなかつた以上、あの事件で亡くなられた方のご冥福を祈り、遺族の方々をお慰めすることこそたゞ一筋の生き方だと考へたのです」（「読売新聞」昭和十四年七月二十九日）

第三章で紹介した、両親が虐殺されたものの生き残った幼女・鈴木（旧姓）せつ子の場合で述べた一周忌法要の話とも重なるものがある。

その後、夫人は捕らわれた夫・殷汝耕との面会を許されて南京を訪れ、刑場に立ちあっている。昭和二十三年十二月一日のことだった。

○「読売新聞」

形見の勲章を靴底に　命からく村尾顧問夫人北平へ　通州脱出　無念、夫の最期語る

「狂乱の通州を辛くも脱出し、負傷と疲労で殆ど生色さへない日本婦人と子供が三十一日午前一時、ボロくの支那服に身を包んで北平の大使館区域に辿り着いた。婦人の一人は戦死した冀東保安隊第一総隊の顧問村尾昌彦（四十）大尉の夫人こしの（三十六）さんである。夫人を訪《おとな》へば悲憤の涙に声さへふるへて悲壮な脱出の模様を次のやうに語つた」（写真⑮）

眼前夫へ三発　雄々しき夫人死体を越へて支那凶漢へ喰ひつく

「初めて私共が不安を感じたのは二十八日の夜十時ごろでした。どうも様子が変なので危険と見て避難の用意をしたりしてゐるうち二十九日午前二時になると、表が騒がしくなつたので夫は武装を整へてゐると保安隊の人が迎へに来て表の方へ出ようとする途端三発の銃声が聞え夫はその場に倒れました。

私は余りのことに口惜しさで胸も一杯になり、恐ろしさも何も忘れてそこに立つてゐる保安隊の大きな男に飛びついて行きましたがすぐその場に突き倒されました。悪逆非道の彼等は夫の身につけてゐた万年筆まで掠奪してゐる有様で、思はず涙がこぼれました。せめてものことには、夫が自慢の勲章だけは取り残されてゐたのでそれを外し、爪先の細くなつた支那靴のなかに入れ、自治政府秘書の孫鎧さんのお宅に避難しました。孫さんの奥さんは日本人だから安全だと思つたからです。三十日の夜になつて北平に逃げやうと孫夫人とお子さん、それに女中さんと四人でボロボロの支那服を着て脱出しました。途中幾度も敵の兵士に捕まり、その度毎に『日本人だらう』と銃剣で脅かされましたが、孫さんの奥さんが上手な支那語で胡麻化して下さつたので漸く朝陽門まで参りました」

村尾昌彦大尉は保安隊第一総隊の軍事顧問であった。日頃から訓練や指導を関わっている顔見知りにいきなり射殺されたのだ。夫人は気丈にも保安隊員に摑み掛かっていったため、おそらく敵も気圧《けお》されたのかもしれない。あるいは、日本人街を襲った教導隊内の殺人集団とはやや違って、この場は女性を見逃した可能性もある。基本的には日本人と見れば見境なく殺す手はずになっていたはずだが、命拾いして北京まで逃げおおせたのは幸運だった。村尾夫人は北京で報道各社のインタビューに応じているので、この日、何社かに談話が掲載されているが「読売新聞」がもっともスペースを割いていた。

このあと八月二、三日とも各紙特筆すべき記事はなく、杉山陸相が衆議院本会議においで事件の途中経過を報告した、という程度。杉山の報告も概略を拾えば、

「居留民三百八十名の中百八十名を収容することが出来ましたが、その他は行方不明で目下捜索中とのことであります。我が特務機関は細木中佐生死不明。甲斐少佐以下七名戦死でありまして、通州守備隊は戦死五名、負傷七名を出しました。真相は引き続き調査中で、この度の犠牲となられた方々に対し衷心哀悼の意を表するものであります」(「読売新聞」八月三日夕刊)

といったもので、陸軍省中央にも被害の実態がまったく届いていない曖昧《あいまい》な報告に終わっている。

四日になると、新聞各社とも現地の甚大なる被害実相がようやく把握できるようになってきた。


【八月四日】

○「東京朝日新聞」

敗残兵なほ出没　宛然！死の街　凄惨を極む虐殺の跡

「北平特電三日発　通州邦人虐殺事件真相調査のため、在北平亜州黎明会十六名は、二日敗残兵の出没する通州街道突破を決行し、つぶさに実情を視察して帰平した。一行の報告概要は左の如くである。

我が特務機関のある西大街の裏通はすべて灰燼《かいじん》に帰《き》し焼死体も多数散在してゐる。近水楼の池中にも腐乱死体の浮遊してゐるのを見受けた。南満街に死体三百を遺棄してゐるのを見たが、既に皮膚は破れて白骨を現し、臭気は鼻を衝いて目もあてられぬ惨状。街は悪臭漂ひ凄惨を極め、腐肉をあさる野犬が彷徨して全く文字通り死の街である」

遺骸さへ不明　惨・満鉄事務所全滅

「北平発同盟　三日夕刻帰来した通州調査隊では現地踏査の結果を左の如く語る。日本人の家は門と云ふ門が破壊し尽され、大部分の邦人は拉致され銃殺場で殺されたにも拘《かかわ》らず家の庭には鮮血の流れてゐる所が少なくない。如何に殺す前に暴虐の限りを尽したかゞ判る。満鉄出張所では高橋所長夫妻、岩崎寛治、今井義勝、小川信行、神山光、小山田カヨ子の七氏が凶弾凶刃に斃《たお》れたのだが、高橋所長の頭髪が僅かに残されただけで、あとの人々がどこでどんな残虐な方法で殺戮《さつりく》され、どの様にして埋められたか見当もつかない始末で血涙《けつるい》をしぼるばかりであつた」

八月一日に現地入りした大東学舎の河野通弘の記録によれば、死体の腐乱の進行や野犬が彷徨することからすでに「仮埋葬が急がれていた」と述べている。保安隊が死体を埋めたというケースはない。彼らは惨殺しっ放しなので、三日に北京へ帰来したというこの調査隊は日本側が仮埋葬した結果を見て「どの様にして埋められたか見当もつかない」と判断した可能性もある。

母親の眼前で幼児を虐殺

「北平領事館警察署の佐野警部補以下六名の警官隊は、武装したトラックに乗り、時速九十キロの快スピードで通州街道をぶつ飛ばし通州の城門外に着いた。通州警察分署に赴いたが署内には分署長日野誠直巡査部長、同妻千恵子、署員石島戸三郎、同妻ふじの、濱田未喜、同長男満洲男（五歳）、長女蓉子（二歳）、金東旭、同岳父（姓名不詳）、およびこの日到着したばかりの千葉貞吾、草場敏雄の二巡査等がいづれも凄惨な死体を横たへた儘《まま》になつており、生き残つたのは濱田巡査夫人しづさんたゞ一人（写真㊸）。濱田夫人だけは長女蓉子ちゃんを左手に抱いて居たところを狙撃され、弾丸は無残にも蓉子ちゃんの頭に命中、小さな頭蓋骨を潑飛《はっと》ばし、夫人の肩を射貫《ぬ》ひて夫人は辛うじて命拾ひした。しかしその重症の夫人の前で長男満洲男《ますお》君は一発弾丸を受けて痛い〳〵と泣叫んでゐるのを更に残虐な殺し方をしてしまつたさうである。また石島巡査の長女ふみ子さん（七歳）は保安隊長に、長男冨士夫君（五歳）は家主の支那人に何処かへ連れて行かれたまゝ今もつて行方が分からぬとのことである」

○「読売新聞」

悲憤迸《ほとばし》る遭難者遺族

絶対安全と信じた愛息の手紙が涙の種　石井君の厳父暗然！

「生死不明を伝へられる冀東政府実業庁植棉指導所の石井亨（二十六）君の実家世田谷区の石井直氏方では、実父直（六十四）氏を中心に母鶴子（五十八）さん（引用者注・正しくは津留）、五男礼（二十三）君、長女園子（十八）さん、六男直幸（十四）君らが亨君とその愛妻茂子（二十三）さんの身を案じつゝ暗い額をあつめてゐる」

と、まだ安否確認ができずにいる石井家を取材している。現地では八月一日昼ごろ、植棉協会の藤原や憲兵隊によって石井亨夫妻の遺体が安田公館の応接棟内で発見されていた。だが東京には三日になってもまだ情報が伝わっていない。記事は続いて石井亨から届いた直近の書簡を同家から見せてもらい紹介している。第一章で引用した七月二十日付の書簡と同一である。

「当地には日本の兵営もあり心配は要りません。冀東地区には支那の軍隊は入る事もなく、又入れる事も絶対にないのですから大丈夫です。……心配は決して御無用の事」

事件発生の直前まで、邦人たちはこのように安心仕切って、日常を送っていたのである。記事には最後に父・直氏の次のような言葉が添えられている。

「三日夜、父親直氏は面を伏せて語つた。『嫁の茂子はまだ一度も会つたこともなく、今年の暮には帰つて来ることになつてゐたのです。亨は毎月百円宛私のところへ送つて来てゐました。息子夫婦のために私達はそれを貯金してゐたのですが……』」

石井亨はほかに二百五十円の貯金が横浜正金銀行にあることまで、両親に血染めの遺書で伝えていた。

○「読売新聞」夕刊

悲愁の通州城！ 本社機一番乗り

邦人の鼻に針金通して　鬼畜、暴虐の限り

「天津にて松井特派員三日発　余は本社『ヨミウリ第六号機』に搭乗、通州飛行場に冒険的着陸をなした。

崩れ落ちた広告塔の看板の下に二、三歳の子供の右手が飴玉を握つたまゝ落ちてゐる、ハツとして眼をそむければ、そこには母らしい婦人の全裸の惨殺死体が横はつてゐるではないか！　日本人旅館近水楼は最も悲惨を極め、家具一つなく掠奪された家屋内にあるものは十数名の邦人従業員の死体ばかりだ。女中部屋のドアを開けると、たちまちプンと鼻をつく屍《しかばね》の臭ひ、あゝ、なんとそのなかには六名のうら若い女中が腹や足の区別もなく斬りさいなまれてゐるのだ。池畔にあげられた死体のなかには、鼻に針金を通されてゐるものがある。十一番線の針金が通され無念の形相をして死んでゐる。赤ン坊をつぶれるほどしつかりと抱きしめてゐる母の死体もある、これらはすべて叛乱兵に虐殺されて投げ込まれたものである、三百八十名の在留邦人中助かつた居留民は内地人六十人、半島人五十人だけで支那家屋に逃げこんだものだけが難をまぬがれたといふ」（写真㉜）

助かった邦人のなかには、このほかアメリカのロックフェラー教会と呼ばれる区域に逃

げ込んだ人々もいる。教会は城壁に沿ってはいるが城外にある。運よく隙をみて飛び込んだのであろうか。

〝奇跡の生還〟語る　山田青年・池畔に死体求めつゝ

「池の畔《ほと》りで死体の収容に従つてゐた山田春雄君（二十六）は、惨虐の夜の生々しき有様を次のやうに余に語つた。

『朝の三時ごろだつたと思ひます。昨日まで街中で交通整理などやつてゐた保安隊が口々に「日本人をやつつけろ！」と叫びながら日本人の家に銃をうちこんでゐました。僕はトツサに路に転がつてゐた保安隊の帽子をかぶつて駈け出しました。そのまま支那家屋に威張つて入りました。家に入つて耳をすますと銃声の間にヒイヒイと叫ぶ悲鳴、かあちやん…、かあちやん…、と泣き叫ぶ子供の声。この世のものとも思へぬ地獄の悲鳴でした。小窓からフトのぞくと生きながら針金でひきづられてゆく姿がみえます。このときはたゞ針金で縛られてゆくのだと思つてゐましたがさうではなく、鼻に針金を通されてゐたのです。憎い叛乱兵、こんな目にあつて死んでいつた同胞の霊を慰めるためにも日本の兵隊さんにきつと仇をとつてもらひたいと願つてゐます』」

○「朝日新聞」夕刊

保安隊変じて鬼畜　罪なき同胞を虐殺

恨み深し！通州暴虐の全貌

「天津発田中特派員　恨み永劫《えいごう》に消えぬ通州の我が同胞惨劇現場から奇跡の生還者が初めてその目撃談を携《たずさ》へて天津に帰つて来た。恵通航空公司から通州特務機関へ連絡員として派遣されていた緒方一策氏（二十四）から語られる一語々々は恨みと怒りに燃えて悲憤の涙にしばく途切れつゝ聴く者の心を抉《えぐ》る。恨みの七月二十九日を忘れるな。緒方青年が切れくに物語るのを綴り、謹んで犠牲者の霊に捧げる。

通州事件突発の最初の血祭りにあげられた特務機関庁舎の中に居りながらよくも生命を全うすることが出来たものだ。僕は七月二十一日命ぜられて初めて通州に赴き、連絡員として特務機関に勤務してゐた。北平危険と見てわざく通州に安全を求めて来たものすら七十名近くあつたので飼い犬に手をかまれた譬《たとえ》の形容も我々には不満だ。

二十九日午前三時過《すぎ》パパーンと一発銃声を聞いた。特務機関の柔道場に一人寝ていたが、事務所は既に包囲され弾雨をくぐつて事務所に駆け付けた。甲斐少佐が唯一の軍人であり、田中、島田、今岡、近藤各軍嘱託員は既に名誉の戦死をしてしまつて居たのだ。電話線は切断され警備隊に急報する術《すべ》も断たれ、情報室に居たのは僕と庶務係白河（二十八）、南澤（二十七）、西村（二〇）、給仕の中末（十八）、田島（十六）の六名であつた。敵は特務機関の最後の生存者である我々に向つて盛んに発砲、機関銃の一斉射撃だ。敵兵は屋根の上に登り屋根に穴をあけて射ち西村君の頭をブチ抜いてしまつた。中末、田島の両少年は一度も銃を取つた経験もないのに勇敢に奮闘、命中率は素晴しく神力といふか神がかりといはうか、人間が最後の時に発揮する力の恐ろしさは凄いばかり。遂にガソリンに引火して火災を起し風呂場に移つた。風呂場の水を末期の水と飲み合ひ、脱出の機会を覗《うかが》つたが、やつと午後四時特務機関正門から脱出した。弾丸は飛び迫撃砲が行手の丘陵側に破裂する。道の両側の日本人家屋は全部壊されてしまつて無残な邦人の死体が横たはつてゐる。敵が集まつてゐるのに肝を冷やしつゝ城壁に辿りつき高い壁によぢ上り、城壁外に飛び越えた」

［八月五日］

○**「東京朝日新聞」**

夫より迸《ほとばし》る血の海に　鬼畜！　臨月の腹を蹴る　血をもつて語る遭難婦人最初の脱出記

「天津にて倉光特派員三日発　冀東棉花指導員安田秀一氏夫人正子さん（二十五）は、

叛乱軍の呪ひの銃火に夫を奪はれてその血しぶきを身に浴びた臨月の身に傷つきながらも、三日夜飛行機で天津に帰つて来た。今東亞病院の一室に傷ついた身を横たへて語る血の遭難記。

忘れもしない七月二十九日午前三時頃でした。時折聞えて来る銃声の中に戸をどん〳〵叩くものがあります、直ぐ又裏でも戸を叩く音が聞え、変だと思ひながらもよく水を貰ひに来るものがあるので、多分それだらうと考へてゐました。やがてボーイが裏口から出て行つたと思ふ途端パンと一発烈《はげ》しい銃声が響き後は静かになつた。丁度この時家内には私達夫婦と友人の濱口さんの奥さんとその妹さん、濱口さんの御主人は丁度お留守でしたがこの外には前日城外から避難してきた満鉄の社員が四人。一人の社員の方（引用者注・石井亨のこと）は奥さんも御一緒でしたから皆んなで男五人、女四人の九人が居た訳です。闇の外で聞えるボーイの立話を不気味に思つて居る裡《うち》に突然バラ〳〵と十人許《ばか》りの叛乱兵が襖や障子を蹴倒す音も荒々しく飛び込んで来ました。アツといふ間もなく機関銃や小銃の音が家中の八方から一時にはじけ出しました。私は浜口さんの奥さんのしげ子さん（二十三）と二人抱合ふやうに寝台の陰に隠れたところへ夫が駆付けて来ました。危急の中にもやれ嬉しやと思つた途端、一発どこからともなく飛んで来た敵弾が夫の頭に命中、夫は目前に血沫をあげて倒れました。一面血の海になつた真中で私達二人は半ば気を失ひましたが、ぢつと二人は血の中に倒れて死んだふりをして居ました。濱口さんの妹さんは勇敢に抵抗したやうですが声を立てたために青竜刀で無残にやられて了《しま》ひました。丁度私は臨月ですし、濱口さんの奥さんも八ヶ月（引用者注・七ヶ月とも）の身重《みおも》で敵は私達のお腹を見てお金を隠してゐるとでも思つたのか、血糊《ちのり》でベトぐになつた靴で私達のお腹を蹴飛ばします。私たちはぢつと二時間位血の海につかつてゐたと思ひます。どこまでも死んだ振りをして頑張り続けることに成功したのです」（写真㊵）

身重だった安田、濱口両夫人生還の模様は、第二章で触れたとおりである。細部に多少の食い違いがあるが、天津で記者に語ったときにはまだ記憶の整理がしきれていなかった部分があっただろう。第二章で引用した『通州事件の回顧』が精度の点では高いと思われる。

涙の仮埋葬式

「通州四日発同盟　事件発生から今日で丁度七日目、後から後からと掘り出される死体の捜索はいつになつたら終るか見当も付かない。今日は北門外の泥沼の中から三十四死体が引き揚げられた。昨日迄の発見死体は百二十五で、これで合計百五十九死体となつたわけだ。生存者百三十五人、死亡を確認されたもの百五十九名で合計二百九十四人の行方が明確となつたわけであるが、全居留民三百五十名からみるとまだあと五十六人の生死不明者が残されている。勿論今となつては誰も此の五十六人の中一人でも生きて居るとは思つてゐない。四日北門で発見された死体の仮埋葬が午後三時から保安隊幹部養成所の前庭で行はれた。式場に参列した人達には生き残つた人々の中僅かに三十人程で、男は夫々の部署に就いてゐるので殆ど女ばかりである。南向にしつらへられた形ばかりの祭壇に向ひ、北平から最初に通州入をした本願寺本山の大谷照乗《しょうじょう》及び北平本願寺の福澤、光岡師らの読経《どきょう》の声が炎天下の野に響き、遺族や生存者の眼からとめどなく涙が流れるのであつた」

[八月七日]

○「東京朝日新聞」

通州事件救恤費《きゅうじゅつ》　外相、考慮を言明す

「通州事件は膨大な支那兵の飽くなき残虐行為として日本国民の痛恨措《お》く能《あた》はざる所である。この問題に関して六日午後事件費第二次追加予算を審議した。衆議院予算総会で川崎克《かつ》（民政）、東武《あずまたけし》（政友）両氏と外相、陸相の間に左の如き問答があつた。

川崎氏　今回の経費には通州事件の救恤費は含まれてゐるか。

廣田外相　今度の予算には含まれてゐないが、将来考へる積りである。

東武氏　通州事件は第二の尼港事件であるが通州には我が駐兵があり、冀東保安隊がありながら事件勃発を見た点でかなり事情が違ふ。事件勃発の原因として派兵の失敗はなかつたか。軍の連絡統一に欠陥がなかつたか。死亡者の数いまだ判明せぬのは何故か。

杉山陸相　通州事件は遺憾である。然し当時特務機関その他の努力に遺憾はなかつたと信ずる。たゞ駐屯軍は目下残余の掃討中であるため真相はいまだ判明しない。生存者は内地人七十七名、半島人五十七名、合計百三十四名、死体発見百八十四名である」

救恤費とは罹災者《りさいしや》などを救う支援費用のことである。廣田外相は「将来考へる積り」とこの段階にきてもなお消極的に聞こえる返答で済ましている。北京の森島参事官は現地で自分の裁量内でコトを収めようとしている次第についてはすでに述べた。外務省の華北分離政策が、ややもすれば場当たり的であったように思われても止むを得ないだろう。

杉山陸相も、事件は遺憾だが現場の努力は遺憾ではない、と分かったような分からないような返答。陸軍としては現地の香月《かつき》司令官に遺憾の意を表明させようとしたものの反発され失敗している。事件の重大さにもかかわらず、どうも政府の方針に一貫性が欠けているように思えてならない。保安隊反逆事件は、明らかに情報不足から惹《ひ》き起こされたものだ。河北・冀東問題が複雑な要素を抱えていたことは分かるが、それだけに情報戦略に落ち度があってはならなかった。

七月三十日、近衛が北支事変に関して上奏した際にも、天皇の「ご心痛」（ご軫念《しんねん》）についての具体的なご下問記録がないなど、山東出兵時と比べてももう一つ腑に落ちないのだ。

さて、新聞各紙の第一次事件報道は一週間経ったこのあたりまでである。詳細な報道は次第に月刊雑誌などの現地レポートなどに移行してゆく。

新聞はここまでよく報道したと思われる。紹介した新聞記事の大部分は軍の発表原稿ではなく、記者自身がその目や耳で取材した真実である。これに勝る記録はない。

在野の経済学者で社会主義者の山川均《ひとし》は「新聞は『鬼畜に均しい』といふ言葉を用ひているが、鬼畜以上といふ方が当つてゐる」（『改造』昭和十二年九月号）と述べ、当時の左翼の間で論争があったといわれている。

戦後になって、とかくこうした新聞記事が日中戦争におけるいわゆる「暴支膺懲《ぼうしようちよう》」（暴虐な支那を懲らしめよう）運動を過剰に煽ったと捉《とら》えられるようになったが、怒っているのは新聞だけではない。国民のすべてが怒っていたことを忘れてはならないだろう。新聞報道はここまで検証してきたとおり、事実に照合して表現に誇張はなく、嘘も書いていない。真実を国民に正確に伝える役割を十分に果たしたといえよう。

吉屋信子の憤怒

雑誌『主婦之友』編集部は北支事変の戦禍を取材すべく、作家の吉屋信子《よしやのぶこ》をカメラマン同行で現地へ送り込んだ。

北支一帯を日本軍が一応平定したと思われる八月二十五日朝羽田を発った一行はプロペラ機で福岡、京城を経由して大連に着陸。大連からは船で渤海湾を塘沽《タンクー》まで渡り、さらに列車で天津駅へ。まず支那駐屯軍司令部を訪れ香月司令官に挨拶したのち、天津陸軍病院などで傷病兵を見舞う。翌日は列車で北京へ入り、二十九軍と日本軍の激しかった戦闘地各所を見学、八月二十九日朝、北京から通州へ向かったのだった。一行には陸軍省から

「皇軍慰問特派員」という身分証明書が発行されていた。その保証書なしには、この混乱期に軍用列車などを乗り継いでの現地入りはもちろん不可能であった。

以下は『主婦之友』(昭和十二年十月号)に掲載された、吉屋信子現地レポートからの抄出である(写真⑱〜⑭)。

「嗚呼《ああ》、通州!

北平《ペイピン》に着きし翌日は、まさに八月二十九日。

この一ヶ月以前の七月二十九日午前二時の深夜、日本同胞九千万の、いつの日か忘るゝことの出来よう遺憾きはまりなき痛恨事が、通州城内で、暴虐、悪虐、悪鬼、吸血鬼にも優《まさ》る支那保安隊の手で、わが同胞邦人の上に振舞はれた、その日だつた。丁度一ヶ月目、最初の悲しき極みの、亡き居留民の命日に当る。

北平の朝陽門を、われら一行の分乗した二台の自動車は、風と埃《ほこり》を衝いて走り出《い》でた。通州までの槐《えんじゅ》の並木の道路の両側の寂しき高粱畑は、黄ろい埃を浴びて、カサ〳〵と鳴る。その度に一寸不安な気がした。だが、何事もなく、わづかに支那犬が自動車の前をノソ〳〵歩いてゐたぐらゐで、遂に残兵にも便衣隊《べんいたい》にもお目にかゝらず、通州城の門に達した。

守備隊兵営の入口から、弾丸の跡が、数へられぬほど、到る処に見える。導かれた、その一室の窓際の白壁に、鉛筆の走り書きで、（愛知県人、佐藤保一、二十六歳、昭和十二年七月二十九日、午後二時ココニ死す）と、終りの文字はほとんど、左さがりに流れてゐる。その部屋で、現在の廣部《ひろべ》部隊長が私どもを迎へてくだすつた。兵営内を廣部部隊長御自身で案内してくだすつた。弾丸の穴だらけの壁は到るところ続いて、兵営の屋上に登ると、白い木標が立ち（故陸軍歩兵大尉藤尾心一戦死之跡）と、記してある。一同拝む。

そこから特務機関の建物に到る。こゝは全員全滅の悲壮な場所、入つて左手の室の壁ぎはの弾丸の痕は烈しく、その床を指して『此処に甲斐少佐が倒れたのです』。

私達は黙禱を献《ささ》げた。二十九日未明叛乱保安隊は、その数三千人、日本軍守備隊は、僅に五十名足らず、特務機関は十指に足らず、それがよく力戦死闘して守り、特務機関の全員は、重要書類を死守して、五千発の弾丸を打ち尽くし、遂に甲斐少佐は、白刃を抜いて入り来る敵を突き刺しつゝ力戦、遂に力尽き、無数の弾丸を受けて、無念にも倒れた、その個所なのだ。

われらは、黙々として更に車を通州市街に走らせる。市街と言つても、掌中に納るやうな、小規模のちんまりした街だつた。

この小さい街の中一つが、三千の暴兵、悪鬼の跳梁《ちようりよう》に踏みにじられて、この世ながらの地獄と化した巷《ちまた》なのだ。いつそ、も少し広い大きな街だつたら、逃れ隠れ得る余地があつたやうな気がする」

吉屋信子（一八九六年〜一九七三年）は早くから少女小説を発表していたが、「大阪朝日新聞」の懸賞小説に応募し『地の果まで』で当選、作家デビューする。日中戦争当時から中国大陸以外にも蘭印（インドネシア）や仏印（ベトナム）への慰問、取材旅行を重ねている。戦後の代表作に『徳川の夫人たち』『女人平家』などがあり、女性史を踏まえた時代小説を得意とする女流作家だった。

経歴からも分かるように女性読者が多かった関係から、『主婦之友』の特派員取材などはもっとも適役だったと考えられる。

吉屋の通州取材は徹頭徹尾、憤怒《ふんぬ》と哀悼に終始していた。市街を抜けて、吉屋はもっとも凄惨な臭いを残す近水楼へと向かった。

「車が街はづれの城壁の傍まで走つて、私達が降りると、そこに、前庭を控へて、日本風の二階建ての大きな建物がある。正面玄関の上に、青いネオンサインで、近水楼と示してある。邦人虐殺で、もつとも有名に伝はつた、この悲しい日本宿に、今もなほ、そのネオンサインのみ紫色に光る不可思議さ――われら、そを仰いで思はず、ぞつとした。

銀座で見るカフェのネオンサインと同じものながら、此処、この死の沈黙の街で、邦人虐殺後の廃屋の軒に仰いだ薄青きネオンサインのその不気味な怪奇さよ。

すぐの右手の三畳の障子は、あとかたもなく、見透しだつた。そこに一行が立ち止つたので、私もそつと覗いた。――瞬間ではあるが、私の視線に入つたのは、押入内から、柱と壁へかけての、黒ずんだ血しぶき、床板の点々たる血痕――畳はすでに、はがれてゐるのに、なほそれだけ血の跡がありとすれば、畳の上はどんなだつたか――。

『あすこが、女中部屋でした』と誰かゞ教へてくれたので、再び烈しく身内がをのゝいた。あゝ、今の刹那《せつな》見た血しぶきは、みな此処の女中さん数人の血だつたのか！　か弱い女性に、武器を持つて、あらゆる暴力、悪逆非道残忍の行為をほしいまゝにし、地獄の責苦のころし方をした、冀東政府保安隊よ、汝等《なんじら》人類の敵、地球上の男性中の最悪劣等卑劣、獣類に半ばする彼等を、日支親善平和の通州の保安隊として、日本軍自ら彼等に軍隊教練を指導して、一人前の兵士に仕立て上げてやつたのだとは――さればこそ、守備隊も通州居留民も、彼等を信頼して、北支事変後も、此処ばかりはと、平和を信じて、動揺せず、その日まで、各自業に安んじてゐた故にこそ、この無残の災禍を受けたのだつた。

その城壁面には、白い漆喰《しつくい》で、（与衆共楽《よしゆうきようらく》）といふ文字があり、その脇に殷汝耕と添へてある。殷汝耕さん、何が衆と共に楽しみですか、冀東政府長官のあなたの衛兵は、何を行つたか。その文字の白々しさ、ばからしさ。まこと支那の国は、至る処、文字の遊戯で終つてゐる。私たちは、その壁上に、近水楼で客の眼の慰みに作つたらしい花壇に咲く、夏草の花、百日草のたぐひを手折つて束ね、それから導かれて行つた北門脇の銃殺場、淀んだ水たまりの前の、黄ろく赤黒い陰惨な土の上に献《ささ》げて拝んだ。その水たまりの向うの城壁前の凹味《くぼみ》に、あまたの邦人は繋がれて立たされ、水たまりのこつちから、保安隊が銃を向けて、一人々々、三、四十人を倒したのだと云ふ。私は、これ以上、もう神経がくた〳〵になつて、何も見られない気がした。

私たちは、最後に、領事館警察署全滅の跡へ行つた。警察署の中は焼けてゐた。その中に、真夜中に、早くも制服を着てピストルを握つて守つた警官が全滅したのだつた。

その奥は、中庭を囲んで、三方に、手狭な支那家屋が一房づゝ仕切つて、土間と畳敷とで、日本人の棲《す》めるやうになつてゐる。なんといふ、つゝましい質素な警官々舎だつただらう……。私たちは、もうそれだけで悲しくなつた。その左手の一軒の内部は、あらゆる家財が、掠奪後の散乱状態で、中に、血の黒く残つた白布のまゝの子供のお布団があつた。次の一房の中を覗くと、あゝ、その一隅のアンペラを敷いた壁の下に、実にたまらない、血の波のほとばしつたやうな痕が、あり〱と残つて、家具の残余が散り敷いてゐる。私たちは黙禱して内部に入る。地上に散つた様々の紙片の中に、二、三葉の葉書、封書あり。いづれも、表に、通州日本領事館警察分署内、日野誠直殿（引用者注・日野は分署長）と記してある。この官舎は日野氏夫妻の住宅だつたのだ。夫妻、幼児共に今は亡し。噫《ああ》！

その奥の壁には、七月二十八日のカレンダーが28の字を出したまゝ、恐らく永遠に、めくられることなく、さびしくかゝつてゐる。悲しさに堪へず、倉皇《そうこう》として立ち去らうとして、ふと足許に落ちてゐる、女学校用地理教科書を見出《みいだ》した。それの表紙に、四年六組三好智恵子と、上手な字でしるしてある。

『これは、日野さんの奥さんの旧姓でせう』

と、御案内の士官が仰しやつた。私が手に取つて開けば、東洋地理！　あゝ！　良人《おつと》と共に、この北支通州に来らるゝに際し、支那の地理を勉強しよう、必要のこともあらうと、女学校時代の東洋地理の教科書を、赴任の荷物に入れて来られたのだ。なんといふ可憐《かれん》な女性らしさ——。

その時、暗然として、士官の一人が仰しやつた。

『ここに家計簿が散つてゐましてね、二十八日に買つた野菜の値段も書いてありました』

あゝ、何故にこの上悲しい話を聞くのだらう。良人の赴任地に東洋地理の教科書を携へ、家計簿を丹念にしるし、つゝましく、手がたい主婦として、善き妻として、優しき母として、こゝに棲みし、まだ年齢《とし》若き、可憐の人妻が、なんの罪ありて、悪逆の刃《やいば》を受けて果てねば、ならなかつたのか？　天に哭《こく》し地に哭して、神も仏も怨みたかつた。出づれば、その隣家の軒先の、たゝきの上に、子供の小さい可愛いゴム靴が散つてゐる――もう、たまらなかつた。

あゝ、出来る事なら、この場所へ、蔣介石の夫人宋美齢《そうびれい》を伴ひ来《きた》つて、彼女たち支那の女性の生んだ、支那の男性が、こゝにいかなる女性幼児虐殺を行つたか、見せ、示してやりたいと思つた。宋美齢夫人よ、いかに？

来る時は、保安隊の残兵が出たら怖いと思つたが、帰る時は、われら悲憤に燃ゆるあまり、残兵出るなら出て見よ、必死となつて復讐してやる！　と眼が血走る思ひだつた。

（八月二十九日夜、北平にて）」

吉屋信子の作家の目は、やはり街の中や家屋の隅々にいたるまで細かい。これまで見てきたような新聞記事では読んだことのない、細部が描かれている。通州城内で日常を送っていた市井の人々の生活の痕跡がひときわ気になるのだ。とりわけ領事館警察分署内の官舎に住んでいた警官とその家族の生活への眼差しは哀惜《あいせき》に満ちたものだ。遺棄された東洋地図帖や家計簿やカレンダーに目をやって、吉屋はそこに暮らしていた人間の尊厳に思いを走らせる。

そして最後に、「出来る事なら、この場所へ、蔣介石の夫人宋美齢を伴ひ来《きた》つて」やりたいと思い、「宋美齢夫人よ、いかに?」と叫ぶのである。

殷汝耕の署名がある「与衆共楽」というスローガンを見た吉屋は、「その文字の白々しさ、ばからしさ。まこと支那の国は、至る処、文字の遊戯で終つてゐる」と中国の本質を看破してみせるのだ。

吉屋信子の感情がここまで揺さぶられ、悲憤にたぎるとは、正直、想像を超えたものがあった。冒頭の序章で紹介した西條八十の詩にも劣らぬ憤怒に満ちたレポートであろう。

『改造』社長、山本實彦の報告

警備隊(守備隊とも)の兵站《へいたん》責任者・辻村憲吉中佐は、藤尾心一小隊長の警備隊主力が壊滅的な打撃を受けるなかにあって、運よく生き残った一人だった。その辻村中佐に、雑誌『改造』を発行する改造社の社長の山本實彦《さねひこ》が直接会見している。

山本は当時、北支各地を取材して回っていたところ通州事件が勃発、八月十一日通州に入り、当夜の最高指揮官だった辻村に会って話を聞いたものだ（『改造』昭和十二年十月号・抄出）。


「守備隊の建物と云つてもたいして大きなものでなく、ものの百人も収容すれば一ぱいになるやうな粗末なコンクリート建てであつた。階下玄関のところから、二階の正面のところ、硝子は二十九日の夜戦に破れたままだ。そしてどこもかしこも砲丸や弾丸の跡ばかりで目も当てられぬ凄惨《せいさん》なものであつた。

ここの入り口の右手にある雑然たる応接室で辻村憲吉さんと初めて逢つた。辻村さんは事件の三日前の二十六日にやつてこられたのであつた。そして階下から、階上を一通り案内してもらつた。辻村さんは当夜の指揮官だつたのだ。『――当夜私は二階のこの室に眠つてゐましたが、三時ごろからパン〱鳴り出したので――』と云ひつつ二階正面の右側の自分の寝室を感慨深げに見守つてをられたが、それから砲弾で壊されたところ、部下の中尉や兵隊たちの戦死したところなどの位置や、その戦闘ぶりについて逐一説明してくれたのであつた。その話によれば——敵の密集部隊は正面の塀を乗り越えて守備隊建物の三、四十メートル前まで押しよせて来たのであつた。

何分、彼等は昨日までは味方で建物の中の模様は手にとるがごとく知ってをるし、どこに誰が寝てをるとかも解つてをつたので、始末が悪いのでした。私は部下のねらひ打ちするのを見てその落ちつきぶりに感心しましたね。それに味方はわずか一小隊そこくで、敵は第一総隊、第二総隊の主力を動員して来たのですからね——との話だつた」

山本實彦は大正八（一九一九）年に雑誌『改造』を創刊、志賀直哉、林芙美子、火野葦平《ひのあしへい》などの著名作家を揃え成功させた編集者で、当時は改造社の社長でもあった。大正末には一冊一円の文学全集を発売、いわゆる「円本」ブームに火をつけた先駆者である。

昭和十二年八月、山本は事変後に天津から北京へ向かった。事変発端となった盧溝橋を見学したあと通州に入り、城内の惨劇を取材したものである。

辻村に会ったのち、山本は領事館警察分署に足を向けた。

「私は新任の通州警察分署長と生き残つた濱田夫人に伴はれて見学したのだつた。ここは午前三時すぎ一ばんさきに奥の日野署長の住宅の屋根（平屋）の上を伝つてきたさうだ。彼等は武器を持つ戦闘力のある守備隊や、警察には未明より攻撃したが、戦闘力のないものには第二段の策として夜が明けてから襲撃にかかつたらしい。

濱田未亡人は――その夜、私はなにぶん二つの女児と五つの男児とがあるため二つの女児は右の手に抱き、五つの男児は左の手に抱へてゐましたが、初めの弾が二つの女児の脳天を貫いて即死せしめ、その血しぶきが私の顔に一杯迸《ほとばし》りました。間もなく五つの子供も頭を撃たれて即死しました。私はその血煙を浴びてその場に気絶しました――。

その夜の警察官は実にえらかつた。たつた六人でありながら、そして自分の妻子が五、六間と隔《へだた》つてをらぬ同じ構内で叫喚《きようかん》の声が満つるのを顧みずして弾丸のつづくかぎり難戦苦戦、事務所を死守したのであつた。私はそこにすてられたたくさんのモーゼルのケース、そして血に染まつた女人の下着、小児の衣もの、焼け残つてそこにすてられてをる警官帽等々をながめて暗然たらざるを得なかつた。そして味方に数倍する戦闘員にたいしてよく二時間の戦ひをつづけたことは、わが第一線の戦闘員に比してすこしも遜色のないことだつた。そして六人の警官は弾丸をうちつくして一発も残つてゐなかつたさうだ」

濱田夫人の談話取材については、五歳の男児の件などを含めて新聞情報などと比べてどうも見劣りがする。彼の聞き違いなのか、率直に言ってやや取材不十分という印象を全体に受ける。

濱田夫人の長男・満洲男君は弾丸を受けただけではなく、さらに残虐な殺され方をしたのだ。それは八月四日の「朝日新聞」にも書かれている。生き残った辻村中佐からの聞き取りでも同じことを感じたが、なぜだろうか。吉屋信子の鋭い感性と悲痛な叫びと、つい比べてしまうせいかもしれないのだが。

このあと山本實彦は近水楼なども廻ったのち、最後に次のような感想を付けて報告を終わらせている。この結びには改造社社長らしい視点がうかがえ、やや興味を惹かれた。

「二十九日のあの事件のときも日本人は保安隊に哀を乞うたものはほとんどなかつたらしいが、朝鮮婦人は彼等の足にからみついて哀を乞ひ、三人まで助かつたものもあるさうだ。足にからみつくのは一つの考ふべき戦法であるらしい。ここで韓信《かんしん》の跨《また》ぐりを考へさせられた。気短かに勇敢に死するがいいか、それとも跨をくぐつて他日の復仇《ふっきゅう》を策したがよいか、そしてまた、足がらみ戦術を日本婦人が体得できるか？　さうしたことを思つて見た」

もっとも、通州事件のわずか三十七年前にはこんなことがあった。義和団事件が発生するや西太后《せいたいこう》は光緒帝《こうしょてい》を連れ、変装までして馬車で西安に逃亡した。だがその際、光緒帝（西太后の甥）の寵愛《ちょうあい》を受けてきた珍妃《ちんひ》は無惨にも棄てられた。西太后に跪《ひざまず》き袖にすがって命乞いをしたにもかかわらず、珍妃は紫禁城内の井戸に放り込まれたのである。

アメリカ人ジャーナリストの目

支那事変が始まる前後に中国や満洲、日本で取材を重ねたアメリカ人ジャーナリストがいた。フレデリック・ヴィンセント・ウィリアムズというフリー記者は、日本側取材にとどまらず、蔣介石政府の高官からも取材をしている。その結果、情報網は多岐にわたり、かえって信憑性のあるレポートが書けたのではないかと思われる。

彼の著『中国の戦争宣伝の内幕』（訳／田中秀雄）には「蔣介石の宣伝係はプリンターインクで戦っている。兵隊や銃ではない」という一行があるが、これこそ日中戦争の実態を峻烈に示唆した言葉と言えるだろう。戦後だいぶ経ってから始まった南京陥落後の宣伝戦を引き合いに出すまでもなく、日本は宣伝が下手だった。日本の痛いところを冷静に観察しつつ、ウィリアムズは通州事件についても正確な報告をしていた。彼の略歴紹介に続けて、同書から通州事件前後の部分を抄出しておきたい。

フレデリック・ウィリアムズは一八九〇年生まれのアメリカ人。サンフランシスコの新聞記者としてチャイナタウンの抗争事件を取材して名を挙げた。日中戦争の起こる前から極東を取材旅行しながら共産主義の危険性に注目しつつ、同書を執筆した。

「中国には他国の人々と共に、万を数える日本国民が住んでいた。そのほとんどは孤立していた。中国人の町に妻や子と一緒に市民として暮らしていた。軍隊に保護されてもいなかった。商人や貿易業者は近づきやすく、逃げるのも簡単だ。中国では外国人が殺され続けてきた。目新しいことではなかった。再び起きてもおかしくない。おまけに日本人の男や女、子供たちは他の国から人気が悪くなっていた。モスクワやヨーロッパのある国々による熟練したプロパガンダのためである。その中の特に一国は中国に大きな利害関係があり、日本の商業的台頭を恐れていたのだ。他の国民は後で始末してやる。中国共産党はまず日本人を血祭りに挙げることに決めた。もし日本人が二、三千名殺されたとして、誰が対応するのだ。虐殺は日本を激昂させるだろう。自国民を殺されて行動を起こさない国はない。面目は立たない。日本人虐殺は日本との戦争となるだろう。蔣介石も戦わざるを得なくなる。

そしてまた、蔣介石は南京で新たに軍隊を狂熱的に作り直そうとしていた。そしてこれによって中国じゅうにさらに大きなスケールでの日本人男女、子供の虐殺が始まることになった。これには朝鮮人も含まれる。防御方法を持たない無辜《むこ》の日本人たちは、家で、店で屠殺《とさつ》され、町や村の街路で暴徒に殺された。数え切れない多数の日本人、朝鮮人たちがこうして死んだ。孤立したコミュニティで殺されていく」

これは同書の「共産主義者、日本を挑発」という小見出しの一部分だが、西安事件以降の蔣介石と中国共産党の神髄を見事に衝いて余りある。そっくりそのまま通州事件を予見するがごとき一節ではないか。次いで「通州事件」及び「日本にいる中国人は安全である」という小見出しをめくってみたい。

「私が住んでいた北支の百五十マイル以内のところに、二百名の男女、子供たちが住んでいたが、共産主義者によって殺された。二十名はほんの子供のような少女だった。家から連れ出され、焼いたワイヤーで喉をつながれて、村の通りに生きたまま吊り下げられていた。空中にぶらぶらされる拷問である。共産党員は野蛮人のように遠吠えしながら、揺れる身体を銃弾で穴だらけにした。

日本人の友人であるかのように警護者の振りをしていた中国兵による通州の日本人男女、子供らの虐殺は、古代から現代までを見渡して最悪の集団屠殺として歴史に記録されるだろう。それは一九三七年七月二十九日の明け方から始まった。そして一日中続いた。日本人の男女、子供は野獣のような中国兵によって追い詰められていった。家から連れ出され、女子供はこの兵隊ギャングどもに襲い掛かられた。それから男たちと共にゆっくりと拷問にかけられた。ひどいことには手足を切断され、彼らの同国人が彼らを発見したときには、ほとんどの場合、男女の区別も付かなかった。何時間も女子供の悲鳴が家々から聞こえた。中国兵が強姦し、拷問をかけていたのだ。

これは通州のことである。古い町だが、中国では最も暗黒なる町の名として何世紀の後も記されることだろう。アメリカ西部の開拓初期の頃のイロクォイ族もスー族もこんなことまで考案しなかった。

こういう事件が起こっているときも、その後も、日本帝国に住む六万人の中国人は平和に生活していた。彼らの生命や財産は、日本人たちとの混然一体となった友好的な社会関係の中で守られていた。私は横浜のチャイナタウンを歩いたことがある。他の町でも遊んでいる中国人の子供を見つけた。危険や恐怖など何も知らない表情だった。世界はこれらの非道行為を知らない。もし他の国でこういうことが起きれば、そのニュースは世界中に広まって、その恐ろしさに縮み上がるだろう。そして殺された国の人々は直ちに行動を起こすだろう。しかし日本人は宣伝が下手である。商業や戦争において、西洋諸国のような方法を取ることに熟達していたとしても、日本人は自らの敵が世界で最強のプロパガンダ勢力であることにもかかわらず、宣伝を無視するだろう」

フレデリック・ウィリアムズは「古代から現代までを見渡して最悪の集団屠殺として歴史に記録されるだろう」とも「最も暗黒なる町の名として何世紀の後も記されることだろう」とも繰り返し述べている。

この視点もまた見逃せない。この事件は、世界の歴史にはっきりと刻印され、記憶されるべきであろう。

本書は一九三八（昭和十三）年十一月にアメリカで刊行されたものだという。つまり南京陥落（昭和十二年十二月）から一年近く経っていたわけだが、ウィリアムズはいわゆる「南京虐殺」についてはひと言も触れていない。「事件」が起きていれば当然何らかの記述があってしかるべきだ。日本の宣伝下手について考えさせられる一書である。

通州事件が歌謡曲になっていた

当時はラジオと蓄音機の時代である。一般家庭ではラジオを通してさまざまな歌を耳にしていたが、とりわけ好評だったのは昭和十一年六月から始まった「国民歌謡」と名付けられた歌謡番組であろう。初めのうちは大阪放送局（JOBK）から放送され、間もなく東京放送局（JOAK）もあとを追い、昭和十六年まで続けられ多くの名曲が放送された。開始されて一年が経ったころ盧溝橋事件が起き、戦争歌や銃後《じゅうご》の歌が、より多く作られるようになった。そんな折も折、通州事件が発生し、事件を材にした歌が八曲も作られていた。「国民歌謡」ではなかったが、隠れた国民的悲憤の歌であった。悲惨極まりない事件だっただけに、密やかに歌われていたのであろうか。

報道とはやや違うかもしれないが、広く国民一般の胸を衝いた歌は、情報としては貴重な存在といえる。あれだけ連日のように新聞紙上で報道された大事件である。国民皆が関心を寄せて耳にし、慟哭《どうこく》したであろう姿は想像に難くない。八曲がほぼ同時期に作られたということにも驚きを感じる。通州歌謡の競作といえようか。どの曲も当代一流の作詞家、作曲家と歌手によって製作されており、内容的にもレベルの高い作品ぞろいである。

今回この中から六曲の音源が入手でき、まとめて聴くことができた。ばらばらになっていた音源を映像も入ったＤＶＤに収録したのは、東京都世田谷区在住の石原隆夫氏（一級建築士）である。石原氏は「ダビングして少しでも多くの方に聞いていただく方法があったら模索したい」と述べている（写真㊾）。

［通州事件の歌］（**八曲**）

○『恨みは深し通州城』昭和十二年九月（作詞／佐藤惣之助、作曲／古賀政男、歌唱／奥田英子）

○『通州』昭和十二年九月（作詞・作曲／堀内敬三、日本放送協会〈大阪、東京、名古屋はじめ全国に六中央放送局があった〉の放送軍歌として発表）

○『あゝ通州』昭和十二年十二月（作詞／塚本篤夫、作曲／松井秀峰、歌唱／松平一郎）

○『あゝ通州』昭和十二年十二月（作詞・作曲／神長瞭月、歌唱／神長瞭）

○『夢の子守唄』昭和十二年十二月（作詞／辰田国男、作曲／山下吾朗、歌唱／松島詩子《うたこ》）

○『通州紅涙賦』昭和十二年十二月（作詞／門叶三千男、作曲／佐々木俊一、歌唱／四谷文子）

○『涙の通州城』昭和十二年十二月（作詞・作曲不明、マイナーレーベルのリーガルから発売）

○『通州の丘』昭和十三年三月（作詞／藤田まさと、作曲／長津義司、歌唱／結城道子）

事件発生直後の九月には、すでにレコード歌謡となって発売されていたというのは、驚くべき早さである。

中国軍による常軌を逸した残忍な邦人虐殺への怒りと、その地に眠る幾多の霊に奉げる哀傷が、どの歌からも聞こえてくる。作詞、作曲にも当時もっとも著名な名前が並んでいる。六曲すべてを紹介したいところだが、ここでは『夢の子守唄』の歌詞に絞って引いておこう。この残虐事件を子守歌に変えるとは、と思わず息を呑まずにはいられない。

歌唱は戦後まで長く歌手活動を続けた松島詩子《うたこ》。『マロニエの木陰』の大ヒットで名を残すが、このレコードも同じ昭和十二年発売だった。歌詞はお伝えできても歌唱が聞けないのは残念だが、『マロニエの木陰』のあの美声を思い出せる読者は、どうかその声に乗せながら歌詞を口ずさんでいただきたい。

『夢の子守唄』（**作詞／辰田国男**）

一　坊やの母ちゃん　何処《どこ》へ行った
　戦の後の　夕間暮れ
　野露に濡れて　蝙蝠《こうもり》が

哀しい声で　鳴いていた

二
烏はねぐらに　帰るのに
坊やの母ちゃん　なぜ来ない
怨みは深い　通州の
お空にゃ　お月さん泣いていた

三
母ちゃん　独りで何処へ行った
野越え山越え　川越えて
里の外は日暮れて　遣《や》る瀬なさ
知らぬ　お宿に眠るでしょう

四
坊やは玩具《おもちゃ》も　もう要らぬ
綺麗なおべべも　もう要らぬ
夜ごとお夢で　聞く歌は
母ちゃん懐かし　子守唄

説明するまでもないが、母を保安隊に虐殺され孤児となった子供をモデルとして作詞された作品である。この話のモデルではないかと思われる情報が先に紹介した荒牧純介（元憲兵中尉）の手記に残されていた。荒牧は「遭難者中唯一人奇蹟的に救助された冨士夫君の写真を末尾に挿入しておく」と説明（昭和五十六年十月記）している。この冨士夫君のことは、「朝日新聞」八月四日付に書かれており、その段階では行方不明だったとされている。その男の子が奇蹟的に救助された、と荒牧は述べている。おそらく発見された当時、かなりの話題になったのではないだろうか。

「唯一人奇蹟的」と荒牧が言うとおり、冨士夫君の両親（石島巡査夫妻）は惨殺されたと記事にあり、姉のふみ子さんも外務省東亜局発表の死亡者名簿にその名が載っている。

「五歳」は数え年であり、満四歳くらいの生き残った男児だと想定すれば、この子守唄のモデルに適合する例ではないかと思ってみた（写真⑯）。

眞山青果が「嗚呼 通州城」上演

通州事件の最初のレコードが発売された昭和十二年九月、時を同じくして明治座（東京・日本橋浜町）では同事件を主題にした舞台公演が行われていた。

戯曲の原作はわが国屈指の劇作家として名が残る眞山青果《まやませいか》。主演・河合武雄、井上正夫ほかと記録が残っている。七月二十九日の事件後に執筆し、直ちに稽古に入って明治座で上演するというのは並大抵の業《わざ》ではない。作家もスタッフ、キャストも事変への激しい怒りをバネにして初日を迎えたのだろうと想像される。戯曲は『講談倶楽部』十月号に掲載され、広く国民各層に読まれた。

眞山青果原作・戯曲『嗚呼 通州城』から、さわりの部分だけ抄出してみたい。

「時は昭和十二年七月二十九日、処は冀東政権の首都たる通州城内、北方の門に近き日本旅館、銀水楼の一部分。銀水楼の経営者は女主人にて、磯尾おたみといふ。

おきよ　おかみさん、保安隊は大学生と一緒になつて、叛乱を起すのぢやありますまいか。今日急に、支那人の日本人を見る眼が、いつもと違つてます。

おたみ　（ぎょッとせしが）そんな馬鹿な……。冀東政府は、日本軍にそむいて生きられる筈はあるものか。若《も》し支那人に不穏のことがあれば、特務機関から何んとか云つて来るはずだ。大丈夫——。

おきよ　え、おかみさんはさう云つて保安隊を信じてゐらッしやるけれども、内部ではひどい排日なさうです。いつ寝返りを打つか判りません。

おたみ　それよりは、わたし揚げ場の荷物が心配になる。ね、鄭《てい》を呼んでおいで。鄭は何処へ行つた？

おきよ　おかみさん、荷物も荷物ですけれど、それよりは早く、お客さまを逃がすとか何んとか、防御の工夫をしないでは……。

おたみ　え丶お前、わからないね。二十九軍はいま、中央軍から睨まれてゐるんだ。日本軍に背いたら、自分の立つ瀬のないぐらひは知つてゐる。騒いぢやいけない。決して保安隊は、日本に背く筈がない。おまへ、鄭を探して……早く鄭を……

おきよ　（その袖にすがつて）い丶え、その筈のないところに動くのが支那人です。油断しては、とり返しのつかないことになりませう。

美奈子　さつきから、二度も三度も電話をかけましたが、電話はみな途中で切れました。兄さん、貴方は機密書類の整理をしなければならない。

中山　そんな不穏な形勢があるのか。保安隊は何をしてゐる。

美奈子　え丶その保安隊が、二十九軍と連絡して、今夜あたり、或は寝返りうつかも知れません。
中山　さうか――よく知らせてくれた。頼む、手伝つてくれ。
四、五町へだたりたる特務機関の方に銃声更らに聞え、その銃声に驚く家鴨《あひる》の啼き声けたゝましく、その間を叫び過ぎる日本人の声、『保安隊が叛乱を起した！』『明りを消せ！』など、口々に叫ぶ声、家の外にきこえる。
旅客甲　女どもは出るな！畳を上げて窓を塞げ！
同乙　三階々々、三階に燈がついてるぞ！
同丙　武器を持つてゐる者は皆このバルコニーに集れ！
旅客甲　窓を塞げ！ 畳だ〳〵！（と叫び廻る）
同乙　（家鴨小屋を開けて見て）子供たちのある人は、此処がいゝ。隠れ場所はあるぞ！
赤ン坊をつれている人は此方《こつち》へ来い！
その頃、男女思ひ〳〵の姿にて、狼狽《ろうばい》を極めながら、右往左往に立ち騒ぐ）
中山　動いちや可《い》かんよ。此処にゐるんだ。（妹をそこに置いて、家内に駈け込む）
小銃弾、また二発、三発。銀水楼の女将おたみ、衣服千切れ、片脚に負傷せるも知らず、大声に人々を指図しながら入り来る。
おたみ　国旗だ！　国旗だ！　何よりも国旗だ！　日章旗を上げておくれ！（と、グダ〳〵とその場に坐る）
美奈子　（駈け寄つて）怪我をしたんですか！
おたみ　おゝ美奈子さん、矢張《やっぱ》り支那人は、私までを売つた！　信じられる国民ぢやない。もうこうなれば……徹底的に懲らしめるよりほかはない。日本軍の威力を見て、初めて自分の非を悟る国民だ！　私を射つたのは、わたしの信じた支那人だよ。
おはん　あれ、あぶない、旗ならわたしが……。
おたみ　なアに大丈夫だ。
とよろめき寄って旗を上げんとする時、一斉射撃の小銃弾、此の方に向ふ。女将また、その一発に当る。
おたみ　（倒れながらも）早く旗を！　旗を……。
わたしはやられた、早く旗を……
鄭、バルコニーに上りて国旗を上げる。折からサーチライトの光り来りて、国旗を照らす。鄭、国旗の綱につかまりながら、弾丸に打たれる」
（眞山青果全集　第十二巻）

ここまで見てきたように、新聞、雑誌をはじめとしてさまざまなジャンルのメディアが通州事件の残虐性を強く国民に訴えている姿が十分に伝わってくる。

事態は容易ならざる、深刻なものだった。日本の弱い脇腹を奇襲され、無辜《むこ》の居留民多数が惨殺されたこの事件には、しかし、恐れたとおりの裏があった。

あらゆる意味で、日本人が長い年月を経て育《はぐく》んできた日本文明が根底から破壊されるような考え方が、実は中国という国の根底にあったのだ。決して相容れることのない、その思考・行動を支配しているものを私は仮に「中華文明」と呼んでおきたい。中華文明に「育まれた」中国人の考え方が、どのようにして通州事件を引き起こし、日本人を苛《さいな》んできたか——次章で思い知らされることになる。

第七章

日本人襲撃は国民党との密約・陰謀だった

実は、同時多発テロ計画だった

古都・通州は保安隊とその配下の教導総隊に属する学生虐殺集団らによって、見る影もなく蹂躙《じゅうりん》された。二百二十五名の邦人と三十二名の警備隊、合わせて二百五十七名もの多数が惨殺されたのはなぜか。平穏な日常を送っていた通州城内の人々が、かくも凄惨《せいさん》な地獄を見なければならなかった原因を突き止めねばならない。

その予兆がなかったわけではない。「ギイーッという門が閉まるような音を藤原は耳にしている。南門の方向だったが、なぜ今夜は門を閉めるのかと一瞬首を捻ったが、そのうち寝込んでしまった」（第一章）というように、この保安隊叛乱は突発的な日本人襲撃事件かと思われてきた。

事実は違っていた。味方と信じていた保安隊は、実は二年も前から各地で同時に叛乱を起こす機会を狙っていたことが判明している。それは通州に留まることなく、天津の日本租界・軍関係機関をはじめ、太沽《タークー》、塘沽《タンクー》、軍糧城《ぐんりょうじょう》など邦人多数が居留する区域を一斉に襲撃する計画があったことが新聞報道されている。天津などは午前二時に攻撃開始、通州は約一時間遅れで総攻撃に晒《さら》された（写真㊸㊻）。

天津では中国軍からの攻撃を受けるや否や直ちに日本軍が反撃に出てこれを撃滅し、大事に至らずに済んだ。だが第二十九軍の極秘計画が実行されていたら、「約一万五千人を虐殺し、掠奪《りやくだつ》を恣《ほしいまま》にした上、日本租界を占領しここに青天白日旗を翻《ひるがえ》して天津から邦人を一掃する」(「東京日日新聞」昭和十二年八月六日)ことになっていたかもしれないというのだ。

もし事前に防げなければ、天津にも通州と同じ、いやそれ以上の惨事が起きていたであろう。「東京日日新聞」の記事の続きをもう少し読もう(写真㊻)。

「情報を綜合するに去月二十九日未明、天津租界及び軍関係諸機関を襲撃した支那軍は、天津保安隊凡《およそ》四千名、第二十九軍の正規兵凡二千名、合計凡六千名と称されるが、敵は第二十九軍の首脳部の命を受け二十六日頃から通州襲撃の保安隊及び正規兵と連絡をとり、北清事変議定書によつて正規兵は天津市内に入る事を得ざるを以て便服に着替へて大胆にもトラックを以て続々天津附近に侵入。機関銃、迫撃砲、小銃、青竜刀などを蔬菜《そさい》や貨物の下に隠して運び込み時の到るのを待つて居た」(前掲紙)

二十九日未明に発生した中国軍による天津攻撃の裏には、実はこうした極秘計画があったのだと、八月五日になって事実が判明した。天津は未然に防げたが、通州は完膚《かんぷ》なきまでに蹂躙され尽くした。しかし、この事実は報道があったにもかかわらず、あまり日本国内では問題にされていない。当時も今も、その事情は同じである。

実は、これが中国国民党首脳部の既定方針で、二年も前から計画立案され、時の来るのを待っていたことまでやがて判明してくる。

通州保安隊第一総隊長兼教導総隊長の張慶余《ちょうけいよ》と第二総隊長の張硯田《ちょうけんでん》の二名は、本来、冀《き》東《とう》防共自治政府の管理下にあり、通州の在留邦人を保護する責任者だった。だが実際には、二名とも第二十九軍長・宋哲元《そうてつげん》の甘言と収賄《しゅうわい》に乗せられ、密かに寝返っていたというのが真相だった。

第二十九軍はもちろん蔣介石率いる国民政府軍の直轄部隊だが、軍長たる宋哲元自身の動きはやや複雑な軌跡をたどる。日本との衝突を避ける緩衝地帯・冀察《きさつ》政務委員会を設けるなど微妙な動きをしてきたいきさつは第一章で触れたとおりだ。だが、よくその実態を覗けば、表面では親日の顔を見せつつも、実は巧妙な蔣介石の戦略に操られていた事実があったことが浮上してくる。日本の多くの歴史家はこの陰謀を認めていないが、活字になった資料もある。たとえば児島襄《のぼる》は、史実を詳細に調べて『日中戦争』を書き上げ、次のように述べている。

「宋哲元も、戦意を失っていたわけではなかった。退却（引用者注・南苑の戦い）を決断したあと、宋哲元は、なお日本軍の北京占領を牽制する手段として、通州と天津に分駐する冀東保安隊と第三十八師の一部に〝蜂起《ほうき》〟を指令していたのである。指令は、実行された。七月二十九日午前二時すぎ、天津の第三十八副師長李文田《りぶんでん》は、天津府秘書長馬《ば》彦翀《げんちゅう》とともに約五千人の兵力で天津車站（駅）、東機器局、飛行場、日本租界、支那駐屯軍司令部などを襲撃した。しかし、保安隊が参加しなかったこともあって、（通州を除いて）いずれも撃退された」（『日中戦争』第三巻）

児島は第二十九軍が冀東保安隊に「蜂起を指令していた」と書いている。天津保安隊は第三総隊と第四総隊が駐留していたが、かろうじて叛乱には与《くみ》せず収拾した。けれど、この時点で保安隊が国民党の圧倒的な支配下にあったということは言うを俟《ま》たない。これでは日本側も殷汝耕《いんじょこう》も「何をしていたんだ」と言われても仕方がないだろう。

児島がこれを刊行したのが昭和五十九（一九八四）年で、昭和六十年（昭和五十年から五十二年にかけて全十五巻で刊行されたものの改訂版）には、蔣介石自身が宋哲元に活を入れた事実も追加改訂されて単行本になっている。

もうひとつ例をあげれば、両者の密接な関係を示唆する資料が日本国内でもあい次いで刊行されていた。それでも大方の歴史学者は認めていない。

「〝現地解決〟に引きずられる宋哲元にたいし、中央の意志を伝えるため、参謀次長・熊斌《ゆうひん》がひそかに北平に派遣された。熊斌は七月二十二日、天津にいた宋哲元を北平に呼び、主権と領土を守るためには、日本軍の甘言にまどわされず、抗戦を決意しなければならないと説いた。宋哲元も、この説得によってようやく中央の堅い決意を理解し、抗戦の心をきめた」(『蔣介石秘録』下巻)

これでは冀東政府の自治権などというものは、ないに等しかったも同然だ。わが国では冀東政府を一種の傀儡《かいらい》政権とみなしていたが、大間違いだった、ということである。

さらに以下の文書を読めば、傀儡政権というのがいかに上っ面だけのことで、内実は保安隊と国民政府軍が地下で繋がっていた事実が痛いほど分かるのだ。蔣介石と宋哲元らは二年近い前から、日本人を虐殺する陰謀を企てていた。当時の日本のインテリジェンスの弱味を改めて実感させられる。陰謀を明らかにした文書二通を紹介しよう(抄出)。

『冀東保安隊通県反正始末記』張慶余

この『始末記』刊行までの張慶余と出版の経緯について、ここまでに分かっていることを述べておこう。

通州城内を恐怖のどん底に陥《おとし》いれた張慶余と張硯田は、日本軍の反撃が開始されると便衣服に着替え自分たちだけ脱走した。

その後、張慶余は南京に召喚され、軍政部第六補充訓練処処長に任命されている。蔣介石からいったん休養せよ、と言われたもので軍功を挙げたという評価はされなかったが、処罰も受けてはいない。張硯田は逃げたまま身を隠して戦後を迎えたようだ。

張慶余は何応欽《かおうきん》（当時、軍政部長、国民党軍事委員会参謀総長）の配下におかれ、その後、第九十一軍副軍長、国民党軍事委員会中将参議などを歴任した（本人はこれを断ったと書いている）。一九四六（昭和二十一）年に引退すると天津に閑居《かんきょ》、一九六三（昭和三十八）年九月死去している。

張慶余の手になるこの『反正始末記』が書かれたのは自身の死の二年前、一九六一年十一月のことである。そして、出版されたのは一九八二（昭和五十七）年十月に刊行された『天津文史資料選集』第二十一集（天津人民政治協商会議天津市委員会文史資料研究委員会編）のなかに収録され、初めて世に出たものだ。

説明を加えれば、彼らが言う「反正」とは過ちを正し、正常な状態に戻すことを意味する。つまり、彼らにとって通州事件は「偽冀東防共自治政府を糾弾し、正しく元に戻す」正義の行動だった、という理屈である。無辜《むこ》の邦人を大量虐殺した陰謀は、蔣介石政府のカネによって図られていた事実が判明する。陰謀の証拠『冀東保安隊反正始末記』をめぐってみよう。

「（一）

一九三三年五月、蔣介石政権と日寇《にっこう》が定立した、権利を無くして国を侮辱する〈塘沽《タンクー》停戦協定〉の後、冀東は非武装地帯とされた。次に蔣介石政権は河北省の首席・于学忠《うがくちゅう》に密命を下し、河北省の政府の名義で別に五つの特殊警察総隊を作り、訓練の後、冀東に入れそこを警備させた。これによって于学忠は私と張硯田を選出し、河北特殊警察第一総隊長と第二総隊長にそれぞれを配したのである。

その営長と連長もまた五十一軍から選び、排長と班長は私と張硯田が本隊内から選ぶよう任命された。私と張硯田は各々《おのおの》所属する部隊の新兵を率いて、武清県《ぶせいけん》と滄県《そうけん》に分駐して訓練を開始した。

一九三五年五月、河北省特殊警察総隊は于学忠の命により、もとの駐在県から冀東に移動し、通県、香河、懐柔、三河、石門などに分かれて駐屯した。七月には河北特殊警察総隊は名称を河北保安隊と改められた。同年十一月、漢奸《かんかん》殷汝耕が冀東二十二県を割拠し、通県において偽冀東防共自治政府を樹立させた。その後は河北保安隊をさらに冀東保安隊を改称し、偽政権の統括となったのである。

このとき私は密かに腹心の一人である副官長の孟潤生《もうじゅんせい》を保定に赴かせ、商震に漢奸殷汝耕が支配する偽冀東政権をどうしたらよいか尋ねさせた。このとき商震は『現在のところでは、殷汝耕と袂《たもと》を分かつわけにはいかないから、しばらくの間は適当にあしらっておくべきだろう』と孟潤生に伝えたのだった。

私の長男・張玉珩《ちょうぎょくこう》は、私が偽冀東政権で有力な責任者の席に就いているという話を聞き、私が国家に反したと判断し、恥ずべき親だ、私と親子関係を切るとまで言い出し、その言を新聞に載せた。妻の于徳三も速やかに反正の方法を講じるべきで、さもなければ親友郷党から問題視されるから逃げよう、と言い出した。

そこで私は極秘裏に妻に告げたものである。『私の意志を今すぐにはっきりさせるのは適当ではない。けれども、近い将来には必ず明らかになる。息子に伝えて欲しい。耐えて待ち、お前の父親のこれからの行動を見ていろ！』と。

同じ一九三五年、宋哲元が冀察政務委員会委員長に就任（引用者注・一九三五年十二月）して間もなくのことだった。私と張硯田は極秘のうちに張樹声《ちようじゆせい》（国民党の将軍で私の次兄・慶雲とは義理の兄弟。私と張硯田は張樹声の下で哥老会《かろうかい》の会員である）に頼んで、『宋哲元を直接紹介してもらいたい。できれば宋に従って抗日戦線に加わりたいのだ』と伝えた。

張樹声はこの役目を快諾し、すぐに宋と会う手配をつけてくれた。宋は非常に喜び、私達と会いたがってくれたが、日寇や漢奸どもの目につくのを極度に警戒し、天津の旧イギリス租界の十七号路にある宋の自宅で私と張硯田と会談するむね約束してくれた。張樹声はこの約束の後、直ちに私たちは自宅で待機するよう通知をよこし、やがて宋が人を介して彼の家に招待されたのだった。

その席で宋は、

『もともとお二方は祖国を熱愛し、また最近は俊傑（張樹声の字《あざな》）兄が、お二方が力を合わせて抗日したいと言われていると伝えてくれました。私はここに国民党政府を代表して心から歓迎の意を表します。現在は偽冀東政権問題があるので、お二方におかれては注意を怠らないようにしていただきたい。すなわち、宋哲元は決して国を売りません。お二方には今日以降私に外で会わないよう注意を払い、合わせて立場を堅く守り、決して動揺することのないようにお願いしたい』

と語った。宋は続けて『軍隊を訓練させて強化し、準備を整えて日寇の侵略を防ごうではないか』と付け加えた。

言い終えた宋は準備させた一万元を、私たちそれぞれに手渡した。私達は宋に向かって感謝の言葉を述べ、次のように言った。

『私たち二人は今後、心を一つにして宋委員長に従い、国家のために尽くします』

私たちは宋と堅い握手を交わして別れたのだった。のちに保安隊が通県で義挙（起義）したのは、この日の会談の約束を果たした結果である。

（二）

盧溝橋事変発生後、宋哲元が北平にいなかったため、私は腹心の劉春台（冀東偽教導訓練所副所長）を密かに北平に向かわせ、河北省首席・馮治安《ひょうちあん》に行動指針をどうするか請うた。

馮治安は劉に次のように告げました。

『今のところわが軍は日軍同様まだ戦略が決まっていない。張隊長に伝えて欲しいのは、しばらく軽挙を控えることです。わが軍と日軍が開戦するときを待って、そのときには張隊長に不意を衝いて通州で義挙する一方、兵を分けて豊台を側面から攻撃し、挟撃の効果を収めようではないか』

さらに劉春台にこう付け加えた。

『腹心の人物を登用派遣し、第二十九軍参謀長の張樾亭と普段からいい関係を維持するといい』

劉は馮治安に別れを告げるとすぐに張樾亭に面会を求め、良い関係を作った。張樾亭もすぐに私と張硯田の総隊を戦闘序列に加えたのだった。

このとき、日寇の通県に駐在する特務機関長細木繁中佐は、二十九軍が通県に侵攻するのを防ぐため、特に私と張硯田を招集して軍事会議を開いた。会議は通州の防衛についてで、彼は五千分の一の地図を前に私たちに地図を基にした防衛計画を作るよう命じた。私は立ち上がってこう述べた。

『私たち二人は軍人出身です。学問もなく難しい軍用地図はよくわからない。でも我々には自信があります。通州をしっかり守りぬくことができますし、皇軍とともに戦えば二十九軍を突き崩すことは可能です。ただ、目の前にある兵力は少なくこのままでは駄目です。私の考えを申し上げれば、あちこちに駐留させている各所の保安隊を通州に集中させてから命令を待って、それから作戦会議をさらに開いた方がよいと思うが、いかがですか』

細木繁はもっともだとうなずき、その案はすぐ許可された。加えて、彼は我々を忠実で頼りになると信じたらしく、各地にばらばらで生活している日僑を、保護の目的で通州に集中させることに決定した。

私はすぐに張硯田と手分けをして、所轄のあちこちに分駐している部隊を通県に集めるよう指示を出した。

私は日寇が大挙して南苑を侵略し、併せて飛行機を飛ばして北平周辺を爆撃するのを見て、戦機はいよいよ近いと知った。このまま座視しているわけにはいかなくなり、遂に七月二十八日夜、通県で義挙すると決定した。直ちに私は兵を出し、通州城の城門を封鎖し、市内の交通を断ち、電信局や無線台を占拠させた。併せて冀東偽政府（通県の文廟《ぶんびょう》内にある）を包囲し、漢奸殷汝耕を拘束させた。

私は同時に西倉に兵を向かわせ、特務機関長細木を捕らえた。細木は銃声が四方から響くのを聞いて異変を察知、特務の十数人を率いて抵抗した。細木は片手に銃を持ち、片手でわが軍の将兵を指さして大声でわめいた。『お前たちは速やかに総隊へ帰れ。お前たちは生き残れないぞ！』細木は話が終わらないうちに、わが軍の乱れ撃ちにより射殺された。

残りの特務の連中は形勢不利と考え、速やかに特務機関内に身を返し、門を閉じて死守しようとした。

わが総隊は西倉の日本兵営を進攻した。日寇の通県にいた部隊はおよそ三百余人、憲兵、特務機関、日寇合わせてだいたい六、七百人。わが保安隊の起義を知った彼らは、人数の差が大き過ぎてかなわないと思い、兵と日僑を兵営内に集め、立てこもってかたくなに抵抗し、外からの援助も求めた。日寇の火力がものすごく、建物も堅牢だったため激戦が六時間以上に達し、わが忠実なる将兵が約二百人以上犠牲になった。それでもまだ落とせない。私はこの形勢からみてここでもし突破することが出来なければ、日寇の大部隊が来て内外から挟撃されると判断した。そこで、ガソリン庫からガソリン一桶を日本兵営の周囲に運ばせ、火を付けさせた。たちまち黒煙が充満し、火は天まで上がり、痛みにわめく声が湧き上がった。わが軍はさらに大砲と機銃で猛烈に掃射し、集中掃討《そうとう》したのだった。激戦は二十九日の午前九時ごろに至り、日寇は一部の逃亡者を除き、頑固に抵抗した者はことごとく殲滅《せんめつ》した。

日寇は爆撃機二十四機を派遣してわが通県起義軍に対し爆撃を繰り返し、七時間の長きに達した。私の命を奉じて戦ってきた蘇連章の団は、対空装備がないのでまったく支えられず、ここにおいて軍服を脱ぎ、城を捨てて逃げた。

張硯田、蘇連章らの相次ぐ逃亡はこの通県反正に対する影響上極めて不都合だった。ほどなく私は蔣介石に電話で招かれ、南京へ向かった。蔣介石は私にこう語りかけてくれた。

『あなたはこの度通州で起義し、敗れて未だに栄誉を得ていないが落胆することはない。損失は私が整理して軍政部から補充するから、しばらく休んで静養し、その後再び戦線に復帰してもらいたい』

さらに、蔣介石は、

『あなたは殷汝耕を捕らえたのに、なぜ殺さなかったのか』

と問うので、私は、

『当時はまさに逆賊の殷を梟首《きょうしゅ》して見せしめにし、民の怒りを鎮めはっきりさせようと銃殺を考えました。けれど、〝もっともよいのは北平の宋哲元委員長の所まで護送し、中央の法律で処罰してもらうのが妥当だ〟と、冀東偽教導訓練所副所長の劉春台が阻んだのです』

と答えた。

蔣介石は良いとも悪いとも言わずに、私を旅館に帰って休ませ、明日何応欽部長のところへ行き、再度協議しようと言われた。一九三八年、改めて私は九十一軍副軍長に派遣されたが、私は病気を理由に断り、遂に職に就かなかった。　　一九六一年執筆』

以上が、張慶余著『冀東保安隊通県反始末記』の抄出である。都合のいいことばかりが並べられているが、一万元ずつを懐に入れたうえでの陰謀だった事実がこれで判明した。

当時の一万元がいかほどの価値があったのかを測るのははなはだ困難だが、ちなみに冀東政府の国家予算は租税などが五百三十万元、その他の雑収益を加えてほぼ六百五十万元といわれていた（満洲国民外交協会書記長・高木翔之助『冀東政権の正体』）。そこから考えれば、一万元は冀東政府全予算の六百五十分の一に相当する。個人が受け取る賄賂としては破格の金額といえるだろう。

張慶余と張硯田はこの賄賂を懐に入れるや、一気に彼らが言う「反正」という名の虐殺に打って出る腹を決めた。だが、この『冀東保安隊通県反正始末記』のなかで、虐殺に関わる記述はわずか「（日寇は一部の逃亡者を除き）頑固に抵抗した者はことごとく殲滅した」という十八文字しかないのだ。ここに掲げたのは全体の約二分の一近い分量なので、全体の文字数からすれば彼らの言う「日寇」すなわち邦人のことなど書いてないにも等しい。

いかに彼らが虐殺には一点ほどの関心もなく、ただの趣味か遊興程度の理解で凄惨な殺《さつ》戮《りく》を行っていたことが分かるというものだ。どんな悪鬼でさえ、無辜《むこ》の婦女子を虐殺して嬉しいとは思えない。けれど、ある種の中国人には快楽なのだろうか。私は、張慶余の手記を読んで、そう思わざるを得なかった。

『冀東保安隊の反正』（武月星、林治波、林華、劉友千／共著）

張慶余の『始末記』が公開されてから五年ほどのち、『盧溝橋事変風雲篇』（中国人民大学出版社刊、一九八七年）が刊行され、そのなかに『冀東保安隊の反正』という論文が掲載された。

『盧溝橋事変風雲篇』は抗日戦争五十年を記念する歴史書として編纂《へんさん》された、と同書の編集後記（后記）にはある。一九八七年が盧溝橋事件からたしかに五十年目に当たるが、通州虐殺事件も五十年目に当たっていた。

「后記」では、「著名な党史専門家、胡華教授がお忙しい中、序言を書いてくださった。全国政協文史資料研究委員会の党徳信さんからも協力をいただいた」等々幾人かの党幹部への謝辞を述べている。いずれにせよ、通州事件を中国共産党が公式に〝反正〟として評価した証拠であることは間違いない。

張慶余の『冀東保安隊通県反始末記』と内容的にかなり重複するので、以下、できるだけ関連部分のみに絞って抄出したい。

「南苑が陥落して第二十九軍が撤退した夜、偽冀東自治政府は通州にあった。このとき敵に抵抗して反撃を加え、国家のために尽力する一幕の悲壮な舞台が演出された——冀東保安隊の大勢の兵が起義を宣言し、日本の侵略者に向かって突撃攻撃をしかけた。

冀東保安隊は漢奸政権の統治道具となった後、張慶余らの人々は目の前が真っ暗になった気がした。だがすぐに漢奸政権と決別するわけにはいかなかった。彼らは密かに腹心を保定に赴かせ、商震にこの件をどうしたらいいか尋ねた。商震は『現在、殷汝耕と決別すべき時ではない。しばらく適当にあしらっておくべきで、その他の責任は政府が負うだろう』と腹心に伝えた。国民党政府がなおも冀東偽政権の存在を認める以上、張慶余たちもこの理由で納得せざるを得ず、目先の安穏《あんのん》をむさぼった生活を過ごした。

一九三五年末、宋哲元は冀察政務委員長に就任した。張慶余、張硯田はこの機会を逃すまいとして、宋に対し胸の内を明かした。彼ら二人は揃って哥老会《かろうかい》の会員であり、河北哥老会の幹部張樹声に頼んで宋哲元に『宋委員長に従って抗日したい』と言いたいのでつないで欲しいと頼んだ。張樹声は快諾し、すぐに宋に伝えた。

このことを知った宋はコトを重視し、日本人や漢奸の目をそらすため特別に二人を天津の旧イギリス租界十七路にある宋邸に招いて、極秘会談を設けた。そこで宋は次のように述べている。

『お二方は祖国を愛し、また最近、俊傑（張樹声の字）兄から、お二方は力を合わせて抗日をしたいのだと聞きました。本日は政府を代表して歓迎します。現在は偽冀東政府の問題があるので、お二方は十分に注意をされたい。私宋哲元は決して国を売りません。

お二方には今後外でお目にかかることは決してなく、併せて立場を堅く守り、動揺することのないよう望みます』

そういい終えると、宋は軍隊の訓練強化を言い聞かせ、準備しておいた一万元を両人に与えた。宋のこの席の会話と万金を贈ったことは、張慶余と張硯田を非常に感激させ、二人は続けざまに謝意を表し、『今後、心を一つにして委員長に従って国のために尽くします』と繰り返したのだった。

宋哲元は冀東保安隊を差別することなく、努力して味方として団結させた。そしてのちに、保安隊が通州で反正したのは、まさにこのときの約束と直接的な関係があったのだ。冀東保安隊と二十九軍は、ずっと極秘のうちに行き来し続けたのである。

冀東保安隊は日軍、敵警・憲兵と日鮮浪人五百名多を殺害し、河北軍民の抗日闘志を示した。

一九八六年十一月、北京にて」

「后記」には、以下のような注釈が付けられていた。

「この本は第一章、第八章を武月星が、第二章、第三章、第五章を林治波が、第六章、第七章を林華が、第四章を劉友干が編著し、武月星が統一改稿した」とある。通州事件が書かれているのはこのなかの第七章なので、『冀東保安隊の反正』の著者は林華ということになる。「中国人民大学出版社刊」ということは、もちろん中国共産党が「抗日五十年」を期に公式に通州事件を「反正」として評価し、公認したという意味である。

加えて、張慶余の功績も改めて評価し、昭和十二年七月二十九日に起こったすべての邦人虐殺は「河北軍民の抗日闘志を示した」ものとし、賛辞を受けている。「五百名多を殺害した」とあるのは、序章の慰霊碑発掘ニュースのところで紹介したように、「戦果は倍増」して見せるところが、最後までいかにも中国らしいといえよう。

以上が身の毛もよだつ通州事件発生の真相である。ここからインテリジェンスに関して学ぶべき教訓が多いことは言うまでもない。

終章　「あとがき」に代えて

ノンフィクションの取材には終わりがない、という見本のようなことが現実に起こった。植棉《しょくめん》指導所職員・浜口良二の妻・茂子が妊娠七カ月の腹を蹴られながらも無事女児を出産した経緯は第二章で詳しく紹介した。

今回、本書の第一刷が完成した直後に、実はその時の女児、満智子さん（東京都練馬区在住、現姓は加納）と面会、取材することがかない、第二刷で追加することとなった。事件直後に生まれた満智子さんは七十九歳を迎えていた。彼女によれば、同僚の安田正子母娘、及び尾山萬代の妻・幸子母娘の六名が帰国後、集って靖國神社に参拝、記念写真を撮った（写真⑲）という。尾山幸子とは、安田公館に避難してきて死亡した棉作試験場の岩崎場長以下三名のなかの一人、尾山萬代の妻である。だが、同僚の安田正子母娘とはこの写真撮影以来、音信が途絶えたままで、安否が気遣われている。加納満智子さんが保管していた古いアルバムには会ったことがない父・浜口良二（写真⑰）とタイピストだった叔母・文子（写真⑱）の生前の写真が残されていた。

本書を書き進めるに当たって、私は自分にひとつのことを言い聞かせた。それは、現場報告の引用文が尋常ならざる残虐無比な状態を描いている以上、地の文、つまり本文はなるべく冷静に語りたいということであった。安易な感情の吐露は避けるべき、との判断からである。だが現地を訪れてみると、現在の通州はすっかり近代化され、かつての痕跡はまったくない。にもかかわらず、写した写真からは埋もれて見えないはずの地獄が確実に浮かび上がってくるのである。瞼《まぶた》を閉じれば、八十年前の時間と地図にさっと戻れる。写したアスファルト道路を掘り返せば、浸み込んでいる邦人の血しぶきが残っているはずだ。写真はそう語っていた。それゆえに、その事実を言い募られることをいまの中国政府はもっとも恐れているのではないだろうか。人々の記憶を消滅させるべく、中国政府は地表だけ掘り返して何もなかったことにしようとしている。八十年前の過去が見えないようにすべてを消し去り、副都心計画を立てて塗り潰してしまったのだ。

また、証言の数々にある残虐な場面に差し掛かると、あまりのおぞましさに筆を擱《お》こうかと幾度も立ち止まったものだった。だが、亡き邦人の魂魄《こんぱく》の無念に支えられ、書き終えることができたと思っている。

事実を事実として書き残し伝えたいのだが、それがうまくできたかどうかは分からない。そうしたすべての文責は筆者にあるので、さまざまな至らない点は読者諸兄のご叱正《しっせい》を俟《ま》つばかりである。また、細かな数字に関して（死者数、兵員数など）は多少の異説も残っており、それらを詰めるのが、今後のさらなる研究課題でもある。

通州事件のすべては、文明観の違いに起因していたように思われる。ともすれば、日本と中国は同じような文明と価値観を共有してきた民族であるかのように思われがちだが、実はまったく違う。この二つの国の文明観はけっして相容れない部分があるのだ。そうでなくて、あのような残虐無比な殺戮《さつりく》が罷《まか》りとおるものではない。日本人、日本兵にはとてもできるはずがない行為だ。

事件から八十年経とうという今、改めて亡くなった多数邦人の霊に祈りを奉げ、せめて多くの人がこの記憶を百年も千年も刻み込んで忘れないことを願いつつ、筆を擱きたい。

本書は飛鳥新社・土井尚道社長のご尽力なくしては誕生をみなかったであろう。また編集に際しては同社出版部工藤博海副編集長にお世話になった。月刊『Hanada』編集長の花田紀凱《かずよし》氏と同編集部の沼尻裕兵氏、ＤＴＰ担当の小島将輝氏には並々ならぬお力添えをいただいた。改めて皆様に御礼を申し上げたい。

平成二十八年九月末

加藤康男

参考文献

『現代史資料（9）』日中戦争（二）みすず書房、一九六四年
『現代史資料（12）』日中戦争（四）みすず書房、一九六五年
小堀桂一郎代表編『東京裁判却下未提出弁護側資料』第三巻　国書刊行会、一九九五年
新田満夫編『極東国際軍事裁判速記録』（第五巻）雄松堂書店、一九六八年
『昭和史の天皇』（15）読売新聞社、一九七一年
入江為年監修『入江相政日記』（第四巻）朝日文庫、一九九四年
鈴木正男『昭和天皇の御巡幸』展転社、一九九二年
中尾裕次編『昭和天皇発言記録集成』芙蓉書房出版、二〇〇三年
廣田弘毅伝記刊行会編発行『廣田弘毅』、一九六六年
矢部貞治著、近衛文麿伝記編纂刊行会編『近衛文麿』（上）弘文堂、一九五二年
原田熊雄述『西園寺公と政局』（第八巻）岩波書店、一九五二年
中村粲『大東亜戦争への道』展転社、一九九〇年
寺平忠輔『盧溝橋事件』読売新聞社、一九七〇年
サンケイ新聞社『改定特装版蒋介石秘録』（下）サンケイ出版、一九八五年
西尾幹二『GHQ焚書図書開封』（3）徳間書店、二〇〇九年
又吉盛清編著『田場盛義履歴書』国吉美恵子製作、二〇〇三年
児島襄『日中戦争』（第三巻）文藝春秋、一九八四
安田尚義編『萱嶋高伝』萱嶋高伝記刊行会、一九六五年
森島守人『陰謀・暗殺・軍刀』岩波書店、一九五〇年

甘露寺受長『背広の天皇』東西文明社、一九五七
三島由紀夫対談集『尚武のこころ』日本教文社、一九七〇年
豊田勢子『天津租界の思い出』文芸社、二〇〇四年
フレデリック・ヴィンセント・ウィリアムズ『中国の戦争宣伝の内幕』（田中秀雄・訳）芙蓉書房出版、二〇〇九年
ヘッセル・ティルトマン『日本報道三十年』（加瀬英明訳）新潮社、一九六五年
サミュエル・ハンチントン『文明の衝突』（鈴木主税訳）集英社、一九九八年
ジョン・アール・ヘインズ&ハーヴェイ・クレア『ヴェノナ』（監訳・中西輝政）ＰＨＰ研究所、二〇一〇年
黄文雄『日中戦争知られざる真実』光文社知恵の森文庫、二〇一四年
渡部昇一『日本とシナ』ＰＨＰ研究所、二〇〇六年
工藤美代子『昭和維新の朝』ちくま文庫、二〇一〇年
石射猪太郎『外交官の一生』中公文庫、一九八六年
調寛雅『天皇さまが泣いてござった』教育社、一九九七年
中国地図出版社「通州区」地図
張慶余『冀東保安隊通県反正始末記』（『天津文史資料選集第二十一集』）天津人民出版社、一九八二年
武月星他『盧溝橋事変風雲篇』中国人民大学出版社、一九八六年
眞山彬『眞山青果全集』大日本雄弁会講談社、一九四一年
新道せつ子『ハンゼン氏病よ　さようなら』主婦の友社、一九六三年
安藤利男『通州兵変の真相』森田書房、一九三七年八月
安藤利男『虐殺の巷通州を脱出して』日本外交協会調査局、一九三七年
高木翔之助『冀東政権の正体』北支那社、一九三七年

高木翔之助『冀東から中華新政権へ』北支那社、一九三八年
無數会編『通州事件の回顧』（私家版）一九七一年
石井津留さん、石井葉子さん、及び土屋（旧姓・石井）園子さん所蔵資料
河野通弘『通州日本人虐殺事件——日本人は犯罪民俗ではない』（私家版）一九九五年
荒牧純介『痛々しい通州虐殺事変』（私家版）一九八一年
原剛、安岡昭男編『日本陸海軍事典』新人物往来社、一九九七年
『不許可写真1』毎日新聞社、一九九八年
『北支事変画報』（第二輯）大阪毎日新聞社、東京日日新聞社、一九三七年八月
『北支事変画報』（第三輯）大阪毎日新聞社、東京日日新聞社、一九三七年八月
『話』臨時増刊、文藝春秋、一九三八年
『文藝春秋』一九三七年九月特別号
『文藝春秋』臨時増刊（「昭和の三十五大事件」）一九五五年七月
『日の出』新潮社、一九三七年十月号
『アサヒグラフ』一九三七年八月十八日号
『主婦之友』一九三七年九月号、十月号
『改造』一九三七年九月号、十月号
『歴史読本』一九九九年九月号
『正論』一九九〇年六月号
宮内庁書陵部編『昭和天皇実録』二〇一四年
防衛研究所資料室所蔵文書
靖國偕行文庫所蔵史料

外交史料館所蔵文書
国立国会図書館憲政資料室所蔵文書
その他新聞各紙は本文記載どおりとし、割愛します。

本書は書き下ろしです。

加藤　康男（かとう・やすお）

1941年、東京生まれ。編集者、ノンフィクション作家。

早稲田大学政治経済学部中退ののち、出版社勤務。退職後は、近現代史などの執筆活動に携わる。『謎解き「張作霖爆殺事件」』（PHP新書）で、山本七平賞奨励賞を受賞。『禁城の虜―ラストエンペラー私生活秘聞』（幻冬舎）、『関東大震災「朝鮮人虐殺」はなかった！』（ワック）、『昭和天皇七つの謎』（ワック）ほかがある。

慟哭の通州　昭和十二年夏の虐殺事件

2016年10月27日　第1刷発行
2017年11月3日　第4刷発行

著　者　加藤康男
発行者　土井尚道
発行所　株式会社　飛鳥新社
〒101-0003　東京都千代田区一ツ橋2-4-3　光文恒産ビル
電話　03-3263-7770（営業）　03-3263-7773（編集）
http://www.asukashinsha.co.jp
印刷・製本　中央精版印刷株式会社

ISBN 978-4-86410-514-9

編集担当　工藤博海